이것도
사랑
인가요?

이것도 사랑인가요?

초판 1쇄 찍은 날 | 2015년 3월 11일
초판 2쇄 펴낸 날 | 2015년 3월 20일

지은이 | 정이연
펴낸이 | 예경원

편집 | 유경화

펴낸곳 | 예원북스
등록번호 | 제396-2012-000132호
등록일자 | 2012. 7. 25
YRN | 제1-0097호

주소 | 경기도 고양시 일산동구 무궁화로 8-28 삼성메르헨하우스 712호 (우) 410-837
전화 | 031-819-9431 팩스 | 031-817-9432
http://cafe.naver.com/yewonromance
E-mail | yewonbooks@naver.com

ⓒ 정이연, 2015

ISBN 979-11-5630-366-4 03810

정이연
장편 소설

YEWONBOOKS ROMANCE STORY

이것도
사랑
인가요?

◆ C O N T E N T S ◆

열일곱, 아직은 무르익지 않은 나이. 아이돌 스타를 보며 소리를 지르며 마음에 품을 그 나이에, 소녀는 인생 전부를 뒤흔드는 남자를 만났다.

새하얀 와이셔츠와 검은색 교복 치마를 입고 있는 소녀가 침대 맡에 걸터앉아 있다. 어둠이 내려앉은 시각, 아니, 어쩌면 해가 뜰 시각이라고 해야 옳을 정도로 새벽녘이 되어서야 방에 몰래 들어온 소녀는 한참이고 침대에서 시선을 떼지 못한 채 생글생글 웃고 있었다.

소년은, 아니, 청년은 오늘도 아팠다. 그가 아픈 이유를 어린 소녀 또한 어렴풋 알고 있었다.

부모님의 기일.

청년이 유일하게 아픈 날이자, 나약해지는 날.

그날은 소녀에게 있어 유일하게 청년을 마음껏 볼 수 있는 날이기도 했다.

잠든 청년의 머리카락을 향해 조심스럽게 손을 뻗은 소녀가 땀 때문에 달라붙은 머리카락을 조심스럽게 쓸어 넘겨주었다.

청년에게 약을 먹으라며 가져다주었다.

하지만 세상에서 소녀를 가장 증오하는 청년은 그 약을 먹지 않았다. 오히려 소녀의 앞에서 쓰레기통으로 내던지는 극악한 짓까지 했다.

이에 평범한 열여덟의 소녀들이라면 울음을 터뜨렸겠지만 이 방을 찾은 소녀는 달랐다. 더욱 집요하게 청년을 보았고, 바짝 걸음을 옮겼다. 소녀의 움직임에 겁을 먹은 것인지 더듬더듬 걸음을 뒤로 물린 청년은 위협적인 표정으로 서늘하게 말을 내뱉었다.

"저리 가."

말은 순화되어 나왔지만 눈빛은 너무나 명백하게 차가운 말을 내포하고 있었다.

꺼져.

감정 한 터럭 보이지 않았던 얼굴로 순식간에 번지는 경멸에도 소녀는 쓰레기통에서 약을 꺼내 청년의 손에 쥐어주었다.

"약 먹어, 오빠. 아프지 말고."

그 말이 끝남과 동시에 소녀는 도망치듯 그 자리를 벗어났다. 아무리 강력한 정신력의 소유자라 하더라도 처음으로 마음에 품은 남자에게 차디찬 거절을 당하는 것은 가슴이 갈기갈기 찢기는 아픔이었다.

그렇게 새벽이슬이 내려앉을 무렵 소녀는 용감하게 청년의 방을 찾아 한참이고 그를 바라보고 있는 중이었다.

따스한 손길로 청년의 머리카락을 연신 정리해 주던 소녀가 바닥에 앉아 청년의 얼굴을 하나하나 살펴보기 시작한다.

그는 참 잘생겼다. 어디 그뿐이던가. 목소리는 더더욱 좋고, 머리는 수재 소리를 들을 정도였다. 모든 것이 완벽한 청년이었으니 아무리 콧대 높은 소녀라 하더라도 그를 사랑하지 않을 수가 없었다.

늘 그의 곁에 다른 여자가 서는 것은 아닐까, 소녀는 학교가 끝나면 청년이 다니고 있는 학교를 찾았다. 교복을 벗고, 마치 그의 또래처럼 한껏 꾸미고서.

고급 차에서 내리는 소녀에게 사람들의 시선은 모아졌고, 당연히 그 또한 자신을 바라보았다. 자신을 보는 날카로운 시선을 보며 소녀는 늘 협박하듯 말했다.

"차에 안 오르면 아버지에게 말씀드릴 거야."

소녀의 아버지는 청년의 후원자였다. 그의 도움 없이 학교를 다니기는커녕, 당장의 생활 또한 문제였기에 이 말이 가지는 힘은 상당했다.

소녀는 그렇게 청년의 약점을 쥐고 흔들며 그를 제 곁에 두었다. 그리고 앞으로도 제 옆에 둘 생각이었다.

"내 거야."

당신 내 거야.

집착이 드러나는 목소리와 더욱 진해지는 웃음.

그래, 청년은 소녀의 것이었다. 그를 처음 마음에 품었던 그때처럼.

1. 첫사랑이란

씩씩하게 걸음을 옮기던 은초가 문뜩 걸음을 멈췄다.

인천국제공항. 부쩍 한국을 찾는 관광객이 많이 늘었다고 연신 뉴스로 떠들어대는 것을 들었는데, 그 말이 사실인 듯했다. 여러 나라 언어로 적혀 있는 종이를 들고 서 있는 가이드들을 눈으로 훑던 은초가 인파 속에서 익숙한 얼굴을 찾아내곤 표정을 굳혔다.

김서하, 그였다.

그녀를 이역만리 타국에서 10년을 보내게 만든 남자.

사람들을 헤치고 그녀의 앞으로 다가온 서하가 손을 뻗어 그녀의 손에 들려 있던 커다란 캐리어를 빼앗으며 무심하게 닫혀 있던 입술을 달싹였다,

"잘 지내셨습니까, 아가씨."

"……."

서하의 말에 은초가 입술을 비틀었다. 그녀는 예전처럼 그와 눈이 마주쳤다고 해서 얼굴을 붉히거나 구기는 등 과격한 반응은 보이지 않았다.

10년, 태산도 변하는 시기였다. 강은초라고 해서 변하지 못할 법도 없었다.

"잘 지냈을 것 같아, 오빠?"

하지만 웃고 있는 얼굴과는 달리 입술을 통해 흘러나온 말은 뾰족하고 모가 나 있었다. 그녀는 서하의 손에 들려 있던 가방을 다시 빼앗아왔다. 그리고 아무런 감정도 담겨 있지 않은 그의 눈동자를 마주하며 말했다.

"내 가방은 내가 들어. 그건 10년 전에도 오빠한테 말한 것 같은데?"

"……."

"그리고 내가 말했지?"

그의 미간이 찌푸려지는 것을 보며 은초가 입술을 길게 늘어뜨리며 웃었다.

"표정 관리 못할 거면 내 앞에 나타나지 말라고. 그렇게 싫다는 얼굴로 바라보면 아무리 강은초라고 해도 상처받는단 말이야."

"……강은초."

"좋아, 아가씨라고 하진 않네."

은초가 어깨를 으쓱였다. 그러자 평소에 뒤집어쓰고 있던 가면을 벗어던진 서하의 얼굴을 보자 만족한 듯 입술에 짙은 웃음을 내걸었다.

그래, 이게 오빠지.

눈동자엔 경멸을 가득 담고, 나란 사람이 끔찍해 견딜 수 없겠다는 듯이 바라보아야 오빠지.

얼음 결정이 뚝뚝 떨어질 듯 차가운 얼굴을 바라보던 은초가 캐리어 손잡이를 잡아당긴 후 걸음을 옮겼다. 그와 오랫동안 마주하고 있자 계속해 예전의 감정이 툭툭 튀어나왔다. 속절없이 흔들리는 감정, 죽어 있던 심장이 나 여기 있다며 소리를 지르고 그에게 손을 뻗으라고 종용했다.

안 돼, 강은초. 그렇게 당하고도 모르겠니?

은초가 눈을 질끈 감았다가 뜨며 호흡을 가다듬었다. 하지만 이런 그녀의 노력을 몰라주는 것인지 뒤에서 내밀어진 커다란 손이 그녀의 팔을 붙잡았다. 서하의 힘에 걸음을 멈출 수밖에 없었던 은초는 방금 전과는 달리 한층 누그러진 눈동자로 서하를 올려다보았다.

쌍꺼풀 없이 옆으로 길쭉한 눈은 매서운 사업가의 모습을 떠올리고, 높은 코는 하늘 높은지 모르고 뻗어 있었다. 붉은 기운이 도는 입술은 남자답게 도톰하고 굳이 있었다. 헌신 움씰거리는 턱이 지금 그가 초인적인 힘으로 제 감정을 억누르고 있는 것이 눈에 보일 정도였다. 은초의 입술이 차갑게 비틀렸다.

그래, 당신은 아직도 내 얼굴을 보는 것이 끔찍하게도 싫겠지.

내가 당신을 사랑하는 것과 반비례하는 그 감정은 나만큼이나 깊고 끔찍한 것이겠지.

하지만 은초는 뒤로 물러설 수가 없었다.

"나도 너에게 말했던 걸로 기억하는데?"

천천히 열리는 입술에 은초가 고개를 기울였다. 의아함이 가득한 눈동자로 서하를 올려다보던 은초가 순간 표정을 굳혔다.

"네 감정 지우기 전까진 내 앞에 나타나지 말라고."

그의 입에서 날아드는 잔인한 말에 은초의 표정이 순식간에 허물어졌다.

그녀가 힘없이 눈을 깜빡인 후 도도하게 턱을 치켜들었다.

"재미있있네, 오빠."

내리깐 눈동자에 스며든 것은 만족감이었다.

그 눈동자에 서하의 표정이 사납게 굳어진다.

"나도 싫었어. 오빠가 마치 날 끔찍한 동물처럼 바라보는 눈을 마주하고 싶을 리가 없잖아. 그 눈을 보면 나도 내 인내심의 한계를 늘 느끼거든."

"……그만해."

서하가 경고가 가득 담긴 어조로 말했다. 하지만 은초는 멈추지 않는다.

"하지만 어떻게 해? 우리 아버지가 갑, 내가 을인걸."

그녀가 힘주어 말했다. 하지만 표정은 그 갑을 움직일 수 있는 건 자신이라고 말하는 듯했다. 그의 위치, 명예를 한순간에 무너뜨릴 수 있다며. 그리고 이런 오랜 집착을 경험해 온 서하는 그녀의 의중을 기가 막히게 알아차리곤 입을 굳게 다물었다.

굳이 두 사람의 위치를 갑과 을로 정리하자면 강은초가 갑, 김서하가 을이었다. 그리고 그 위치를 손에 쥐고서 은초는 수십 년 동안 그를 뒤흔들었다. 사랑이란 이름 아래.

"그래서 내가 말했잖아. 내가 다시 한국으로 돌아오기 전까지 오빠가 원하는 걸 손에 넣으라고."

입술을 비틀어 웃은 은초가 고개를 내려 자신의 팔을 힘주어 붙들고 있는 커다란 손을 보았다. 커다란 손은 위협만 담겨 있을 뿐이다. 다른 애정은 담겨 있지 않았다. 어릴 적, 아무것도 모르던 그땐 이 손이 애정을 담고 자신을 만져 주길 원했던 적도 있었다. 지금은 아니었지만.

작게 웃음을 내뱉은 은초가 고개를 들어 서하의 얼굴을 본다. 잘생긴 얼굴에 가득한 것은 경멸. 그가 그녀에게 가지는 유일한 마음. 은초의 가슴이 시려온다.

"하지만 애석하게도 손에 넣지 못한 건 오빠야."

잘라 말한 은초가 말을 들었다. 그리고 자신의 손을 붙들고 있는 혈관이 돋아 있는 그의 손을 굳이 확인시켜 주며 웃는다.

"이제 가도 될까?"

그녀의 말에 서하는 붙들고 있던 팔을 놓아주었다.

툭.

떨어진 팔이 저린 듯 손으로 몇 번 어루만진 그녀가 걸음을 옮겼다. 그리고 김서하는 당연하다는 듯이 은초의 뒤를 따른다.

은초는 빠르게 변하는 창밖 세상을 보며 읊조리듯 말했다.

"아버지가 왜 날 부른 줄 알아?"

"늘 같은 이유겠지."

거대한 강우그룹의 유일한 상속인. 강 회장의 유일한 핏줄.

은초를 낳고 얼마 되지 않아 임신중독으로 세상을 떠난 아내를 평생 그리워하며 재혼을 하지 않은 강 회장에게 유일한 가족은 강은초, 그녀뿐이었다. 그리고 가족에 대한 사랑이 지극한 그는 은초의 말이라면 무조건 들어주며 유학이란 명목으로 프랑스에서 지내는 그녀에게 매일 한국으로 들어오라 종용했다. 은초는 이를 무시할 뿐이었고.

그가 차가운 목소리로 답했다. 하지만 부드럽게 핸들을 꺾으며 전방을 주시하고 있는 시선은 옮기지 않은 채였다. 백미러로 그의 모습을 바라보던 은초가 푹신한 의자에 몸을 묻으며 슬픔이 그득한 목소리로 말했다.

"기한전자 사장이랑 결혼하라고 하실걸?"

"……."

"정략결혼, 그런 거 있잖아. 가진 놈들이 더 부를 축적하기 위해 하는 의미 없는 짝짓기."

신랄한 어투로 말한 은초가 눈을 떴다. 차는 신호를 받아 멈춰 있었고, 서하의 시선은 어느새 그녀를 향해 있었다. 백미러로 그와 시선을 마주하던 은초가 웃었다.

"오빤 어때? 3년 전에 자동차 부사장이 되었잖아."

"……."

"아, 부사장으론 만족을 못하던가? 그럼 이번엔 뭘 원해? 이번에 아버지 뵙는 김에 말해줄 테니까."

힘없이 읊조린 은초는 답을 원하는 물음은 아니었던지 곧 시선을 창밖의 세상으로 던진다.

"글쎄…… 뭐든 줄 건가?"

서하의 답에 그녀의 고개가 옆으로 확 돌아갔다.

"아직도 오빠 옆에서 꺼지라는 건 아니지?"

그를 처음 만났던 15년 전, 풋풋한 학생이었던 때부터 서하가 은초에게 원하는 것은 그것 하나뿐이었다.

내 인생에서 제발 사라져.

하지만 은초는 그것만은 들어주지 못했다. 그가 군이 말하지 않더라도 끊임없이 아버지의 힘으로 회사에서 주요 요직을 맡게 해

주었지만.

부와 명예.

그것을 그가 원하는 것인지는 몰랐다. 하지만 단 하나, 그가 성인이 되고 여전히 아버지의 곁을 떠나지 않는 것은 그것뿐이라고 생각하며 은초는 계속해서 그에게 많은 부를 안겨주고 있었다. 그것이 그녀가 그에게 해줄 수 있는 유일한 것이었기에.

"들어줄 거야?"

서하의 물음에 은초가 떨리는 눈망울로 그를 바라보았다. 그리고 힘껏 고개를 끄덕였다.

"좋아. 그럼 회장님과 면담 후에 시간 좀 내줘."

"오빠……?"

은초가 떨리는 눈으로 서하를 보았다. 그러자 그는 입가에 매혹적인 웃음을 지었다.

"그거면 돼."

곧 신호가 붉은색으로 바뀌고 차가 빠르게 출발했다. 그의 시선도 자연스레 그녀에게서 떨어져 나갔지만 은초는 여전히 김서하만을 바라보고 있을 뿐이었다.

그녀의 오랜 사랑을.

❖

"아버지, 무슨 일이세요?"

은초는 연신 찻잔만 기울이는 강 회장의 모습에 고개를 기울였다. 한국에 도착하자마자 곧장 본사로 나오라는 말에 시차 때문에 힘든 몸을 겨우 이끌고 나왔건만 어쩐 일인지 강 회장은 한마디도 하지 못하고 있었다.

찻잔에 담긴 백합차가 차갑게 식을 무렵, 강 회장이 힘겹게 입술을 뗐다.

"은초야."

"네. 말씀하세요, 아버지."

끈기 있게 그의 말을 기다렸던 은초였지만 입술을 통해 흘러나오는 말은 제법 여유가 있었다. 마치 이 자리에서 어떠한 대화가 모두 나올지 예상하고 있다는 듯이. 하지만 은초의 입가에 지어진 따스한 웃음에 강 회장의 얼굴은 점차 죄책감으로 물들어갔다.

"기한전자 이 사장 어떻게 생각하니? 프랑스에서 몇 번 만났다는 이야길 들었는데……."

"그 이야기라면 어느 정도 눈치는 채고 있었어요."

딱 잘라 하는 말에 강 회장이 놀란 눈으로 딸아이를 바라보았다. 하지만 은초는 그가 정신을 차리기도 전에 말을 이었다.

"결혼식은 언젠가요?"

"은초야……."

한숨처럼 그녀를 부른 강 회장이 차마 은초의 눈을 마주하시 못한 채 시선을 내리깔았다.

"미안하다. 너에게 먼저 양해를 구해야 했는데."

"아니에요. 전자 쪽 기사는 프랑스에서도 계속 확인하고 있었는걸요. 예상은 하고 있었어요."

은초의 말에 강 회장이 다급한 어조로 말했다.

"정말 괜찮겠니? 넌……."

서하를 마음에 품고 있잖니.

강 회장이 미처 말을 끝맺기도 전이었다.

"저 혼자 좋아한 거예요. 저 혼자 사랑한 거고요. 오빠는 나만 보면 학을 떼거든요."

찻잔을 들어 입술을 적신 그녀가 흔들림 없이 말을 잇는다.

"이젠 풋사랑을 끝낼 때도 됐죠. 자그마치 강산이 변하고도 4년이 남는 시간이에요. 아버지 딸 가슴에 대못도 여러 번 박혔어요."

"……."

"눈치채고 계셨다니…… 말씀드릴게요. 나 결혼한다고 해도……."

은초가 미처 말을 끝맺지 못하고 입술을 악물었다.

결혼.

그것도 다른 사람을 미친 듯이 사랑한 여자가 다른 남자와 하는 결혼.

참 짜증나는 현실이었으나 그 남자의 마음이 영원히 자신에게 향하는 일이 없다는 것을 알기에 은초가 한숨으로 제 마음을 털어 냈다.

그래, 어차피 이렇게 될 일이었잖아.

김서하가 내 남자가 될 일 따윈 없잖아.

그녀가 속으로 연신 이 상황을 정당화시키며 마인드컨트롤을 했다.

빠르게 표정을 갈무리한 은초가 쓰게 웃었다.

"강우엔 필요한 사람이에요."

"서하 자리는 그대로다. 능력 있는 녀석이니까. 굳이 네가 아니어도 그 자리에 앉을 놈이었어."

강 회장의 말에 은초가 다행이라는 듯 고개를 끄덕였다.

"죄송해요, 아버지."

그녀가 서글프게 웃었다.

"오빠가 웬일이야? 나랑 술을 다 마시자고 하고."

은초가 높은 의자에 걸터앉아 벌써부터 와인 잔을 기울이고 있는 서하를 보며 말했다. 애써 밝은 어투로 말을 하긴 했지만 곧 자신에게 와 닿는 진득한 시선에 더 이상 말을 잇지 못하고 입을 꾹 다물어 버렸다.

언제나 반듯하던 김서하.

나만 보면 사적인 관계 따윈 절대 만들지 않겠다는 듯이 깍듯하게 말하곤 했던 김서하.

그리고 나의 사랑이 과하고 집착에 가까워질 무렵부턴 날 경멸하며 밀어내던 김서하.

내가 사랑하던 모습 따윈 모두 지우고 차가운 모습만을 보여줬던 그 김서하가 오늘은 웬일인지 웃으면서 자신을 바라보자 더 이상 말을 잇지 못했다. 그리고 말없이 그의 얼굴만 바라보았다. 정처 없이 시선을 옮기며.

"왜 그렇게 봐?"

늘 팽팽하게 당기고 있던 신경을 느슨하게 푼 서하가 말했다. 그러자 은초가 어설프게 웃는다. 아니, 겁을 잔뜩 집어먹은 모습으로 웃었다.

"무서워."

"뭐가?"

"그렇게 웃어주면 난 좋기보단 무서워. 그렇게 웃는 얼굴로 상처 주면 더 아프거든."

은초의 말에 서하는 한동안 말없이 그녀의 모습만 올려다보았다. 그러다 손에 들고 있던 와인 잔을 바 위에 올려둔 후 명령처럼 짧게 말했다.

"……앉아."

"아니, 안 앉을래."

고개까지 내저으며 거절 의사를 보이는 모습에 순간 서하가 당황한 표정으로 그녀를 보았다. 파르르 떨리는 입꼬리를 겨우 끌어올린 채 웃는 모습은 평소의 그녀답지 않았다. 어딘가 쫓기는 사람처럼 다급해 보이는 강은초 따위, 서하는 알지 못했다.

"뭐?"

"정말 끔찍한 이야기를 들을 것 같으니까…… 그냥 안 앉을래."

"그렇게 서서 듣게?"

"응."

망설임 없는 답에 서하가 헛웃음을 내뱉었다.

"그래, 그래서 강은초 네가 싫었다."

"……어?"

얼이 빠진 얼굴로 답하는 모습에 서하는 무심한 시선으로 그녀를 바라보며 조소 지었다.

"늘 내 마음대로 움직여 주지 않는 네가 짜증나서 견딜 수가 없었다고."

"윽."

은초가 손을 들어 자신의 가슴을 꾹 눌렀다. 그리고 장난스럽게 고개를 숙이며 말했다.

"역시 내 예상대로네, 아빠."

"좋아. 그럼 그대로 들어."

힘주어 말한 서하가 고개를 돌려 붉은빛이 감도는 와인 잔을 보았다. 안엔 피 색과 비슷한 레드와인이 따라져 있었다. 평소 은초가 즐겨 마시는 슈베트레제(Spatlese)를 부러 시켰는데, 그녀는 입도 대지 않을 모양이었다. 술을 잘 못 마시는 자신에겐 이 정도의 알코올이 딱이라며 스물한 살의 강은초를 떠올리던 서하가 평범한 인사를 건네듯 무심한 목소리로 말했다.

"나랑 자자, 강은초."

"……."

은초가 아무 말 없이 서하를 바라본다. 혹여 자신이 잘못 들은 것은 아닌지 확인하듯이. 하지만 서하가 별 반응 없이 자신을 올려다보자 은초의 얼굴이 일그러졌다.

"나랑 자자고."

하지만 그는 다시 한 번 확인 사살하며 은초의 마음을 무너뜨렸다. 거친 숨을 두어 번 뱉어낸 은초가 자리에서 비틀거렸다.

"오빠, 재미있네."

손을 들어 이마를 짚은 은초가 따끈따끈해진 이마를 어루만진 후 비틀린 웃음을 지으며 그를 바라본다.

지금 김서하가 나보고 자자고 한 건가?

하하, 하고 헛웃음이 터져 나올 것 같았다. 하지만 그녀는 웃을 수가 없었다. 감정이 잘 벼려진 칼날처럼 날카롭게 빛난다.

"내가 이제껏 해줬던 것들 정산이라도 하는 거야? 겨우 하룻밤으로?"

그리고 눈빛 또한 서늘함을 머금었다.

그녀의 표정을 살피던 서하가 무심한 얼굴로 말했다.

"그렇게 생각해도 상관없고."

그녀의 마음이 와락 무너져 내렸다.

10년 만에 고작 만난 그에게 기껏 듣는 이야기가 이것이라니.

순수했던 감정의 말로가 이것이라니.

슬펐다. 그의 모진 독설에 한국 땅을 떠났던 스물둘의 그녀라면 와락 눈물을 흘릴 만큼 강렬한 고통이 심장을 두들겨 팼다. 하지만 강은초는 자라났다. 10년이란 시간을 허투루 보내지 않았다. 머나먼 땅에서, 간간이 보는 그의 모습에도 만족할 수 있게 되었고, 포기란 것도 배웠고, 그처럼 가면을 뒤집어쓰고 상대를 대할 만큼 어른이 되었다. 그것이 성숙한 인간인지는 모르겠으나.

"왜 나랑 자려는 건데?"

그녀가 얼굴에 감정의 흔적을 말끔하게 지워낸 후 물었다. 그러자 그는 너무나 산뜻하게 답한다.

"곧 결혼하니까? 그럼 네가 원하는 것은 해줄 수 없으니까."

그의 말에 와락 웃음이 터졌다. 은초가 허리를 폴더처럼 접은 후 낄낄 웃음을 터뜨렸다. 한참 제 감정을 참아내지 않은 그녀가 고개를 들어 눈기에 고인 눈물을 닦았다. 그리고 일그러진 서하의 얼굴을 보며 말했다.

"웃기다."

짧은 말에 그의 얼굴이 반듯하게 펴지자 그녀는 제 감정을 갈무리했다.

"웃겨…… 참."

"뭐가?"

"나란 사람이 참 웃겨."

그렇게 말한 은초가 손을 뻗어 그의 앞에 놓여 있던 와인 잔을 들었다. 그리고 안에 들어 있던 핏빛 알코올을 벌컥 들이켰다.

"좋아."

달그락.

약한 와인 잔을 조심스럽게 내려놓은 은초가 서하를 보며 짧게 답했다.

"평생 소원이었는데 잘됐네. 우리 자자."

그렇게 말하는 은초의 얼굴이 슬픔에 일그러졌다.

슬픈 예감은 벗어난 적이 없었다.

어둠 속에 빛나는 그의 눈빛을 바라보던 은초가 웃음을 삼켰다. 자신의 뺨에 와 닿는 손을 붙잡은 그녀가 고개를 저으며 일갈

했다.

"불 켜."

어둠 속에서도 그가 인상을 찌푸리는 것이 보이는 것만 같았다.
은초가 웃음기가 담긴 어조로 말했다.

"보고 싶어."

오빠가 날 어떻게 안는지, 오빠가 날 어떻게 사랑해 주는지 모
두 보고 싶어.

그렇게도 원하던 손길, 원하던 상황, 원하던 눈길을 맞이할 지
금 이 순간, 어둠에 가려 모든 것들을 놓치고 싶지 않았다.

은초를 내려다보고 있던 서하가 손을 뻗어 리모컨을 들었다. 그
리고 버튼으로 방 안을 밝힌 그는 자신의 아래에서 촉촉한 눈을
천천히 깜빡이고 있는 은초를 내려다본다.

그의 오피스텔. 은초에겐 애초에 허락되지 않았던 공간이었다.
그 공간에서 그의 체취로 가득한 침대에 누워 무심한 얼굴로 서하
의 얼굴을 올려다보았다.

그와의 관계 후, 어쩌면 후회할지도 모른다. 아니, 분명 후회할
것이다. 그걸 모를 정도로 강은초는 멍청한 치가 아니었다. 하지
만 기꺼이 손을 뻗어 그의 목을 끌어안았고, 그의 몸을 자신 쪽으
로 끌어당겼다.

평생 가지고 싶었던 남자. 손에 넣고 싶었던, 아니, 곁에라도 있
고 싶었던 남자. 그런 남자를 드디어 손에 쥐게 되었다. 이것이 삽

시의 여흥이고, 잠시의 기회이며, 이 순간뿐이라 하더라도 그녀는 기꺼이 이 기회를 붙잡았다.

자신의 옷가지를 벗기고 그 위에 몸을 겹쳐 오는 서하의 체온을 느끼며 은초가 눈을 감았다. 분명 자신보다 체온이 높았건만 그의 몸이 유독 차갑게 느껴지는 것은 마음의 거리 때문일 것이다. 자잘하게 제 몸 위에 수놓아지는 입술에도 마음이 아픈 것은 그 입술에 사랑이 없기 때문이겠지. 은초가 슬픔에 눈을 감는다.

그의 입술이 뜨겁게 그녀의 입술을 머금고, 기다란 손가락이 가슴의 정점을 꼬집는다. 새하얀 허벅지가 흥분에 파르르 떨리고, 여성은 윤기를 잔뜩 머금으며 기대감을 꽃피웠다.

은초가 고개를 옆으로 돌리며 눈을 질끈 감자 커다란 손이 그녀의 턱을 붙잡는다. 자신 쪽으로 턱을 돌린 그가 음습한 목소리로 읊조렸다.

"날 봐."

"……."

"날 보기 위해 불을 켠 것 아니야?"

그의 말에 은초가 힘겹게 눈을 떴다. 그리고 흥분이 가득 차오른 눈동자로 자신을 내려다보는 서하의 모습에 입술을 늘어뜨려 웃었다. 손을 뻗은 은초가 강인한 턱을 감싸 쥐며 읊조렸다.

"왜 그렇게 봐? 오빠."

"……."

그녀의 물음에 서하는 아무런 답도 해줄 수가 없었다. 정작 그 자신은 어떠한 시선으로 은초를 바라보고 있는지 몰랐기에.

　늘 비난 서린 시선을 그에게서 받아왔던 은초, 차갑고 시린 시선을 받아왔던 은초, 무감정한 눈동자를 주로 봐왔던 은초는 지금 이 순간 불장난에 지나지 않을 이 관계 덕에 그가 자신을 흥분에 찬 눈동자로 본다 해도 좋았다. 단순히 몸을 뒤섞는 관계라 하더라도 검은 눈동자에 비친 자신의 모습이 사랑스럽고 행복해 미칠 지경이었다.

　"나 지금 무척 기뻐."

　그녀가 물기 어린 목소리로 말했다. 그녀의 목소리에 커다란 손이 은초의 소담한 가슴 위에서 멈춘다.

　"오빠한테 내가 여자가 될 수 있구나."

　평생 그럴 일은 없다고 생각했는데.

　끝까지 슬픈 목소리로 읊조리는 은초를 가만히 바라보던 그가 손을 내렸다. 그리고 단숨에 팬티를 벗긴 후 여성 사이를 가르고 손가락을 밀어 넣었다. 순간 은초의 몸이 위로 튀어 오르더니 눈동자가 툭 튀어나올 것처럼 커졌다.

　파르, 파르르…….

　떨리는 손을 뻗어 서하의 어깨를 움켜쥔 은초는 강렬하게 제 몸을 휘감는 쾌감에 눈을 감았다. 질끈 감은 눈에 속눈썹이 찌그러지고 콧잔등에 주름이 잡혔지만 그의 손은 무자비하게 그녀의 안을 휘젓고 자극했다.

찰박찰박!

쾌감에 익숙하지 않은 몸은 금세 윤활유를 돌게 만들었다. 처음엔 하나만 밀어 넣었던 손가락이 어느새 두 개가 되었을 무렵엔 여성도, 그녀의 몸도 노곤하게 풀렸다.

이미 남성을 받아들일 준비를 마쳤지만 서하는 더욱 빠르게 팔을 움직이며 그녀를 몰아붙였다.

"아아!"

은초의 신음이 방 안을 갈랐다. 코끝을 찌르는 액 냄새에도 그는 더욱 빠르고 기밀하게 움직였으며 게슴츠레 뜬 눈에 흥분이 떠오르고 열락으로 작은 여체가 뜨거워져도 행동을 멈추지 않는다.

그의 눈동자가 그녀에게 종용했다.

애원해, 나에게.

애원하라고.

강렬한 메시지에도 은초는 어찌할 바를 몰라 허리만 비틀어댔다.

"오, 오빠…… 아아, 오빠!"

은초의 목소리가 높아졌다. 제 몸을 폭풍 속으로 밀어 넣는 그의 팔을 붙잡고 작게 고개를 내저었다.

그만, 그만.

그녀가 눈동자로 애원했다. 입술에선 연신 신음성을 내지르느라 부탁조로 말할 수 없었기 때문이다. 하지만 그는 끈질기게 그녀의 입술을 바라보았다.

뭘 원해. 원하는 것을 직접 말해. 그렇지 않는다면 아무것도 해주지 않을 테니까.

그의 눈동자가 지글지글 끓었다. 그녀의 몸처럼 그 또한 점차한계로 치닫고 있었으나 김서하는 무서운 자제력의 소유자였다. 이 정도쯤은 가뿐히 참을 수 있다는 듯이 입술은 여유롭게 호를 그리고 있었다.

"끄윽, 끄……."

몸을 동그랗게 만 은초의 눈가에 눈물이 맺혔다. 힘겹게 허공으로 팔을 뻗은 은초가 흐트러진 서하의 머리카락 사이에 손가락을 찔러 넣은 후 움켜쥐었다.

"그만, 그만……."

강렬한 쾌감은 고통에 가까웠다.

작게 고개를 저은 은초가 애원했다. 그리고 말을 잇는다.

"해줘."

드디어 그녀의 입에서 그가 원하던 말이 나왔다. 그가 빠르게 움직이던 손을 멈춘 후 액으로 흥건한 손가락을 혀로 핥았다. 자극적인 모습에 은초의 몸이 바짝 얼어버린다.

"다시 한 번 말해봐."

"안아 줘."

은초가 서하와 시선을 똑바로 마주하며 말했다. 당당한 목소리와는 달리 말끝에 결국 눈물을 떨궈낸 그녀는 서하가 제 몸 위로 상체를 내리는 것을 느끼며 눈을 감았다.

허벅지를 붙잡는 강인한 손이 두껍고 뜨거운 불기둥을 붙잡고 여성에 살살 문질렀다. 그리고 충분히 남성을 적시고 나서야 여성 안으로 힘껏 밀어 넣었다. 남성이 단번에 반쯤 들어가자 은초의 몸이 석상처럼 얼어버렸다.

"악!"

고통에 찬 신음에 서하의 몸이 얼어버렸다. 하지만 몸이 쪼개지는 아픔에 허우적거리는 은초는 이를 알지 못한 채 그의 어깨를 힘없이 뒤로 밀어냈다. 그녀의 손가락 끝이 차갑게 식어 있었다.

"아, 아파……."

"……너."

차갑게 표정을 굳힌 그가 읊조리다 말고 입술을 굳게 다물었다. 깜짝 놀란 티가 역력한 얼굴이었다.

"너무 아파, 오빠."

놀란 눈으로 한참이고 은초를 내려다보던 서하가 힘이 빠진 듯 굳히고 있던 표정을 느른하게 풀었다.

처음이냐, 너?

그는 굳이 그렇게 묻지 않았다.

묻지 않아도 알 수 있었다.

그녀가 처녀라는 것쯤은.

새근새근, 은초가 세상모르고 잠들어 있었다. 하지만 침대에 걸 터앉아 그녀를 바라보고 있는 서하만은 잠을 이루지 못했다.

핑크빛 뺨, 수많은 눈물과 슬픔을 떨궈내 붉게 변한 눈가와 코 끝. 그리고 살짝 벌어져 있는 입술 또한 그의 입술에 무참하게 씹 히고 뜯겨 붉게 흉이 져 있었다. 엉망인 모습. 하지만 웬일인지 서 하는 벌써 몇 시간째 그녀의 모습에서 시선을 떼지 않은 채 어두 운 밤을 의미 없이 흘려보내고 있었다.

조금 떨어져 은초를 바라보던 그가 힘겹게 팔을 뻗어 땀으로 이 마에 붙어 있는 머리카락을 쓸어 뒤로 넘겨주었다. 자상한 손길이 었지만 서하의 얼굴은 야차처럼 무섭게 굳어 있었다.

그가 입술을 짓이기며 낮은 분노를 쏟아냈다.

"네 탓이야."

뭐가 그녀의 탓이라는 것일까.

원망 서린 목소리로 말한 서하가 눈동자에 오롯이 그녀만을 담 고 있었다. 그리고 그녀를 담은 눈동자가 곧 슬픔과 분노로 얼룩 졌다.

"강은초, 다 너 때문이라고."

2. 벗어날 수 없는 감정

뿌연 시야를 밝힌 은초는 여전히 잠기운이 그득한 얼굴로 상체를 일으켰다. 그리고 텅 비어 있는 방 안을 눈으로 훑은 후 아무런 인기척도 느껴지지 않자 손을 들어 이마를 쓰다듬었다.

"매너도 더럽게 없지."

어투는 짜증스러웠으나 목소리는 힘이 없다. 마치 무언가를 내려놓은 사람마냥. 천천히 눈을 깜빡이던 은초가 시선을 내려 제 몸을 보았다. 자고 있는 사이 서하가 입혀놓은 것인지 그의 것으로 보이는 티셔츠를 입고 있었다. 손을 들어 그의 옷을 그러쥔 은초가 한숨을 혹 뱉어냈다.

"꿈에서 깰 시간인가."

카카오 함량이 많으면 오히려 쓰게 느껴지는 것처럼, 달지만 그리 달지만은 않은 꿈을 꿨다. 은초는 그와의 지난 관계를 그 정도로 정리해야 한다는 것을 알기에 아픈 가슴께를 주먹으로 꾹꾹 누르며 눈을 빛냈다.

"즐거웠으면 됐지."

아주 잠시라 하더라도.

그래, 그거면 되었다.

그렇게 생각하며 은초가 다시 상체를 침대에 뉘었다. 그리고 그의 체취로 가득한 이불에 코를 묻었다. 그리고 눈을 감으며 오늘도 그의 생각을 해본다.

김서하, 나의 첫사랑.

그를 처음 만났던 때가 아직도 기억났다.

봄바람이 불어오던 날이었다. 새 학기에 대한 불안감에 안절부절못하던 열일곱, 대학생이 된 그를 처음 만났다. 그는 강 회장이 뒤를 봐주고 있는 똑똑한 학생이었고, 부모는 일찌감치 사고로 세상을 떠났다 했었다. 그 말을 이미 들었던 터라 처음 그를 보았을 때 조금은 안쓰럽게 봤을지도 모른다.

"세상 물정 모르는 아가씨. 그런 식으로 보면 사람들이 기분 나빠해."

강 회장이 잠시 자리를 비우자 그가 했던 첫마디가 바로 그것이 었다. 눈초리가 나쁘다며. 하지만 정작 눈초리가 나쁜 것은 그였 다. 마치 구시대적인 계급 계층을 나누는 듯한 그녀의 모습에 그 는 경멸 어린 눈으로 바라보았으니까.

과거의 기억에 은초의 눈빛이 흐려진다.

"첫인상이 안 좋았나? 그래, 웃어줄 걸 그랬어."

동정하는 눈빛이 아니라.

그렇다면 우리의 관계가 조금은 달라지지 않았을까?

지금에 와서 후회해 봤자 소용없다는 것을 알면서도 그녀는 서 하의 체취를 들이마시며 생각해 보았다.

그때 내가 조금만 더 성숙된 인간이었다면, 그래서 세상의 기준 과는 달리 상대를 볼 수 있는 사람이었다면, 스무 살의 김서하에 게 더 관심을 가졌다면, 그랬다면…….

꼬리에 꼬리를 무는 생각에 은초가 고개를 저었다. 그리고 힘없 이 늘어져 있던 팔에 힘을 주고 자리에서 일어난 은초는 테이블 위에 올려져 있는 제 가방을 확인한 후 걸음을 옮겼다.

"아……."

가죽 가방을 들어 올리는 순간, 그 밑에 놓여 있는 쪽지를 본 은 초의 눈빛이 사시나무 떨리듯 흔들렸다. 작게 신음처럼 소리를 내 뱉은 그녀가 손을 뻗어 종이를 집어 들었다.

정갈한 필체는 그의 것이었다. 예전 그녀의 조름에 과외를 봐주었던 그가 정성스럽게 적은 요약 노트를 받았을 때 눈여겨보았던 필체. 이제 더 이상 국영수사과를 파고들 고등학생은 아니었지만 아직도 그 노트를 가지고 있던 은초는 꾹꾹 눌러쓴 메모지가 그가 자신에게 남긴 것이란 것을 한눈에 알아차리곤 부드럽게 웃음 지었다.

　—이래도 지속하고 싶니?

　"어."

　메모에 대한 답을 들을 사람은 이 공간 안에 없음에도 그녀는 소리 내어 답했다. 마치 다짐하듯이. 아니, 정신 차리라는 듯이. 그리고 한동안 글자가 흉기가 되어 제 폐부를 찌르는 듯한 글귀를 눈에 담고 또 담았다.

❖

　평소보다 더 짙게 화장을 했다. 화장대 앞에서 족히 세 시간은 앉아 있고서야 나갈 준비가 끝난 은초는 거울 속에 비치는 자신의 모습에 입술 끝을 끌어 웃는다. 하지만 미소는 곧 깨어질 듯 위태롭고 나약하다. 마치 지금 제 심장처럼.

　한참이고 거울을 바라보던 은초가 향한 곳은 강남 중심가에 있는 강우호텔이었다. 문을 들어서자마자 그녀를 알아본 사람들이 허리를 숙여 인사를 건넸다. 고갯짓으로 인사를 받아준 은초가 힘차게 걸음을 옮겼다.

곧장 엘리베이터를 타고 스카이라운지까지 올라온 그녀는 얼마 떨어지지 않은 곳에서 손을 드는 남자를 보며 어색하게 웃음을 지었다.

기한전자 이태훈 사장.

사교모임이나 큰 행사에서 몇 번 스치듯 인사를 하는 것이 고작이었던 사람이었지만 어찌 되었든 앞으로 그녀의 남편이 될 사람이었다. 시니컬하게 웃은 은초가 그의 앞으로 다가가 손을 내밀었다.

"반갑습니다, 저희 구면인데도 아직은 어색한 사이죠?"

당돌한 그녀의 말에 태훈의 얼굴에 순간 놀라움이 번졌다. 하지만 곧 그녀에 대해 얼추 알고 있는 그가 자상한 미소를 지으며 고개를 끄덕였다.

"그렇네요. 앞으로 한집에서 지내게 될 텐데 잘 부탁드립니다."

그가 은초의 손을 잡고 두어 번 흔들었다. 그리고 곧장 사업석상에 선 사업가처럼 마주 앉은 두 사람은 어색한 대화를 몇 마디 주고받은 후 음식을 주문했다.

이미 사전에 모두 통보되어 있었던 만남이었던지라 얼마의 시간이 흐르지 않아 주문한 음식이 나왔다. 분명 썰면 핏물이 흘러나올 스테이크를 가만히 바라보던 은초는 자신의 접시를 가져가 솜씨 좋게 스테이크를 썰어주는 태훈을 멍하니 본다.

"아, 썰어주는 거 싫어하세요? 이런, 물어보는 걸 깜빡했네요."

그러면서 사람 좋게 웃는 그를 보자 은초의 입술에 느른한 웃음이 걸렸다.

"이태훈 씨는 소문과는 달리 참 자상한 분이시군요."

"네?"

직설적인 말에 태훈이 당황한 듯 눈을 커다랗게 떴다. 그들이 사는 세계에선 속마음을 보이지 않는 것이 미덕이었다. 좋은 감정을 가지고 있더라도 반쯤은 숨기고 적대감을 가지고 있다면 전부를 숨겨야 하는 곳. 하지만 은초는 그녀가 가지고 있는 재력과 배경과는 달리 솔직한 사람이었고, 제 기분을 숨기지 않는 여자였다.

곧 그녀에 대해 떠들곤 했던 사람들의 이야기를 떠올린 태훈이 다 썬 스테이크 접시를 그녀의 앞으로 밀어주며 말했다.

"전 솔직히 소문 같은 건 믿지 않습니다."

"무슨 말씀이시죠?"

갑자기 다른 방향으로 튀는 대화에 은초가 눈을 깜빡였다. 이에 태훈은 느른한 웃음을 머금은 입술을 더욱 끌어 올려 웃으며 턱을 괸다.

"그런데 은초 씨에 대한 소문은 뭘까요. 아주 솔직한 사람이라고 들었습니다. 당당하기도 하고."

"……그럼 더 재미있는 소문도 많이 들으셨겠죠?"

"어떤 소문 말입니까?"

여전히 웃는 얼굴로 하는 말에 은초가 잠시 머뭇거렸다. 하지만 이내 무언가를 결심하기라도 한 듯 굳은 시선으로 그를 바라본다. 은초는 더 이상 망설이지 않았고 피하지도 않았다.

"저 사랑하는 남자가 있어요."

"아……."

깜짝 놀란 듯 괴고 있던 턱을 푸는 남자를 보며 은초의 눈망울이 흔들렸다. 결혼을 기정사실로 둔 지금에서 하기엔 너무나 상대를 배려하지 않은 말이란 것은 그녀 또한 알고 있었다. 하지만 이 바닥, 그러니까 상류사회에서 그녀가 서하에게 푹 빠져 미친 머저리마냥 먼 타국 땅에서 지내는 것을 모르는 이들은 없었다.

특히 여자들만 모일 때면 그녀를 껌처럼 씹으며 단물이 다 빠질 때까지 이야기하고 있다는 것을 은초 또한 알고 있었다. 그러니 속이지 않는 것이 좋다. 타인에게 제 사정을 듣는 것보단 직접 본인에게 듣는 것이 좋으니까.

은초가 표정을 갈무리하며 태훈을 보았다.

"그 사람을 아주 많이 사랑해요. 하지만 제 사랑만으론 어떻게 할 수 없어서 이 자리에 나왔어요. 그리고 당연하게 받아들이고 있고요."

"……."

"이런 말 하는 거 상대에 대한 예의에 어긋나는 것 알고 있습니다. 하지만 이 사실을 숨기고 후에 태훈 씨가 알게 되는 것보단 지금이라도 솔직하게 말하는 것이 좋을 것 같아서요."

"그렇군요."

무언가 생각에 잠긴 듯 짧게 답한 태훈은 더 이상 말을 잇지 않았다. 테이블을 바라보며 점점 식어가고 딱딱해지는 스테이크만을 바라본 채. 그리고 그런 그를 은초는 불안한 시선으로 바라보았다. 이러한 자신을 받아들여 주지 않는다면 아마 강 회장의 사업에도 큰 차질이 생기겠지. 하지만 어쩔 수 없는 노릇이었다. 그녀는 아주 오랫동안 김서하를 마음에 품었고, 이 사실은 결코 부정할 수 없는 것이었으니까.

그리고 얼마의 시간이 지나지 않아 생각의 정리를 마친 듯 태훈이 그녀를 바라보았다.

"후에 다른 사람에게 듣는 것보단 은초 씨에게 듣는 것이 더 좋습니다."

눈동자에 가득한 따스함에 은초의 심장이 미친 듯이 뛰기 시작했다. 그리고 그의 올곧은 시선에 마음이 시려온다.

아아, 이 사람은 아주 바른 사람이구나. 그리고 참…….

"감사합니다, 강은초 씨."

"……."

"솔직히 전 사랑하는 사람과 함께 살고 싶은데…… 은초 씨는 아닌가 보죠?"

따뜻한 사람이구나.

눈물이 날 것 같았다.

왜 그런지는 몰랐으나, 눈물을 왈칵 쏟고 싶은 기분이 든다.

"그 남자는…… 절 사랑하지 않아요. 아니, 미워하죠."

은초의 음성이 흔들렸다. 마치 따스함을 뒤쫓는 듯 내달리는 심장처럼.

"그게 너무 가슴이 아파서 견딜 수 없지만 아픔도 숙달이 되거든요."

"그렇습니까? 전 잘 모르겠던데."

조금은 표정이 굳었을까. 순식간에 안색을 바꾼 태훈의 모습에 은초는 꿀 먹은 벙어리라도 된 양 입술을 닫았다. 그런 그녀의 모습에도 태훈은 여전히 차갑고 다소 냉소적인 표정으로 말을 이어 나갔다.

"처음 보는 은초 씨가 사랑하는 남자가 있다고 하니 제가 지금 무척 상처받았거든요."

"아…… 죄, 죄송……."

서둘러 사과의 말을 내뱉는 은초를 보며 태훈이 작게 고개를 저었다.

"사과의 말 듣고 싶어서 드리는 말씀은 아닙니다. 저도 꽤 좋은 남자라는 걸 어필하고 싶어서요."

"네?"

부러 더욱 진하고 표독하게 보이는 화장을 하고 나온 은초의 얼굴이 순간 허물어졌다.

"기왕 함께 살아야 하는 입장이라면 서로를 좀 더 좋아하고 사랑하도록 노력하면서 사는 건 어떻겠습니까? 정말 사랑하는 연인은 못 될 수도 있겠지만 그래도 인생의 동반자 정도는 될 수 있지 않을까요?"

"당신……."

은초가 힘겹게 말을 토해냈다. 그리고 놀라움에 일그러졌던 표정을 더욱 구겼다. 하지만 기분 나쁜 구김이 아니었다. 당황하고 어쩔 줄을 몰라 하는 표정. 하지만 은초는 자신에게 닿는 따스한 눈길을 피하지 않았다.

"정말 좋은 사람이군요."

"그런가요?"

"네, 그리고 왠지 상처받은 짐승을 보면 무조건 치료해 줄 것 같기도 하고요."

"음, 오지랖이 넓다는 말씀이신 건가요, 아니면 은초 씨가 상처받은 짐승?"

장난스럽게 걸어오는 말에 은초는 그제야 자신이 지나치게 긴장하고 있다는 사실을 깨달았다. 부드러운 분위기를 유도하는 태훈과 눈을 마주한 은초가 이 자리에 나오고 처음으로 편안한 웃음을 지어 보였다.

"둘 다요."

"맞아요. 제가 보기에도 전 지나치게 오지랖이 넓고, 은초 씨는 상처받은 짐승, 아니, 강아지 정도로 해두죠."

그의 말에 은초가 작게 웃음을 지을 때였다. 정면에 보이는 엘리베이터 문이 열리더니 비서진과 함께 스카이라운지 안으로 들어서는 서하의 모습이 보였다.

두 사람의 눈이 정면으로 마주쳤다. 의외의 장소에서 만난 은초와 서하는 잠시 서로의 안색을 살피고, 곁에 있는 사람들을 살핀다. 그녀의 시선을 따라 몸을 돌린 태훈 역시 서하를 바라보았다. 두 남자 사이에 알 수 없는 긴장감이 흘렀다.

"저 남잔가요? 은초 씨가 사랑한다는?"

"……."

역시나 큰 사업체를 굴리는 사람답게 태훈이 단숨에 눈치를 채곤 물었다. 은초는 자신에게로 점차 걸음을 옮기는 그의 모습에 시선을 내리깔았다. 그 모습이 물음에 대한 답이 충분히 되었다는 듯 태훈이 웃는 얼굴로 말했다.

"음, 참 이성적인 사람으로 보이는군요."

"설마요."

딱 잘라 말한 은초가 붉은색으로 칠해놓은 입술을 시니컬하게 휘며 말을 이었다.

"화도 잘 내고, 무척 무섭기도 한 사람이에요."

"은초 씨는 세상 무서울 것이 없어 보이는데요?"

태훈이 의외라는 듯 묻자 은초는 서하를 향해 있던 시선을 돌려 그를 보았다. 그리고 마치 이것이 세상의 정의라도 되는 양 말했다.

"사랑 앞에서 여자는 한없이 나약해지곤 해요. 그게 아무리 저라고 해도 말이죠."

천천히 걸음을 옮겨 두 사람에게 다가온 서하는 자신을 바라보지 못한 채 고개를 숙이고 있는 은초를 보았다.

"아가씨께서 여긴 어쩐 일이십니까."

다 알고 있었으면서, 망할 자식.

한껏 욕을 해주고 싶었으나 은초는 초인적인 힘으로 참아냈다. 그리고 부러 만들어낸 표정으로 자리에서 일어나 태훈을 본다.

"이쪽은 기한전자 이태훈 사장님이세요. 저와 곧 결혼을 하게 되실 분이죠."

"아, 반갑습니다. 강우자동차 부사장 김서하입니다."

"이태훈입니다. 처음 뵙겠습니다."

아무래도 업종이 다르다 보니 만날 일이 없었던 두 사람은 정식으로 악수를 청해 인사를 나누었다. 그 모습을 옆에서 보고 있던 은초가 입술을 비틀었다.

이 그림은 뭐야?

참 웃긴 상황이었다.

❖

비틀거리는 걸음으로 현관으로 들어선 은초는 캄캄한 집 안의 풍경에 작게 웃음을 내뱉었다.

"아, 아버지 출장 가셨지."

일본 지사로 3박 4일 출장을 떠났던 일을 떠올린 은초가 킬킬 웃음을 내뱉었다. 얼마의 시간이 지나자 현관을 밝혀주던 센서 등이 꺼지고 어둠이 찾아온다.

비틀비틀.

곧 쓰러질 것처럼 걸음을 옮기던 은초는 컴컴한 거실 소파에 앉아 있는 인영을 발견하곤 멈춰 섰다.

그였다. 그녀의 기분을 심란하게 만들고, 혼자서 진탕 술을 마시게 만든 남자.

은초는 자리에서 일어나는 서하를 따라 시선을 옮기며 피식 조소를 내뱉었다.

"답은?"

"무슨 짓이야?"

가타부타 말없이 본론부터 꺼내는 서하의 모습에 그녀가 뾰족한 어조로 말했다. 이를 짓이기며 시꺼멓게 타들어간 속을 숨기지 않은 채. 그리고 이런 그녀의 상태를 서하는 너무나 잘 알고 있었다. 아무리 어둠 속이라 하더라도 두 사람이 함께해 온 세월이 저절로 상대의 기분을 알게 만들고, 마음 깊은 곳에 숨겨둔 본심까지 알게 만들었다.

"내 메모에 대한 답."

그의 말에 은초가 피식 웃음을 내뱉었다. 그러다가 더 깊게까지 생각한 것인지 이내 커다랗게 웃음을 터뜨린다.

"하하, 하하하!"

커다란 웃음소리만이 두 사람 사이에 있는 적막감을 깨뜨려 주었다. 배가 땅길 정도로 박장대소를 터뜨린 은초가 눈가에 맺힌 눈물을 닦았다. 술이란 참 신기했다. 사람의 감정을 이토록 극대화시키다니. 얼마 만에 이렇게 웃어보는 것인지 모를 일이다. 그녀의 정신은 지금 반쯤 나가 있었으니까.

"내가 무슨 말을 할 거라고 생각해, 오빠?"

"글쎄다."

"내가 아무리 정신 빠진 년이라고 하더라도 결혼할 상대까지 있는데 오빠와 관계를 지속하겠어?"

이태훈은 좋은 사람이었다. 그 사람의 웃음이 아직도 머릿속에 남아 있었다. 그 사람에 대해 아무런 감정이 없다 하더라도 그녀는 기본적인 예의는 알고 있는 여자였다.

사랑을 묻어야지. 아니, 이젠 사랑이라고 하기엔 너무나 썩어 문드러져 원형조차, 과거의 따스하고 아득했던 그 감정조차 잊은 그 감정 따윈 묻어야지.

　그녀는 그렇게 다짐하고 또 다짐하며 서하를 올려다보았다.

　두 사람 사이에 있던 간극이 조금씩 좁아진다. 천천히 걸음을 옮긴 서하는 그녀의 앞에 서서 잠시 자신보다 머리 하나는 작은 은초를 내려다보았다. 그 시선은 너무나 음습하고 무거워 은초의 어깨를 움찔 떨게 만들었다. 하지만 그녀는 뒤로 물러서지 않는다. 이젠 물러설 곳도 없는 감정이었으니까.

　조금의 침묵이 흘렀고 곧 서하가 천천히 입술을 달싹인다.

　"생각해 봤어."

　느릿한 어조는 그의 입술에서 시선을 떼지 못하게 만든다. 귀를 쫑긋 세우고 그가 다음에 무슨 말을 할까, 생각하게 만든다. 그리고 그는 얼마 가지 않아 뒷말을 이었다.

　"너만 행복해도 될까, 하고."

　"오빠?"

　무슨 말인지 몰라 은초가 눈을 동그랗게 떴다. 그러자 무심했던 그의 눈동자에 감정이 피어오른다. 그리고 그와 비슷한 것이 그의 입술에 내걸린다.

　"그런데 아니야. 내 본성이 그러지 말라고 아우성을 치더라고."

　"그게 무슨……?"

조소를 짓는 그를 보며 은초가 물었다. 아니, 물으려고 했다. 하지만 서하는 이를 허락지 않았고, 말이 끝나기도 전에 팔을 뻗어 그녀의 뒷덜미를 제 쪽으로 끌어당긴다.

두 사람의 입술이 마주쳤다. 그리고 극렬한 갈증을 느끼는 사람처럼 서하가 은초의 입술을 머금었다. 뜨겁게 빨아들이는 입술에 그녀의 입이 저절로 벌어졌고, 곧 물컹한 혀가 그 안으로 들어와 휘저었다.

머리가 핑글핑글 돌 만큼 끔찍한 쾌감이 찾아들었다. 그리고 그것과 비슷한 절망이 그녀의 몸을 옭아맨다.

손을 들어 그의 가슴을 밀어내 보지만 단단한 가슴은 한 발자국도 뒤로 물러서지 않고 오히려 더 큰 힘으로 그녀를 품 안에 끌어당겼다. 기다란 팔에 갇혀 이러지도 저러지도 못한 채 얼어 있던 은초는 곧 정신을 차린 듯 얼굴을 흔들고 사지를 허우적거렸다. 힘껏 주먹을 쥐고 그의 어깨를 내려쳤다. 그녀의 주먹이 아플 정도였으나 그는 물러서지 않았다.

은초는 입술이 붉게 부풀어 오르고, 입안이 얼얼할 정도가 되어서야 그의 단단한 품에서 풀려날 수 있었다.

짝!

은초가 손을 들어 서하의 뺨을 힘껏 후려쳤다. 그의 뺨이 부풀어 올랐고, 손톱에 긁힌 뺨에선 피가 흘렀다. 하지만 정작 때린 은초가 그보다 더 끔찍하고 아픈 고통을 느끼며 일그러긴 얼굴로 외쳤다.

"내 사랑이 오빠를 그렇게 괴롭게 만들었니? 그렇게 힘들게 만들었어?"

툭.

눈물은 잠시도 그녀의 눈가에 머물러 있지 않았다. 무게를 순식간에 더하고 덩치를 불려 아래로 후두둑 떨어진다.

"사랑해! 사랑해! 사랑한다고! 그게 오빠에겐 그렇게 견디기 힘든 것이야?"

"……."

그리고 그와 함께 그녀의 심장도 아래로 떨어져 내렸다.

몸을 파들파들 떨며 외친 은초가 자리에서 비틀거렸다. 그러자 서하가 손을 뻗어 그녀의 몸을 재빨리 붙잡아주었다. 하지만 은초는 지금 그의 호의 따윈 받을 생각이 없었다. 힘껏 손을 뿌리친 그녀가 허리를 숙이고 배에 몸이 터져 버릴 것처럼 힘을 준 채 악을 썼다.

"당신 인생에서 꺼져 주겠다잖아! 이젠 각자의 길로 가자고! 그런데 왜 그래! 왜! 왜 날 이렇게 비참하게 만들어!!"

그녀의 고통에도 서하는 한참이고 말이 없었다. 그래서 그녀는 헛된 기대심을 품어버린다.

손을 들어 얼굴을 가린 그녀가 차마 현실을 마주하고는 물을 수 없는 말을 내뱉었다.

"오빠…… 내가 결혼을 하지 않길 바라?"

"……."

"그런 거라면……."

나 안 할 수도 있어.

금수저 물고 태어난 대가로 해야 하는 정략혼이지만, 아버지에게 너무 미안하지만 다 무시할 수 있어.

그녀가 그렇게 물으려 했다. 하지만 냉소를 머금은 서하는 그녀가 말을 채 다 내뱉기도 전에 말한다.

"아니."

"……."

"그냥 잠시의 유희라고 생각해. 왜, 너희 세상에는 흔하지 않아?"

"……."

순간 몸에 힘이 탁 풀린 듯 은초가 자리에 주저앉아 버렸다. 차가운 냉기가 엉덩이를 타고 척추까지 흘러왔지만 그녀는 자리에서 일어서지 않았다. 몸을 일으킬 힘이 없었다. 아니, 마음조차도 일으킬 힘이 없다.

그런 그녀의 모습에 서하가 고저 없는 목소리로 말했다.

"아, 가진 거라고는 머리와 몸뿐인 내가 이런 말을 해서 이상해?"

"김서하……."

그녀가 소리 없이 눈물만 쏟았다. 그리고 서하는 이런 그녀를 말없이 내려다보고만 있었다.

얼마의 시간이 흘렀을까.

은초가 웃음기 섞인 목소리로 말을 툭 내뱉었다.

"당신 진짜 저질이야."

끊어내도 끊어지지가 않는다. 손을 놓고 싶었으나 그럴 수가 없다. 그로 향해 있는 감정의 가닥은 찐득찐득하고 너무나 끈질겨 놓아지지가 않았다.

실오라기 하나 걸치지 않은 채 그의 품에 안겨 있는 은초의 얼굴이 눈물로 엉망이었다. 하지만 서하는 무자비하게 그녀의 가슴을 핥고 물어뜯으며 집요하게 그녀의 몸을 괴롭혔다.

새하얀 피부 위에 수놓아진 붉은 조각들. 마치 심장을 산산조각 내 뿌려놓은 것처럼 핏빛에 가까운 흔적들이 그의 입술 아래서 생겨났다.

"으응!"

은초의 입술에서 거친 신음이 터져 나왔다. 안으로 강렬하게 파고드는 남성은 몸을 쪼갤 것처럼 무자비하게 여성을 채운다.

"아아, 아아……."

은초의 입에서 연신 괴로움에 가득 찬 신음이 토해졌다. 아팠다. 정말 자신을 상처 입히려는 듯 안으로 들어왔다가 밖으로 나가는 남성은 불기둥처럼 뜨거웠고, 단단했다.

그의 품에서 격렬한 신음을 토하던 은초가 어깨에 손톱을 박아 넣었다. 그의 미간이 일그러지는 것을 보던 은초의 입술이 비틀렸다.

"아파요?"

이제 내 기분 알겠어요?

그녀가 물음을 던졌다. 그러자 그가 방금 전까지만 해도 흥분으로 가득 찼던 시선에 그녀를 담는다.

탄력 있는 가슴을 바라보던 그가 입술을 내려 지분거렸다. 그리고 힘껏 빨아 당기며 자신의 흔적을 남긴다. 그 입술에 또다시 은초의 미간이 일그러졌다.

아니.

그 입술만으로도 답은 충분했다.

손을 뻗은 은초가 그의 뒷목을 붙잡았다. 그리고 얼굴을 힘껏 내려 입술을 한입에 머금었다.

온몸에 그의 체취를 묻혀도 부족했다. 그의 입술을 집어삼키고, 자신의 안으로 힘껏 들어왔다가 나가는 남성을 느끼면서도 모자라다.

그리고,

그의 입에 뜨거운 숨결을 불어 넣는 이 순간 자신에게 아무리 욕설을 해보아도 마음은 편치 않다. 계속 자신을 괴롭히는 존재에. 자신의 상황에.

그리고,

제 옆에서 곤히 잠든 그의 모습을 보자 원망이 가슴을 때린다.

"나쁜 놈."

자신을 뒤흔드는 그 때문에.

"미친년."

그럼에도 그에게 속절없이 빠져드는 자신의 모습에.

견딜 수가 없는 깊은 밤이 지나가고 있었다.

언제 잠이 든 것일까. 은초는 자신의 무신경함과 이기적인 면에 기가 차 웃음도 나오지 않았다. 격렬한 관계 후에 오는 고통에 힘겹게 상체를 일으킨 그녀는 얼마 떨어지지 않은 곳에서 옷매무새를 살피고 있는 서하를 보았다.

앞으로 나랑 뭐 하자는 거야?

그렇게 묻고 싶었으나 무거운 입술은 떨어지질 않았다. 아니, 이미 지난밤에 답을 들었기에 무의미한 질문이라는 것을 알기에 하지 않았다.

이불이 흘러내려 소담한 가슴이 모두 드러났음에도 은초는 가리지 않았다. 상처 하나 없는 하얀 살결에 찍혀 있는 붉은 점들은 그가 남긴 소유욕의 단적인 모습이었고, 함께 보낸 밤의 극렬함을 보여주는 것이었으나 은초의 얼굴에도, 서하의 얼굴에도 부끄러움 하나 없었다.

거울에 비친 그녀의 눈동자와 마주하고 있던 서하는 넥타이까지 완벽하게 하고 나서야 뒤돌아섰다. 그리고 천천히 걸음을 옮겨 침대 맡에서 걸음을 멈춘다. 허리를 숙인 그가 손으로 이마에 달라붙은 머리카락을 쓸어 넘긴 뒤 이마에 입을 맞췄다.

쪽.

짧게 마주쳤다 떨어지는 입술에 그녀의 표정이 흐려졌다.

"간다."

"……."

짧은 인사 후 뒤돌아서 문으로 향하는 그의 뒷모습에 은초가 손을 들어 입을 틀어막았다. 손을 떼면 금방이라도 비명이 터져 나올 것 같았다. 그녀는 그가 자신의 방을 완전히 벗어나고 나서야 손을 내리며 상체를 숙여 얼굴을 이불에 파묻었다.

"악!"

짧고 강하게 소리를 내지른 그녀가 숨을 크게 들이마셨다가 내뱉었다. 들썩이는 가슴을 진정시키던 그녀가 앓는 소리를 내며 말한다.

"괴물 같아."

누가?

그가?

아님 내가?

"내 마음이."

어쩜 이렇게 끔찍하게 변했을까.

　서하는 김 비서가 건넨 서류에서 시선을 떼지 못한 채 한참이고 말을 아꼈다. 내일자로 나갈 신문 1면에 실릴 기사는 강 회장이 자리를 비움으로 인해서 그의 수족이나 다름없는 서하의 손을 거쳐 세상 밖으로 소식이 알려질 참이었다. 하지만 웬일인지 서류를 보는 서하의 표정이 심상치가 않자 김 비서가 의아한 얼굴로 그를 보았다.

　"뭐가 마음에 들지 않으십니까?"

　―기한전자 이태훈 사장, 강우그룹 외동딸 강은초 씨와 화촉 밝혀.
　―기한그룹과 강우그룹 주식 상향곡선.

　두 사람의 모습이 다정하게 찍힌 사진도, 헤드카피도 그리고 그 밑에 깨알같이 들어갈 기사도 전혀 문제될 것은 없었다. 하지만 날카로운 서하의 시선은 이 기사에 수많은 문제점이 있는 듯했다.

가만히 서류를 내려다보던 서하가 고개를 끄덕였다.

"이대로 진행해도 되겠군요."

"네. 알겠습니다, 부사장님."

젊은 나이에 강우자동차 부사장 자리를 꿰찬 서하는 사소한 일도 그냥 넘기는 법이 없었다. 하지만 일을 추진해야 할 때는 과감한 추진성을 보이기도 했다. 그랬기에 혹여 자신이 발견하지 못했던 문제점이 있었던 것은 아닌지 긴장하던 김 비서가 안도한 얼굴로 고개를 끄덕였다.

서류를 다시 김 비서에게 건네준 서하가 나른한 표정을 지었다.

"오늘 일정은 이걸로 끝입니까?"

"네, 회장님께서 지시하신 것은 이것이 마지막입니다."

"좋습니다. 그럼 다음 주에 봅시다."

오랜 시간 업무를 진행하며 퇴근할 무렵엔 흐트러질 법도 했건만 서하는 와이셔츠 자락 하나 구겨지지 않은 채였다. 외투를 걸치고서 사무실을 빠져나가는 그의 뒷모습에 허리를 숙여 인사한 김 비서는 문이 닫히고 그의 모습이 사라지자 옆으로 고개를 기울인다.

"그 소문이 사실인가?"

이미 본사 내에도 파다한 소문.

깅우그룹의 고녕닐 상은소가 상우자농차 김서하 부사장을 마음에 두고 있다. 그의 고속 승진은 그녀가 뒤를 봐줬기 때문이다.

이미 알 만한 사람은 모두 알고 있는 이야기였다. 마치 기정사실처럼. 하지만 김 비서는 작게 고개를 내저으며 자신의 생각을 물린다.

"에이, 설마."

아마 그 소문이 사실이라면 강 회장이 서하를 회사에 둘 리가 없었다. 가족이라면 끔찍한 사람이었으니까.

사무실에서 나온 서하는 곧장 자신의 오피스텔로 향했다. 불규칙한 퇴근 시간 때문에 회사에서 차로 채 10분도 떨어지지 않은 곳에서 지내고 있던 그는 집 문 앞에서 잠시 걸음을 멈춘 후 시간을 확인했다.

9시 20분.

그의 평소 퇴근 시간을 보았을 땐 이른 시각이었다.

한참 생각에 잠긴 듯 시계를 보던 그가 곧 비밀번호를 누르고 집 안으로 들어섰다. 환하게 밝혀진 오피스텔 내부에도 놀라지 않은 그가 신발을 벗고 안으로 들어섰다. 그러자 현관에선 보이지 않던 은초의 모습이 보였다. 가죽소파에 손을 가지런히 모으고 앉아 있던 그녀는 서하의 모습에 입술을 비틀어 웃었다.

"정혼자랑 있는 것 아니었어?"

"있었지. 30분 전까지만 해도."

심드렁한 질문에 그와 비슷한 어조의 답이 들려왔다. 서하는 자신의 목을 죄고 있던 넥타이를 풀며 붙박이장으로 향했다.

그의 뒷모습을 보던 은초가 기계적인 목소리로 말했다.

"오늘 하루 종일 바빴어. 언론 보도에 내보낼 사진도 찍고 식장도 골랐어. 기한호텔에서 할지 아니면 강우호텔에서 할지. 식장은 제주도 기한호텔에서 하기로 했어. 아주 일부의 사람만 초대해서."

"그리고?"

"웨딩드레스도 골랐어. 내 취향은 아니었지만 얌전하고 조신한 걸로. 그리고 생각했지."

그가 말없이 은초를 보았다. 그러자 그녀는 입가에 진한 미소를 매달며 말을 잇는다.

"오빠가 나에게 왜 정부(情夫)가 되겠다고 했는지."

그의 눈썹이 신경질적으로 올라갔다. 자존심에 금이 간 듯했다. 하지만 은초는 냉소적인 말을 멈추지 않는다.

"그리고 다시 한 번 생각했어. 정부라면 분명 뭔가 원하는 것이 있을 텐데 오빠가 원하는 게 무엇인지."

"……"

"왜 12년 동안 내 고백에도 꼼짝 않던 남자가, 아니, 10년 전 모진 말로 날 이 땅에서 뜨게 만든 남자가 이제 와서 이럴까."

이야기책을 읽듯 조곤조곤 말하던 은초가 입술을 비틀어 웃었다.

"기억나? 10년 전에 오빠가 나에게 뭐라고 했는지."

"……."

"표정을 보니 기억나나 보네?"

구겨지는 그의 미간을 보며 그녀가 말한다. 그리고 눈을 감는다.

"내 침대에서 창녀처럼 뒹굴 생각이 아니라면 고까운 마음 따윈 접어."

아직도 생생한 음성. 그 음성에 그녀는 한 방에 KO패를 당했다. 아무리 사랑하는 그라 할지라도 회생할 수 없을 정도로 엉망이 된 마음을 끌어안고 프랑스로 떠났다. 그리고 아버지와 함께 오는 그에게 자신 또한 모진 말을 쏟아냈다. 하지만 그 말끝에 항상 따라붙는 말은 하나였다.

사랑해, 오빠.

멍청하고 끈질긴 제 마음은 포기를 몰랐다. 아직도 그만을 향해 뛰었고, 지금 이 순간에도 서늘한 그의 시선과 마주하는 지금에도 터질 것처럼 뜀박질한다.

"나 처음 우리가 만났을 땐, 아니, 적어도 그 후로 몇 달은 오빠도 나에게 호의가 있다고 생각했어. 그래서 더욱 마음을 키워 나갔어. 조금만 더 내 마음을 쏟으면 오빠가 나에게 올지도 모르겠다, 내 손을 잡아줄지도 모르겠다고. 그런데 아니었어."

하지만 이젠 지쳐 버린다. 자신에게 모질게 행동하지 않았다면 지금도 그에게 사랑한다고 말할지도 몰랐으나 이젠 아니었다.

아프다.

고통은 익숙해지면 무뎌진다 생각했었는데 그게 아니었다.

그녀는 알아야 했다. 그가 왜 이렇게 잔인하게 변했는지. 그리고 그 이유를 알면 떠날 수 있을 것 같았다.

"이제 와서 나에게 이러는 이유가 뭐야?"

은초가 또렷한 시선으로 그를 바라보았다. 늘 보지 않았던 현실을 알기 위해서.

"단순히 돈이 목적이야? 아니면 명예? 내가 결혼하면 오빠가 그 자리에서 내려올까 봐? 말해봐, 오빠의 생각을."

"지금은 딱 한 가지 생각밖에 안 떠오르네."

가만히 그녀의 이야기만 듣고 있던 서하가 무심하게 말했다. 그리고 천천히 걸음을 옮겨 그녀의 앞에 섰다. 무릎을 굽히고 은초와 눈을 마주한 그가 냉소적인 표정을 거두지 않은 채 읊조린다.

"어떻게 하면 네 입을 틀어막을 수 있을지 고민하고 있어. 그런데 그 답이 생각보다 쉽네."

"뭐……?"

은초의 목소리가 갈라졌다. 그 뒤에 나올 말을 이미 예상이라도 한 듯이.

"사랑해."

"……."

"거봐. 아주 쉽게 다물게 할 수 있지."

이로 입술을 짓이긴 그녀가 고개를 숙였다. 방금 그의 말로 그녀는 확신할 수 있었다. 이 사람은 평생 날 사랑하지 않겠구나. 내가 무슨 짓거리를 하든, 발악을 하든 꼼짝도 하지 않겠구나.

그렇게 생각하자 거칠어졌던 호흡이 점차 평온한 상태로 돌아왔다.

자리에서 일어난 은초는 턱을 치켜들고 도도하게 눈을 내리깔았다. 평소의 모습으로 돌아온 그녀가 말했다.

"우리 상처 주는 관계는 그만하자."

마치 모든 것을 정리한 듯한 어조에 서하가 손을 뻗어 그녀의 뺨을 감싸 쥐었다. 작은 얼굴이 그의 커다란 손에 모두 가려질 것만 같았다. 힘주어 뺨을 움켜쥐자 은초의 얼굴이 고통에 일그러졌다.

"아니, 그럴 생각 없는데?"

"아파."

은초가 거칠게 그의 손을 쳐낸 후 걸음을 뒤로 물렸다. 그와 눈을 마주하자 발이 자동적으로 움직인 탓이다.

그녀를 통째로 꿀꺽 집어삼킬 듯한 표정. 그의 검은 눈동자에서 끓어대는 분노에 은초가 또다시 걸음을 물린다.

처음 보는 표정이었다. 그가 이토록 화를 냈던 적은 단 한 번도 없었다.

도대체 그를 이토록 화나게 만든 말은 무엇일까? 그녀가 방금 한 말은 서하가 오랫동안 기다려 온 말이 틀림없었는데.

"벗을래? 내가 벗길까."

그의 말에 은초가 낮게 분노를 쏟아냈다.

"나도 자존심이 있어, 김서하."

"내가 벗겨주길 바라는군."

말을 마친 그가 성큼성큼 걸음을 옮겨 그녀의 뺨을 감싸 쥐었다. 그리고 거칠게 입을 맞추며 그녀의 영혼을 날려 버렸다.

입술이 얼얼해지고 혀가 뽑힐 것처럼 격렬하게 입을 맞추던 그가 입술을 뗐다. 그리고 손을 들어 자신의 뺨을 적시는 뜨거운 눈물에 뭔가에 홀린 사람처럼 읊조렸다.

"늦었어. 울어도 소용없어."

그의 말에도 은초는 아무 말 없이 눈물만 쏟았다.

"끝내고 싶었으면 내 마음이 변하기 전에 그랬어야지."

그 모습을 멍하니 바라보던 그가 붉어진 눈망울로 읊조렸다.

"그랬어야지, 강은초."

그의 심장이 비명을 질렀다.

3. 죄

　비가 내렸다. 마음을 적실 만큼 차가운 비는 새벽부터 시작되어 늦은 저녁까지 계속되었다. 퇴근 후 집에 돌아온 서하는 창가에 서서 자신의 마음처럼 한없이 떨어지는 빗줄기를 바라보았다.

　빠른 속도로 떨어져 형태를 알아보기가 쉽진 않았지만 그는 오롯이 한곳에만 시선을 던진 채 움직임 없이 서 있기만 하였다.

　그것이 마치 그의 마음 같았다. 아주 오래전부터 시작된 마음이 어디로 갈지 몰라 그곳에 늘 놓여 있었던 것처럼 오늘의 그도 이와 같았다.

　무거운 침묵 속에 서 있던 서하는 늦은 시각에 울리는 초인종 소리에 몸을 돌렸다.

새벽 1시 15분.

누군가가 방문하기엔 실례인 시각이었다. 그렇다면 방문자가 누구인진 확인하지 않아도 알 수 있었다.

천천히 걸음을 옮긴 그가 곧장 현관으로 향했다. 그리 급할 것이 없다는 것처럼. 하지만 현관문을 붙잡는 손은 하얗게 질릴 정도로 힘이 들어가 있었다.

문을 열자 역시나 비에 젖은 채 서 있는 은초가 보인다. 무슨 일이 있었던 것일까. 모를 일이다. 하지만 그녀의 눈동자가 절망으로 물들어 있는 것을 보면 알 것 같기도 했다.

너, 괴로워하고 있구나.

내가 원하던 대로 무척 괴로워하고 있어.

그의 입술이 비틀리는 것을 바라보던 은초가 흔들리는 눈망울을 눈꺼풀로 가린다.

눈을 감은 채 그녀가 메마른 입술을 달싹였다.

"오빠……."

"왜?"

"나한테 원하는 게 뭐야……."

힘 한 자락 느껴지지 않는 목소리는 음울했다. 그리고 슬펐다. 입술을 파르르 떨던 은초가 눈을 떠 그를 올려다보았다.

"대답해 줘, 나한테 원하는 게 뭔지……. 그래야 줄 수 있잖아."

"주지 않아도 돼. 원하는 게 없으니까."

"……."

은초의 고개가 아래로 떨어졌다. 울컥, 무언가가 입술을 뚫고 나오려 하는 것인지 입술을 악문 그녀가 바들바들 떨리는 제 몸을 끌어안으며 다시 한 번 묻는다.

"정말, 아무것도 원치 않아?"

이런 미친 관계로, 만족한다 이거야?

불안정한 모습에 그의 입술이 비틀렸다. 그녀가 무슨 답을 원하는 것인지는 잘 알고 있었다. 하지만 그는 그 답을 해줄 수가 없었다. 아무리 그의 심장이 외쳐 대어도, 그 말 또한 그녀에겐 전해져서는 안 된다.

은초를 한참이고 바라보던 그가 입술을 비틀었다. 만들어낸 웃음이었지만 이를 알 리가 없는 은초의 눈망울이 흔들린다. 팔을 뻗은 그는 현관문 앞에서 들어오지도, 그렇다고 도망가지도 못한 채 서 있는 그녀의 팔목을 붙잡았다.

"안아줄까?"

그의 물음에 은초의 몸이 사시나무 떨리듯 흔들렸다. 다리에 힘이 풀린 듯 풀썩 주저앉을 것처럼 보이자 그가 다른 팔을 뻗어 가느다란 허리를 붙잡아 자신 쪽으로 끌어당겼다.

그의 품에서 은초가 몸을 비틀며 꼼지락거렸다. 그리고 무게를 이기지 못한 눈물이 아래로 후두둑 떨어지자 손을 뻗어 서둘러 이를 닦아냈다.

그 모습을 가만히 내려다보던 그가 팔을 뻗어 예쁜 라인을 그리고 있는 턱을 붙잡아 위로 끌어 올렸다. 그리고 입술을 내려 뜨겁게 입을 맞췄다.

두 사람의 혀가 거칠게 얽힌다.

작은 입안으로 숨결을 불어 넣은 그가 작게 신음을 내뱉는 은초를 보았다. 슬쩍 떠진 눈에 맺히는 것은 수많은 감정. 슬픔과 분노, 애원.

달콤한 향내에 커다란 손이 은초의 뒤통수를 감싸 쥐었다. 그리고 고개를 비스듬히 내려 입술을 핥고 빨고 맛보았다. 그러면서도 그는 은초의 몸을 밀어붙여 집 안으로 슬금슬금 걸음을 옮겼다.

그녀가 도망가지 못하도록 단단히 붙잡은 그가 은초의 몸을 번쩍 들어 올려 소파에 내려놓았다. 그리고 성급하게 젖은 원피스를 들어 올리고 있었으나, 입술은 여전히 자잘하게 은초의 입술을 찾고 있었다.

드러낸 속옷 위를 손가락으로 살살 문지른 그는 순식간에 축축하게 젖는 여체에 신음을 내뱉었다. 옅은 신음은 그녀의 몸을 더욱 들뜨게 만들며 순식간에 커다란 남성을 받아들일 준비를 마쳤다.

바지와 팬티를 내린 그가 은초의 가운데에 자리 잡은 후 힘껏 안으로 파고들었다.

"으응……!"

앙탈을 부리듯 작은 신음에 힘차게 변하는 허릿짓으로 인해 은초의 몸이 들썩인다. 이대로 있다간 떠내려 갈 것만 같자 그녀가 서둘러 손을 뻗어 단단한 그의 어깨를 붙잡았다. 살결은 아니었으나 그와 너무나 잘 어울리는 슈트를 잡은 그녀가 고개를 뒤로 젖히며 거친 신음을 내뱉었다.

은초가 그의 몸 아래에서 거칠게 흔들렸다. 미처 다 벗지 못한 원피스는 쇄골까지 올라가 있고, 브래지어도 반쯤 벗겨져 가슴을 짓누르고 있다.

"아아……!"

은초가 그가 주는 쾌감에 연신 소리를 내질렀다. 순식간에 달아오른 몸은 추위를 모두 물리친 상태였다. 방금 전까지만 해도 한기에 떨리던 몸은 지금 그가 주는 열락으로 떨리고 있었다.

참지 못한 신음을 연신 터뜨리며 다리 밑에서 느껴지는 쾌감에 은초는 손을 뻗어 그의 머리를 감싸 쥐어 아래로 내렸다.

깊게 입을 맞춘 그녀는 잇새로 터져 나오는 그의 신음에 눈을 감았다. 거친 손길이 자신의 엉덩이를 붙잡으며 위로 올라가는 것이 느껴진다.

그의 손길에 맞춰 허리를 든 은초가 좀 더 깊숙이 파고드는 남성에 흐느낌에 가까운 신음을 내뱉었다.

"오, 오빠…… 오빠."

울음기가 담겨 있는 목소리에 서하는 자신도 모르게 손을 뻗어 다정하게 그녀의 머리카락을 쓸어 올려 주었다.

그의 손길이 너무나 다정해 은초는 왈칵 울대를 때리는 눈물을 참지 못했다. 눈을 감자 눈가에 맺혀 있던 눈물이 또다시 후두둑 떨어졌다.

아랫배가 더욱 간질거리고 무언가가 밖으로 왈칵 쏟아질 것만 같았다. 그럴수록 은초는 힘을 주어 남성을 꽉 깨물었고, 그는 더욱 흥분해 날뛰었다.

은초가 흔들리는 천장을 희미한 시선으로 바라보며 행복에 겨운 신음성을 내질렀다. 그리고 고개를 아래로 조금 더 내려 열락으로 얼룩진 그의 얼굴을 보았다.

그녀가 손을 뻗어 그의 뺨을 쓰다듬었다. 그리고 그의 턱에 자잘하게 입술을 맞췄다. 가벼운 입맞춤과 강렬한 쾌감을 동시에 느끼는 두 사람은 순식간에 끝을 향해 내달리기 시작했다.

철썩철썩!

파도가 깨지는 것처럼 두 사람의 살결이 힘차게 부딪친다.

끝을 향해, 끝을 향해, 조금 더 빠르게, 빠르게…….

"하악, 하아……!"

그의 신음성과 함께 은초가 눈을 감았다. 자신의 아랫배에 쏟아지는 정액을 느끼며 그녀가 바싹 마른 입술을 달싹였다.

"사랑해."

그 말에 서히의 행동이 순간 멈췄다. 늘린 눈으도 그녀를 보넌 그가 입술을 악물었다.

"그딴 소리 하지 마."

"……."

"하지 말라고, 강은초."

악에 받친 음성에 은초가 입술을 비틀어 웃었다. 방금 전까지만 해도 뜨거운 사정을 나눈 사이로 보기 힘들 정도로 서늘한 기운이 두 사람 사이를 감쌌다.

하지만 은초는 뒤로 물러서지 않는다. 일그러지는 그의 얼굴을 보자마자 피어오르는 쾌감에 더욱 강도를 높일 뿐이다.

"싫은데?"

"강은초……."

"사랑해, 오빠."

"강은초!"

"사랑해."

"강은초!"

와락 소리친 그가 고개를 숙여 거친 숨을 내뱉었다. 그의 시야 앞에서 새하얀 가슴이 흔들린다. 그처럼 들썩이는 소담한 가슴이 지금 그녀의 심정도 서하와 별반 다르지 않다는 것을 알려주고 있었다.

하지만 은초는 적어도 겉으로는 기뻐 미치겠다는 것처럼 웃었다. 그리고 날카롭게 흉기가 된 달콤한 말을 쏟아냈다.

"괴로워? 그럼 계속할래. 오빠가 괴로움에 죽어버릴 때까지 계속할래. 내가 아픈 만큼 오빠가 괴로울 때까지 계속할 거야."

"닥쳐."

"사랑해, 오빠. 난 오빠를 무척 사랑하고 있어."

그녀의 말에 서하가 자리에서 일어나 그녀를 거칠게 일으켜 세웠다. 순간 그녀의 배에 맺혀 있던 정액이 아래로 흘러내렸으나 두 사람 모두 이를 개의치 않았다.

그녀의 손을 이끌던 그가 작은 여체를 거칠게 침대 위로 밀어버렸다. 침대 매트리스가 출렁이고, 침대 위에서 은초가 기겁한 얼굴로 그를 올려다보았으나 그는 어느새 비틀린 웃음으로 그녀에게 손을 뻗었다.

"날 화나게 하려는 거면 성공했어."

거칠게 말을 토해낸 그가 어느새 부풀어 오른 남성을 그녀의 안으로 힘껏 밀어 넣었다.

그는 내일이 없는 사람처럼 그녀를 품는다.

새하얀 가슴이 들썩이는 것을 보던 그가 시선을 내려 결합한 몸체를 보았다. 빠르게 밀려드는 파도와 천천히 빠져나가는 썰물처럼 힘주어 허릿짓을 하던 그가 눈을 질끈 감았다.

"으……."

작게 신음을 내뱉은 서하는 꺽꺽 소리도 내지 못한 채 이불을 힘껏 붙잡고 있는 작은 손을 보았다. 몸을 내린 그가 목에 이를 막아 넣으며 은초의 손을 붙잡았다. 손톱이 손바닥에 파고들 정도로 힘껏 쥐어져 있던 주먹이 힘없이 풀렸다.

"흐윽, 흐으…… 으윽."

그녀가 흐느낌에 가까운 신음성을 힘겹게 내뱉었다. 두 번의 관계에 그녀의 몸은 솜털이 바짝 설 정도로 예민해져 있는 상태였으나, 그에겐 자비 따윈 없었다. 고통에 가까운 쾌락에 그녀의 얼굴이 종잇장처럼 일그러지고, 고개를 힘껏 흔드는 모습을 마치 예술품을 보듯 감상하기만 할 뿐.

감당하지 못할 정도로 강렬한 쾌감에 정신을 차리지 못하는 그녀의 모습을 보자 그의 머리도 새하얗게 비워져 간다.

세상이 뿌옇다. 백지가 되어버린다. 한 치 앞도 생각하지 못한다.

쇄골을 힘껏 빨아들인 그가 그녀의 몸에 끊임없이 제 흔적을 새겨 넣었다. 그리고 그 흔적이 늘어갈수록 더욱 깊숙이 여성 안을 파고들었다.

허벅지를 잡아 자신의 어깨 위로 올려놓은 그가 까무러치는 은초의 입술에 입을 맞추며 그녀의 신음까지 삼켰다.

철썩, 철썩!

강렬한 피스톤질에 사타구니가 아파와도 그는 멈추지 않는다.

달리고 달린다.

그리고,

"아아, 아아……!"

그녀가 눈물을 떨궈내며 제 품에서 무너지는 것을 보며 그가 눈을 질끈 감는다.

오피스텔 안이 사정 후의 비릿한 냄새로 가득 찼지만 그는 거칠게 그녀를 가지고 또 가졌다. 늘 예쁘다고 생각했던 목덜미에 이를 박고 낮은 분노를 쏟아내며.

그리고 그녀가 결국 그의 아래서 까무룩 정신을 놓고 나서야 움직임을 멈췄다.

여전히 그녀에게서 시선을 떼지 않은 채 한동안 내려다보던 그가 눈을 감았다. 그러다 겨우 눈물과 땀으로 얼룩진 은초의 얼굴에 손을 뻗었다.

무자비한 관계에 그녀의 체온이 올라가 있었다. 그리고 끔찍한 감정을 품은 그의 심장 또한 녹아내릴 것처럼 뜨겁다.

"몸이라도 가질 수 있었다면 너에게 좀 더 따스하게 해줬겠지."

차마 그녀에겐 내뱉지 못할 감정.

"나의 따스함은 너에게 독이 될 거다, 은초야……."

자신이 손을 뻗는 순간부터 망가질 것을 알았지만 그는 그녀를 붙잡았다.

그리고 매서운 말을 하면서도 놓지 않는다.

다른 남자의 여자가 될 강은초만 생각하면 할수록.

"각오는 했는데 힘들다."

그가 슬픔을 토했다.

잠든 은초를 홀로 두고 오피스텔을 나온 그는 검정 슈트 차림이
었다. 토요일 주말이었지만 일찍 집을 나선 그가 곧장 차에 올랐
다.

작년에 나온 신규모델은 그의 손이 여기저기 닿아 있는 걸작이
었다. 디자인 부분부터 시작해 아주 사소한 기능까지. 그리고 이
런 그의 노력 덕분일까, 미국 시장에서도 큰 성과를 거두며 지난
해 최고 실적을 거두었다. 하지만 그는 기뻐하지 않았다. 그 정도
의 위치까지 올라갔으면, 충분히 능력을 발휘하고 있으면 여기서
멈출 법도 했지만 서하는 브레이크가 고장난 자동차처럼 내달렸
다.

새삼스레 차 내부를 훑어본 그가 곧 시동을 켜고 부드럽게 핸들
을 돌렸다. 차는 빠르게 내달려 서울을 벗어났고 또 얼마의 시간
이 지나지 않아 경기도 외곽 지역까지 단숨에 내달렸다.

그의 차가 멈춰 선 곳은 고속도로 옆으로 나 있는 작은 샛길이
었다. 차에서 내린 그는 옆에서 위험천만하게 내달리는 차 소리에
도 눈 하나 깜짝하지 않은 채 구둣발을 옮겼다.

풀이 자라나 길이 사라졌지만 그의 걸음은 멈추지 않았다. 늘
멀끔하고 깨끗한 차림을 유지했던 그였지만 오늘만은 이름 모를
잡초가, 흙이 묻는 것도 상관하지 않은 채 그의 턱까지 자란 수풀

을 헤치고 안으로 들어갔다.

10분을 더 그렇게 위로 향했을 때였다. 그의 걸음이 우뚝 멈춰 서더니 잡초가 자라난 봉분 앞을 노려보았다.

봉분은 짝처럼 두 개였다. 사람의 손길이 닿지 않아 흙이 쓸려 나가 푹 꺼진 부분도 있었고, 비석은 기다랗게 자라난 잡초로 보 이질 않았다. 하지만 그는 이곳이 무척이나 친숙한 듯했다.

이곳에 영면해 있는 사람이 누구인 것일까.

한참이고 봉분을 보던 그는 잡초를 뽑을 생각은 하지 않고 입술 부터 열었다.

"아직 완전히 되찾진 못했습니다."

그의 눈동자가 죄책감으로 물들었다.

"모든 것이 원래대로 돌아오면 찾아뵈려고 했는데, 미리 찾아 와 죄송합니다."

그리고 얼굴은 일그러진다.

잠시 말을 멈춘 그가 눈을 감았다. 그리고 숨을 길게 내뱉었다 가 들이마셨다. 감정을 추스르지 못하는 모습은 평소의 그 같지 않았다.

천천히 눈을 뜬 그가 여전히 흔들리는 눈망울로 봉분을 보았다. 그리고 말을 왈칵 쏟았다.

"전 아직 성숙하지 못한 인간이라 참지 못했습니다."

그는 고해성사를 하는 죄인처럼 보였다.

"가끔은 그 아이가 내게 웃어줬으면 하는 생각을 아직도 합니다."

그렇게 말한 그가 입꼬리를 끌어 올려 웃었다. 하지만 어딘가 어설픈 미소였다. 정확하게 어디가 그러한 것인지는 알 수 없었으나. 그리고 그 또한 알아차렸는지 허탈한 듯 작게 웃음을 내뱉은 후 표정을 굳힌다.

거울 앞에서 수십 번이고 수백 번이고 연습한 웃음이었는데, 평소에는 잘 지어졌지만 이곳에만 오면 웃을 수가 없었다. 그리고…….

"그런데 더 울릴 것 같습니다. 그러고 싶진 않았는데……."

강은초만 생각하면 도저히 의식적으로라도 웃을 수가 없다.

손을 든 그가 자신의 손바닥을 내려다본다. 오른손 검지손가락엔 그간 그의 노력이 얼마나 치열했는지 단적으로 보여주고 있었다.

개인적인 공간은 없었던 고아원, 열다섯 평 남짓한 방은 열 명의 아이들과 같이 썼어야 했다. 밤늦게 불을 켜놓고 공부를 할 수 없어서 손전등 불빛에 의지해 책을 읽고 문제를 풀었었다.

공부했다. 그의 후견인이 만족할 만한 성적을 내기 위해 잠을 줄이고 식사는 모두 갈아서 마셔 버렸다. 머리가 깨질 정도로 끔찍한 두통이든 손가락 하나 옴짝할 수 없을 만큼 몸살이 걸렸을 때도 그는 손에서 책을 놓지 않았다.

그렇게 시간이 흘렀다. 그리고 스무 살이 되어서야 겨우 후견인을 만날 수 있었다. 고대하던 순간이었다. 그를 만나러 가기 몇 달 전부터 희열에 잠을 이룰 수가 없었다. 턱이 뻐근할 정도로 고개를 높이 치켜들어야 볼 수 있는 위치에 있는 사람을 정말 만날 수 있을까, 생각하며 모든 시간을 투자한 보람이 있다며 기뻐하기도 했다. 그리고 그날, 한 소녀를 만났다.

손가락 끝이 차갑게 식어왔지만 그는 한참이고 손바닥을 내려다보았다. 저릿저릿했다. 시신경에 이상이 생긴 것처럼.

"놓을 수 없으니 이제 전 어떻게 해야 할까요?"

들려올 리 없는 답을 기다리며 그는 한참이고 손바닥을 내려다보았다.

겨우 밑바닥에서 기어올라 왔는데, 이제 자신이 목표한 것에 코앞까지 왔는데.

눈을 감은 그가 손을 그러쥐었다.

"답은 이미 정해져 있는데 선택하지 못하는 제가 너무 멍청하지 않습니까?"

아버지.

비밀번호를 누르고 집 안으로 들어신 시하는 현관에 놓여 있는 높은 하이힐에 표정을 굳혔다. 아직도 그녀는 집에 돌아가지 않은 채 홀로 텅 빈 그의 집에 있었다. 자신을 기다리고 있는 것이 분명했지만 쉬이 걸음을 옮기지 못한 채 그가 한동안 움직임을 멈췄다.

빳빳하게 굳은 몸을 느슨하게 푼 그가 걸음을 안으로 옮겼다. 그리고 멍한 눈을 깜빡이는 은초의 옆모습을 보며 무심한 어조로 말했다.

"아직 안 갔어?"

그녀의 손엔 휴대전화가 들려 있었다. 커다란 액정은 멀리서도 보였다.

—강우와 기한의 만남?

그가 처음 보는 기사인 것을 보니 보도자료 기사에서 파생된 흥미 위주의 인터넷 기사인 듯했다. 하지만 서하는 액정은 보지 못한 척 걸음을 돌려 붙박이장으로 향했다. 잡초와 흙으로 엉망인 옷을 벗어 바구니에 던져 넣었다. 움직임은 신경질적이었으나 여전히 혼이 나가 버린 표정으로 눈만 깜빡이고 있던 은초는 이를 알아차리지 못했다.

그녀가 입술을 달싹였다.

"어디 다녀왔어?"

그렇게 물었으나 그녀의 말속엔 수많은 의문이 숨어 있었다.

어디서 자고 왔어?

누구와 밤을 보냈어?

나 말고 다른 여자가 있었어?

토요일 오후가 되어서야 잠에서 깬 후 그만을 기다렸던 그녀. 하늘에 빛이 물러가고 짙은 어둠이 찾아와도 옴짝달싹하지 않은 채. 그리고 그 어둠이 물러나고 또다시 빛이 찾아와도 그녀는 기다렸다. 가슴에 스며드는 절망감에도 그녀는 꿋꿋하게 기다렸다. 이 물음을 던지기 위해. 그는 냉소를 짓는다.

"알 필요 없어."

원하는 답은 해주지 않은 채.

"그래?"

그가 의도적으로 더 서늘한 어조로 말하자 그녀의 얼굴이 허물어졌다. 셔츠 단추를 풀며 욕실로 향하던 그의 앞을 은초가 막아섰다. 그녀가 들고 있던 휴대전화를 그의 앞으로 들이밀며 물었다. 간절한 얼굴로.

"이 기사, 오빠가 컨펌 내린 거야?"

"아니. 하지만 그와 비슷한 보도자료는 서명했지."

"……."

은초가 입술을 악물었다. 두 사람은 사업적 관계가 아닌 오랫동안 연애를 해 사랑의 결실을 맺는 것이라는 이 발표 안 되고 거짓

투성이인 기사 중 그가 어느 선까지 오케이를 한 것인지는 몰랐다. 하지만 무심한 눈길로 자신을 바라보는 그의 시선만으로도 그녀는 충분히 상처받고 아팠다.

"선 긋는 거지? 더 이상 다가오지 말라고. 우리는 여기까지라고."

미래는 없었다, 두 사람의 관계는.

"기한그룹은 전략적 사업파트너로 훌륭하니까. 회사에 큰 도움이 될 거야."

비수가 되어 그녀의 가슴에 날카롭게 꽂히는 말에 그녀가 눈빛을 흐렸다.

"정말 아프다. 그런데 말이야. 난 또 생각해. 이 정도의 아픔쯤이야, 하고. 정말 사랑했거든……. 나도 내가 질릴 만큼."

그녀의 말이 묘하게 과거형으로 변해 있는 것을 알아차린 그가 날카로이 눈을 떴다. 그러자 그녀가 힘없이 말을 읊조린다.

"오빠를 기다리면서 곰곰이 생각해 봤어. 왜 내 마음이 이렇게까지 깊어졌나……."

말끝을 흐린 그녀가 메마른 얼굴로 서하를 보았다.

"목이 마른데 물도 마시지 않고, 잠이 쏟아지는데 자지도 않고 계속…… 생각했어."

그녀는 많이 지쳐 보였다. 울고 있지 않았으나 그것보다 더 슬프고 아파 보이기도 했다.

서하가 앞으로 나가려는 팔에 힘껏 힘을 준다.

잡지 마.

그의 이성이 그의 몸을 종용했다.

"예전에…… 오빠가 나 잘 때 뺨을 만져 줬던 적이 있었어. 엄마의 기일이었지."

그때도 그는 차갑게 그녀를 밀어내고 있었다. 마치 그녀가 병균이라도 되는 것처럼 가까이 다가가려 하지 않았었다. 그런 그가 그녀에게 손을 뻗었다. 자신 때문에 엄마가 죽은 것도, 아버지가 슬퍼하던 것도 견딜 수 없었던 때에.

"다정한 손길에 이 사람이라고 생각했어. 나에게 깍듯하게 아가씨라고 부르는 오빠였는데, 왜 난 그런 말도 안 되는 확신을 가졌을까?"

어린 소녀는 가슴이 떨렸다. 그 손길에.

잘생기고 멋진 그가, 자신에게 곁을 허용하지 않던 그가 제 뺨을 쓰다듬자 눈물이 핑 돌았다. 다른 사람 앞에서 단 한 번도 흘리지 않았던 눈물이 나올 것 같아 입술을 악물고 참았다. 하지만 결국 참지 못한 눈물이 흘렀다. 그리고 그는…… 그 눈물을 닦아 주었있다.

"너무 어린 나이였는데……."

"넌 혼자였으니까."

그의 말에 그녀의 입술이 느른해진다. 제 마음을 너무나 쉽게 규정지어 버리는 그의 답에 두 발로 디디고 설 힘도 빠져나가 버렸다.

"그렇구나."

은초가 고개를 끄덕였다. 그리고 흔들리는 눈망울로 자신을 내려다보고 있는 서하를 바라보았다.

"나조차 찾지 못한 답이었는데, 고마워."

서글프게 웃은 은초가 어깨를 으쓱였다. 더 이상 그녀가 그에게서 듣고 싶은 말이 없었다. 의문은 모두 풀렸으니 이젠 이 자리를 벗어날 일만 남았다.

"답을 찾으니까 홀가분해진다. 나 이만 가볼게. 아버지 걱정하시겠다."

그녀가 서둘러 이 자리를 도망가려는 듯이 몸을 돌렸다. 그리고 다급하게 주위를 둘러보며 자신의 가방을 찾는다. 그리고 소파 옆 협탁에 놓여 있는 것을 발견하곤 서둘러 걸음을 옮길 때였다.

팔을 뻗은 그가 가느다란 팔목을 힘껏 움켜쥐었다.

"난……."

운을 뗀 그가 이내 입술을 굳게 닫았다. 아무 말 없이 미간을 찌푸리는 그의 모습에 은초는 손을 들어 제 팔목을 붙잡은 손을 조심스레 떼어냈다.

"내가 참 이기적이었어. 10년 전에 오빠에게 모진 소릴 들었을 때 놓았어야 했는데. 내 감정 하나만 앞세워 오빠를 괴롭혔어. 이 감정이 오빠를 더 잔인하게 만들었겠지. 나에게 하지 않아도 될 이야기도 하게 만들고."

"……."

"이젠 모르겠어. 내가 하고 있는 게 사랑인지 아니면 가지지 못한 풋사랑에 대한 집착인 것인지. 이젠 모든 게 흐려졌어."

그러니 오빠도 나 붙잡지 마.

그녀의 말속에 담긴 뜻.

그의 손이 힘없이 아래로 떨어졌다.

"알지? 나 이기적이고 충동적인 계집애라는 거. 오빠랑 그거 안 할래. 몸만 섞는 끔찍한 관계는."

그녀가 마지막 인사를 건넸다.

강남 중심가에 위치한 한식당 가장 구석진 자리. 보통 비즈니스를 위해 많이들 이용하곤 하는 값비싼 룸에 네 명의 사람이 자리하고 있었다. 지나치게 넓은 공간과는 달리 한지공예로 꾸며진 방은 아늑하고 따스한 느낌이었다. 커다란 웃음소리가 오고 가고 태훈과 은초의 결혼에 대해 세부적인 이야기가 오고 갔다.

"이렇게 강 회장님과 사돈지간이 되다니, 인생 오래 보고 살 일입니다."

"그러게 말입니다."

집안의 두 어른과는 달리 정작 당사자인 은초의 정신은 다른 곳을 향해 있었다.

은초가 기계적으로 손을 움직여 따뜻한 차를 마셨다. 몸이 따뜻하게 녹아내리고 입안에 소고기 특유의 누린내도 깨끗이 씻겨 내려가는 기분이 들었지만 무표정한 얼굴은 도통 펴질 줄을 몰랐다.

찻잔을 내려놓은 은초가 한숨을 삼킬 때였다. 걱정스러운 기색의 태훈과 시선이 마주쳤다.

무슨 일 있어요?

식사 내내 집중하지 못하고 먹는 둥 마는 둥 하는 그녀의 모습에 그가 걱정스러운 눈빛으로 바라보았다.

은초가 작게 고개를 저었다.

아무 일도 없어요.

그래, 정말 아무 일도 없었다. 지독하게도 길게 느껴졌던 지난 주 주말 서하와 헤어진 이후로 그녀의 삶은 무척이나 고요하고 평온해졌다. 서하에게선 늘 그랬던 것처럼 아무런 연락도 없었고, 이에 더 이상 안달하지 않아도 되었다. 그를 찾아다니느라 여기저기 바쁘게 다니지 않아도 되었고, 그의 눈이 자신을 향하길 바라며 분주하게 움직이지 않아도 됐다. 아침마다 정성스럽게 화장을 하는 일도, 옷장 앞을 몇 시간이고 서성이는 일도 없었다.

은초의 표정이 어두워졌다. 그때 또다시 두 어른의 목소리가 그녀의 귓가를 파고들었다.

"그런데 왜 자동차만 분리하려고 하시는 겁니까?"

"강우자동차는 주인이 있습니다."

은초가 깜짝 놀란 눈으로 자신의 곁에 앉아 있는 강 회장을 바라보았다.

"아, 혹시 지금 강우자동차 부사장 말씀하시는 겁니까?"

"네. 믿는 아입니다. 사업 감각도 좋고 말이죠."

강우자동차 부사장 김서하.

그에게 회사 전체를 덜어준다는 이야긴 듣지 못했다. 은초가 자신을 바라보고 있다는 것을 그제야 안 것인지 강 회장이 그녀의 손 위에 자신의 손을 겹치며 웃었다.

"은초야, 표정이 왜 그래? 설마 회사에 욕심이 나는 건 아니겠지?"

"그게 아니라……."

은초가 입술을 달싹이다 말고 꾹 다물었다.

"너에겐 이제 이 사장이 있지 않니. 그것으로 아비는 안심이 된다."

그의 말에 은초도 천천히 고개를 끄덕인다.

이것으로 이제 강은초가 김서하에게 해줄 수 있는 것이 모두 사라졌다. 그에게 그녀가 줄 수 있는 것이라곤 돈과 지위가 전부였으니까.

은초의 눈동자에 일어나는 잔잔한 파동에 강 회장이 겹치고 있던 손에 힘을 주었다. 혼란스러워 보이는 딸아이를 걱정스럽게 바라보던 강 회장은 고개를 돌려 두 사람을 보고 있는 태훈을 보았다.

"자식이 딸 하나뿐이라 나머지는 전문 CEO를 찾고 있네. 나도 이제 건강이 예전 같지 않아서. 하하, 늙은이는 이제 은퇴할 때도 되었지."

"그러시군요."

"이 사장, 내 딸 잘 부탁하네."

강 회장의 진심에 태훈은 말없이 고개만 끄덕이며 웃었다.

평범한 연인들이 하는 데이트는 낯설었다. 몸에 맞지 않은 옷을 입은 것처럼 어색하고 계속 신경 쓰였다. 하지만 은초는 태훈과 함께 극장에 가 영화를 보고 맛있는 음식을 먹었다. 후식으론 향긋한 꽃 내음이 나는 꽃차를 마셨고 돌아가는 길에는 그에게서 장미 꽃다발을 받기도 했다.

예전엔 이런 데이트를 꿈꿨던 적도 있었다. 하지만 꿈속에 있었던 남자가 아닌 태훈이 곁에 서 있는 이 순간, 은초는 한 번도 웃지 않았다. 아니, 웃지 못했다.

그를 잊어야 한다는 것도, 태훈에게 집중해야 한다는 것도 알고 있었다. 그는 매력적인 사람이었고 자상한 사람이었다. 뭇 여성들이라면 한 번은 꼭 만나고 싶은 왕자님 같은 사람이었으나 그녀는 그를 마음에 담을 수가 없었다.

마음속에 빈 공간이 없었기 때문에…….

태훈이 보닛을 돌아 문을 열어주자 은초가 치마를 정리하며 차에서 내리려 했다. 그때 그녀의 앞에 내밀어진 손.

"왜요, 못 잡겠어요?"

그는 여전히 웃고 있었지만 마치 그녀를 도발하고 있는 것 같았다. 멀뚱히 커다란 손을 보던 은초가 손을 내밀어 잡았다. 보드랍고 따스한 손. 꼭 이태훈 그와 같은 손이었다.

차에서 내린 은초가 문 앞에 서서 말했다.

"들어갔다 가실래요?"

"그래도 괜찮아요?"

집 안엔 강 회장이 있을 터였다. 태훈이 싱긋 웃으며 묻자 은초는 천천히 고개를 끄덕였다.

"아버지가 좋아하실 거예요."

"은초 씨는요?"

"네?"

은초가 눈을 크게 뜨며 묻자 태훈은 여전히 붙잡고 있는 손에 힘을 주었다.

"은초 씨도 좋아해 줄 거냐고요."

"아……."

"알죠? 우리가 가깝게 지내면 지낼수록 이 결혼, 되돌릴 수 없다는 거."

"······."

"가끔 은초 씨 나랑 있을 때마다 그런 표정을 짓곤 하거든요. 모든 걸 되돌렸으면 하는······."

말을 마친 태훈이 쓸쓸한 웃음을 짓는다.

그 모습을 올려다보던 은초의 눈망울이 흔들렸다.

"태훈 씨와의 결혼을 되돌리고 싶은 마음은 없어요. 다만······."

그녀가 말을 끝맺지 못하고 눈을 감았다. 그리고 힘겹게 숨을 내뱉는다. 하지만 은초는 이러한 제 생각을 입 밖으로 내뱉는 멍청한 짓은 하지 않았다. 눈을 뜨자 자신의 말을 기다리고 있던 태훈과 눈이 마주쳤다.

"태훈 씨, 미안해요."

"계속 미안하다고 하면 나 더 아플 것 같은데."

손을 들어 장난스럽게 자신의 심장을 꾹 누르는 태훈을 보며 그녀가 웃는다. 부러 분위기를 부드럽게 풀어주는 행동에 웃음이 났다.

"저보다 더 좋은 아내가 있을 수도 있어요."

그리고 말했다. 이 남자를 위해서. 그러자 태훈 또한 동감한다는 듯 작게 고개를 끄덕였다.

"물론 있겠죠."

그 말에 은초가 씁쓸한 웃음을 지었다. 입안이 썼다.

마주 잡은 두 손에 땀이 차자 은초가 힘을 줘 빼내려 했다. 하지만 태훈은 더욱 세게 손을 잡으며 말을 이었다.

"조건을 따진다면 말이에요. 하지만 전 그런 건 상관없어요. 은초 씨가 마음에 들었거든."

"……."

아무 말 없이 자신을 보는 은초와 차마 눈을 마주할 용기가 없었던 태훈이 그녀의 손을 잡아끌어 현관으로 향했다.

"자, 기왕 강 회장님을 기쁘게 해드리는 거, 손잡고 들어갈까요?"

그의 손에 붙들려 마당을 지나고 현관문까지 온 은초는 태훈의 손을 떨쳐 내지 않았다. 아니, 그러지 못했다. 상대에게 거부당하는 것이 얼마나 가슴에 사무치는 일인지 잘 알고 있기 때문에.

현관문을 열고 안으로 들어온 두 사람은 거실에서 강 회장과 같이 있는 서하의 모습에 동시에 표정을 굳혔다.

"오, 이 사장이 여기까진 어쩐 일인가?"

반가운 기색이 역력한 얼굴로 강 회장이 태훈을 반기자 그제야 정신이 든 은초가 손을 털어냈다. 그리고 손을 마주 잡으며 무심한 얼굴로 자신을 바라보고 있는 서하의 시선을 피한다.

"아, 그게…… 은초 씨 데려다주는 김에 회장님도 뵙고 싶어서요."

"하하, 이 늙은이까지 신경 써주다니."

강 회장이 크게 웃음을 터뜨리며 말했다.

굳은 시선으로 은초를 바라보던 서하가 몸을 돌려 강 회장을 보았다.

"그럼 전 이만 가보겠습니다."

"그래, 그럼 프로모션은 그렇게 진행하도록 해."

"네, 알겠습니다."

허리를 숙인 서하가 은초의 곁을 스쳐 지나간다.

서하는 오늘도 평소와 같이 집에서도 넥타이까지 맨 채 신경 줄을 팽팽하게 당기고 있었다. 잠시도 긴장을 놓아선 안 되는 삶을 사는 그의 생활 패턴이었다. 하지만 웬일인지 오늘의 그는 평소완 조금 달라 보였다. 조금 붉어진 뺨이 그랬고, 슬픔에 흔들리는 눈동자가 그랬다.

탁.

들고 있던 신문을 소리 내 내려놓은 그가 의자에 털썩 주저앉았다. 그리고 등받이에 머리를 기대며 허탈한 듯 웃음을 내뱉는다.

"병신."

신문 위에 실린 기사엔 은초와 태훈의 결혼 소식이 실려 있었다. 다음 달 제주도에서 식을 올리게 된 두 사람으로 인해 예상했던 바와 같이 강우 주식은 상승선을 그리다 못해 하늘을 뚫고 갈 기세였다. 최근 자동차를 제외하고선 모두 떨어지고 있던 것과는 대조적으로.

모든 것은 자신의 계획대로 흘러가고 있는데 왜 마음이 편치 않는 것일까. 무언가를 왜 계속 놓치고 있는 기분이 드는 것일까.

아니, 아니다.

모든 것을 알고 있으면서도 그는 이제껏 그랬던 것처럼 으레 모른 척 굴었다.

눈을 뜬 그가 천장을 멍하니 올려다보았다. 그러자 하얀 천장에 태훈과 손을 잡고 들어오던 은초의 모습이 비친다. 그리고 두 사람이 꼭 붙잡고 있던 손도…….

팔을 들어 자신의 손을 내려다보던 그가 주먹을 쥐었다. 제 손에서 가루처럼 **빠져나간**, 아니, 애초에 쥘 수도 없었던 존재를 떠올리며.

"강은초……."

이제 다 끝나가.

네가 떠나면…… 다 끝날 것 같아.

그가 힘겨운 숨을 내뱉었다.

❖

눈이 피로할 만큼 푸른 조명이 바 테이블 밑에서 은은히 빛나고 있었다. 그 모습이 마치 귀신의 집에서 볼 법할 만큼 음산했다. 그건 아마도 그녀의 눈빛에 머물러 있는 스산한 빛 때문에 더욱 그렇게 느껴질지도 모를 일이다. 하지만 호박 빛의 잔을 들고서 허공에서 빙글빙글 돌리고 있는 은초는 이를 모른 채 멍하니 읊조렸다.

"요즘 술을 못 마셔요. 혹 그 사람에게 달려갈까 봐. 아니면 술에 잔뜩 취해서 전화라도 하거나."

검은 암흑이 찾아오면 아직도 서하의 얼굴이 눈앞에 어른거렸다. 이제 그만 그 사람을 놓아줘야 한다는 것을 잘 알고 있으면서도. 그래야 서하도 그리고 눈앞에 있는 태훈도 상처받지 않고, 너덜너덜 걸레짝이 되어버린 자신의 마음도 평온을 찾는 것을 알면서도 말이다.

이런 자신의 모습에 이젠 학을 뗄 것 같으면서도 은초는 계속 그를 떠올렸다. 그리고 마음은 지옥이 되어간다.

그녀가 말없이 스트레이트 잔을 기울여 술을 마셨다. 차가웠던 체온이 올라가고 세상이 머릿속이 알코올에 점차 비워지자 그녀가 입술을 휘어 씁쓸하게 웃었다.

그 모습을 가만히 보고 있던 태훈은 시선을 돌려 비어 있는 자신의 잔에 술을 따르며 물었다.

"어디가 그렇게 좋습니까?"

"단순한 궁금증이세요?"

"뭐, 은초 씨에 대한 궁금증도 있고."

잔을 든 태훈이 왈칵 술잔을 기울였다. 그 모습을 보던 은초가 등을 의자에 기대며 느른한 표정을 지었다. 그 모습을 힐끗 곁눈질한 태훈이 말을 잇는다.

"그 사람과 조금이라도 비슷한 면이 있다면 은초 씨의 마음을 좀 더 빨리 제 쪽으로 돌려놓을 수 있지 않을까, 하고요."

그 말에 그녀가 눈을 감았다. 입가에 잔잔하게 떠오른 미소는 평소 그녀가 짓는 것보다 따스한 기운이 머물러 있었다. 눈을 감자 더욱 또렷해지는 서하의 얼굴에 웃음이 나면서도 가슴은 여전히 시리다.

"절대 불가능해요."

"왜 그렇게 확신을 하시죠?"

딱 잘라 하는 말에 태훈이 뾰족하게 물었다. 마치 이것이 정의라도 되는 양 하는 말에 조금 빈정이 상하기도 했다. 다른 여지 따윈 없다는 듯이 들렸으니까. 이런 그의 마음을 아는 것인지 모르는 것인지 고개를 돌려 태훈을 바라본 은초가 눈을 빛냈다.

"우리에겐 같이 보낸 아주 긴 시간이 있으니까요. 되돌릴 수 없는 나의 마지막 학창 시절 그리고 20대."

은초가 눈을 감았다.

"고등학교 졸업식 때 그 사람이 와줬어요. 바쁜 아버지를 대신

해서. 급하게 출장을 가셔야 했거든요. 그래서 제 고등학교 마지막 기억은 그와 함께예요."

바쁜 아버지를 대신해 그가 자신의 곁을 지켜줄 때가 많았다. 그것이 마음을 계속 깊어지게 만들었을지도 모르겠다. 지금에 와 생각해 보면.

"날 끔찍하게 싫어하는데 내가 아픈 건 기가 막히게 알아차려요. 그래서 늘 말없이 약 봉투를 책상 위에 올려놓고 가곤 했어요. 일하는 아주머니가 약을 챙겨줘도 그 약은 먹지 않고 그 사람이 준 약만 먹었죠. 그가 못 알아차렸을 땐 혼자 끙끙 앓았어요."

티를 내지 않고서 묵묵히 자신을 보고 있다는 것을 알게 해주던 남자.

"계속 날 밀어냈던 사람인데, 밀어내는 것조차 좋았어요. 투명인간 취급한 건 아니니까."

짜증스러운 존재라도 자신을 인식하고 있다는 것이었으니까 좋았다. 감정의 형태가 어떠한 것이라도 괜찮았었다.

"그가 아주 잠시라도 날 봐줄까 싶어서 매일 예쁘게 꾸미고 단장했어요. 그리고 그 사람에게 끊임없이 말을 걸었죠. 나 좀 봐주세요, 봐주세요, 애원했어요."

고개를 돌린 태훈이 손가락 끝으로 잔을 만지작거렸다. 그러는 사이에도 음추이 맡은 끊어질 듯 끊이지지 않는다.

"태훈 씨, 그런데 말이에요. 문득 이 감정이 사랑일까, 이렇게 구질구질하고 구린내가 나는 것도, 이것도 사랑일까, 생각했던 적이 있었어요. 과연 이 마음에 사랑이란 말을 붙일 자격이 되나 하고."

아래로 향해 있던 태훈의 고개가 위로 들렸다. 촉촉하게 젖어 있는 은초와 눈을 마주한 그가 작게 한숨을 쉬었다. 한심하게 느껴서가 아니었다. 그녀가 가진 감정의 크기는 작은 몸집으로는 견딜 수 없을 만큼 크고 무거웠다.

보상받지 못할 감정, 그 감정을 끌어안고 그것을 지키기 위해 이 여자가 얼마나 많은 노력을 하고 아픔을 겪었을까, 생각하니까 불쌍하고 가엾게 느껴진다.

"그 생각에 제가 어떤 결론을 내렸는지 아세요?"

그녀의 물음에 태훈은 작게 고개를 저었다. 손을 뻗어 그녀의 눈을 가려 버리고 싶었다. 눈동자에 가득한 그 감정을 보고 싶지 않은 기분이 들었다. 은초를 잘 알지도 못하면서.

"내 모든 걸 줘도 아깝지 않은 사람이니까 사랑이 아니어도 좋다."

그녀의 말에 태훈이 굳게 닫혀 있던 입술을 달싹인다.

"그건 사랑이 아니라 집착입니다."

힘주어 한 말에 은초의 표정이 굳어졌다. 툭 건들면 우르르 무너질 것 같은 상태와는 달리.

"아니에요, 집착."

강한 어조에 태훈은 집착이 맞다고 하고 싶었다. 그런 건 사랑이 아니라고. 그렇게 아픈 것이 어떻게 사랑이 될 수 있냐며. 하지만 그는 말하지 않는다. 이 말로 인해 그녀가 또다시 상처받을 것이 불 보듯 뻔했기 때문에.

태훈을 바라보는 눈동자가 위태롭게 흔들렸다.

"그 사람 말로는…… 제 주위에 그 사람밖에 없어서래요."

"……"

"각인된 거래요. 그 사람만 계속 봐서."

한숨처럼 말한 은초가 눈을 감았다. 세상에서, 현실에서.

"그 말에 반박을 하고 싶었는데…… 정말 그런 거야. 나한테는 그 사람뿐이었던 거야. 똑똑한 그 사람은 알았던 거예요. 아주 예전부터."

"은초 씨……."

괜찮아요?

그가 위로의 말을 건네려 할 때였다. 은초가 재빨리 말을 이었다.

"고고하고 싸가지 없는 공주님에게 마음을 다해줄 사람은 없거든요."

피식.

작게 웃음을 내뱉은 은초가 고개를 숙였다.

"그런데 아직도 모르겠어. 날 왜 그렇게 미워해? 왜 그렇게 차갑게 굴어? 왜? 왜……?"

계속되던 물음은 결국 답을 찾지 못하고 끝났다.

"난 아직도 모르겠어요."

"강은초 씨."

"……네?"

은초의 답에도 태훈은 한동안 말을 잇지 못했다. 아직도 감정이 정리되지 않은 채 명확하게 생각도 정리하지 못한 채 그녀를 바라보고만 있다.

이 여자가 참 안쓰럽다. 그리고 한편으론 화가 난다.

왜일까.

왜 그런 것일까.

그런 의문이 계속 들어 그녀에게 선뜻 말하지 못했다.

하지만 똑똑하고 현명한 이태훈은 곧 제 감정의 자락을 붙잡으며 말을 이었다.

"이제 당신 곁에 나란 사람도 있다는 것 정도는 알아주십시오. 나 슬슬 강은초 씨한테 진심이 되려는 찰나거든요."

"……."

놀란 눈으로 아무런 말도 하지 못하는 모습에 태훈은 장난스럽게 눈살을 찌푸린다.

"두 달 뒤부터 남편 될 사람의 부탁이니까 조금은 봐줘요. 너무 일방통행만 하지 말고."

그의 말에 은초가 입술 끝에 웃음을 내걸며 고개를 끄덕였다.

"알아요. 결심했거든요."

은초가 잔을 들어 반 정도 차 있던 술을 목구멍으로 밀어 넣었다.

"내가 있어야 하는 곳은 당신의 옆이라고. 그래서 지금 계속 마음을 비워내는 중이에요."

술은 참 쓰다.

그녀의 마음처럼.

일그러진 얼굴로 은초가 다시 잔을 채운다.

술에 취해 테이블 위에 늘어져 있는 은초를 바라보던 태훈이 턱을 괴었다. 그녀와 한 잔, 두 잔 기울이다 보니 그 또한 과음을 해버렸지만 눈빛만은 여전히 또렷한 채였다.

"멍청하다고 해야 할지, 미련하다고 해야 할지 모르겠습니다."

눈물 때문에 퉁퉁 부어 있는 눈을 보던 태훈이 피식 웃음을 내뱉었다.

"아니, 미련한 건 난가?"

결혼할 여자가 사랑하는 남자가 있는 것을 알면서도 브레이크를 걸지 않는 자신이 가장 멍청하고 미련할지도 모른다. 하지만 손지차게 자신의 마음을 털어놓는 그녀의 모습을 본 순간부터 시업상의 결합과는 별개로 그녀에게 마음이 갔다.

숨길 줄도 모르고 진심으로 한 사람을 사랑하는 그녀의 모습을 보자 호기심이 커져 간다. 저 사람의 마음이 자신에게 향하면 어떨까, 하고.

"적을 알아야 승부에서 이길 확률이 높아지지."

은초의 얼굴을 보며 생글생글 웃던 태훈이 손을 뻗었다. 그리고 의자 옆에 놓여 있는 그녀의 핸드백 속에 들어 있던 휴대전화를 꺼냈다.

역시나 단축번호 1번.

그녀의 유일한 가족인 강 회장은 단축번호 2번이었다.

"참 단순한 사람이네."

은초의 얼굴을 보며 슬쩍 웃은 그가 통화 버튼을 눌렀다. 그리고 얼마의 시간이 가지 않아 상대의 굳은 목소리가 들려왔다.

[무슨 일이야.]

오호라.

서릿발 어린 목소리를 듣자 왜 그녀가 김서하를 무서워했는지 알 것 같았다. 대외적인 장소에서 공적인 관계로 만나는 그와 사적인 관계에서의 그는 다른 이 같았다.

이성적이었던 모습을 떠올리던 태훈이 웃음기가 가득한 목소리로 말했다.

"안녕하십니까, 김서하 부사장님. 저 이태훈입니다."

[……]

전화 너머로 아무런 답이 들려오지 않자 태훈이 미간을 찌푸리며 액정을 확인했다. 통화 시간이 흘러가는 것을 보면 끊기지는 않은 듯했다.

"김서하 부사장님?"

[왜 아가씨 전화를 이 사장님이 쓰시는 겁니까?]

흔들림 없는 목소리가 들려왔다. 어조는 예의 발랐지만 목소리엔 화가 가득했다.

태훈의 시선이 은초에게로 향한다.

"강은초 씨가 많이 취해서 말입니다."

[하고자 하는 말씀이 무엇입니까?]

"호텔 룸에서 재울까, 하다가 연락드린 겁니다. 이 시각에 강 회장님을 깨우는 것보단 김서하 부사장님께 부탁을 하는 것이 더 좋을 것 같아서요."

[……]

"부탁 좀 드려도 되겠습니까?"

태훈의 말에 전화 너머에서 깊은 한숨 소리가 들려왔다.

[거기 어딥니까?]

자세한 위치를 말하자 서하는 가타부타 말없이 전화를 끊었다. 멍하니 은초의 휴대전화를 보던 태훈은 고개를 돌려 술에 취해 엎드려 있는 자의 등을 보았다.

뭐야, 당신 혼자만의 감정이 아니었던 거야?

"미련한 게 아니라 멍청한 거였네."

그렇게 사랑한다고 해놓고서, 지독하게 마음에 품고 있다는 듯 상처받은 눈을 하고 있었으면서, 어떻게 이 남자의 마음 하나 몰라?

태훈은 휴대전화를 가방에 넣어둔 후 손목시계를 보았다.

새벽 2시 30분.

"자, 얼마나 걸리나 볼까?"

재미있는 게임을 하듯 가벼운 목소리였으나 표정은 썩 밝지 못했다.

전화를 건 지 20분은 되었을까?

흐트러진 머리카락과 대충 옷을 걸쳐 입은 서하가 바 안으로 뛰어들어 왔다. 옅게 숨을 내뱉으며 자신을 뚫어져라 바라보는 남자의 모습에 태훈이 비틀거리며 자리에서 일어났다.

적을 알아야 이길 확률이 높아진다. 그리고 그 적을 알게 되었다.

"김서하 부사장을 보니까 분발해야겠습니다."

"무슨 말씀이십니까."

고저 없는 목소리로 하는 말에 태훈은 고개를 돌려 은초의 모습을 보았다. 완벽하게 곯아떨어진 여자는 숨소리조차 내지 않고 있었다. 태훈의 입술에 걸려 있던 사람 좋은 웃음이 소리 소문 없이 사라져 간다.

"강은초 씨의 일방통행인 줄 알았거든요. 그런데 이제 보니 아니잖아. 아, 완전히 뒤통수 맞은 기분이랄까요?"

그리고 다시 고개를 돌려 서하를 본 태훈은 그가 숨기고 있는 감정을 모두 알고 있다는 듯 웃는다. 조소에 가까운 웃음에 서하가 성큼성큼 걸음을 옮겨 은초에게 다가갔다. 그리고 입고 있던 얇은 외투를 벗어 드러난 은초의 다리를 가려주었다. 팔 부분을 은초의 허리에 묶은 서하는 차마 태훈을 바라보지 못한 채 읊조리듯 말했다.

"제 감정이 아가씨와 이태훈 사장님 관계에 상관이 있습니까?"

"아니, 아니죠."

딱 잘라 말한 태훈은 서하의 옆모습을 바라보았다. 아무렇지도 않은 척, 무심한 척 은초를 바라보고 있었으나 그의 눈동자에 걱정스러움이 뚝뚝 떨어진다. 그 모습을 바라보고 있던 태훈은 몸을 돌려 자신과 눈을 마주하는 멍청한 남자의 얼굴을 바라보았다.

"밀어내려면 좀 더 그럴듯하게 밀어내는 게 어떻습니까? 감정은 질질 흘리지 말고."

"……."

김서하는 말을 아낄 줄 아는 남자였다. 히튼 밀은 하지 않는다.

속이 보이지 않는 모습에 태훈이 미간을 찌푸렸다. 하지만 화가 나는 것은 서하 또한 마찬가지였다. 왜 자신을 이곳으로 불러냈는지 그의 속을 알아차리기 위해 쉼 없이 태훈의 표정을 살피고 있었다. 하지만 두 사람 모두 사업에선 잔뼈가 굵은 이들이었다. 기가 막히게 표정을 감추고 있었다. 결국 서하가 물었다.

"저와 뭘 하고 싶으신 겁니까?"

"김서하 부사장과 하고 싶은 건 없어요. 은초 씨와 하는 거지. 그런데 당신이 곁에 있으면 은초 씨와 난 아무것도 할 수가 없어요."

그의 말에 서하의 표정이 허물어졌다. 쓰고 있던 단단한 가면을 내던진 얼굴 위에 드리우는 것은 약간의 슬픔, 약간의 짜증이었다. 그 모습에 태훈이 한숨처럼 말했다.

"김서하 부사장의 마음은 잘 알았습니다. 하지만 밀어내는 덴 이유가 있다는 것이겠죠. 확실하게 자르십시오."

이루어지지 않을 사랑이라면 단칼에 잘라내는 것이 좋았다. 그렇지 않으면 두 사람 모두 병들 테니까. 흔들리는 눈동자로 태훈을 보던 서하가 작게 고개를 저었다.

"그게 됐다면…… 했을 겁니다."

"두 사람, 이해하기 어려운 관계군요."

태훈이 얼굴을 종잇장처럼 일그러뜨렸다. 평범한 이들이 하는 것처럼 서로를 좋아하고, 서로를 가지고 싶어 안달이 난 것이 아닌, 좀 더 깊고 다른 무언가. 딱히 뭐라 설명할 수 없는 감정을 서로에게 품고 있는 두 사람의 모습에 태훈은 혼란스러워 보였다.

그 모습에 서하가 은초를 보며 잔잔한 미소를 흘린다.

"이해하지 마십시오. 그냥 예정대로 강은초 씨와 빠른 시일 내에 결혼하시면 됩니다."

"빠른 시일 내에? 그래야 하는 이유라도 있습니까?"

이 물음은 단순한 호기심이었다. 서하 또한 은초에게 특별한 마음을 품고 있는 것 같은데 왜 빠른 시일 내에 자신과 결혼해야 한다는 것인지. 그러자 서하는 더 이상 제 마음을 숨기는 것을 포기하고 솔직하게 말했다.

"지켜줄 사람이 필요합니다."

아주 작은 목소리로.

"지금 뭐라고 하셨습니까?"

이를 듣지 못한 태훈이 다시 한 번 되묻자 그제야 정신이 돌아온 것인지 서하가 표정을 갈무리했다. 그리고 평소와 같이 냉소적인 모습으로 돌아가 말을 툭 내뱉었다.

"다음부턴 이렇게 취하도록 마시게 내버려 두지 마십시오."

은초의 무릎 밑으로 팔을 찔러 넣은 그가 가볍게 들어 올렸다. 그녀의 소지품을 모두 챙겨 들고 바를 나서는 그의 뒷모습을 멍하니 보던 태훈이 입구어 외쳤나.

"진심이 되었습니다."

그러니 더 이상 그녀와 오묘한 관계를 유지하는 것은 용서치 않겠다는 듯 태훈의 눈빛이 날카롭게 빛났다. 그러자 천천히 몸을 돌린 서하가 진심을 다해 웃는다.

"감사합니다."

은초를 조심스럽게 침대에 눕혀준 서하가 허리를 폈다. 그리고 고개만 내려 어둠 속에서도 또렷하게 보이는 그녀의 얼굴을 보고 있었다.

불빛 하나 없어도 강은초가 어떻게 생겼는지 알 수 있었다. 그건 눈을 감아도 마찬가지였다. 그녀의 얼굴은 정확히 그의 뇌리에 각인되어 지워질 생각을 하지 않았다. 새까만 동복 교복을 입고 간절한 눈으로 자신을 올려다보던 그 순간부터.

"오빠, 나 졸업하면 오빠랑 사귈 수 있어?"

얼마나 순진한 말이던가.

그 말을 들은 강 회장이 사색이 되어 자신을 보던 것이 떠오른다.

"소중한 딸인데."

그래, 너무나 소중히 여기는 하나밖에 없는 딸인데 자신에게 어찌 줄 수 있겠는가.

서하가 무릎을 꿇고 소리 없이 그녀의 옆에 앉았다. 소리도 내지 않고서 잠들어 있는 그녀의 얼굴을 빤히 바라보며 한참이고 시간을 죽이던 그가 조심스럽게 입을 맞추었다.

따뜻한 입술에 또다시 속절없이 마음이 떨려왔다. 이러면 안 된다는 것을 알면서도 그는 무의미한 시간을 붙잡으며 '잠시만, 잠시만.' 하며 애원한다.

힘겹게 고개를 든 서하가 은초의 얼굴을 보고 있을 때였다. 방금 전 그의 숨길이 닿았던 작은 입술 끝이 아래로 축 늘어진다.

파르르 떨리던 입술이 힘겹게 달싹였다.

"왜 입을 맞췄어?"

천천히 눈을 뜬 은초가 서하를 보았다. 어둠 속에서 두 사람의 시선이 마주했다.

너무나 그리운 얼굴에 은초의 눈가에 순식간에 눈물이 차올랐다. 무게를 이기지 못한 눈물이 뺨을 타고 옆으로 흘렀다. 하지만 몸을 일으킬 생각도, 손을 들어 눈물을 닦을 생각도 하지 못한 채 은초는 오롯이 그의 얼굴만 바라볼 뿐이었다.

뺨이 젖고, 머리카락이 젖고, 마음도 젖는다.

그녀의 모습을 바라보던 서하가 미글 익물었나.

움찔.

남성적인 선을 가지고 있던 턱이 꿈틀거린다.

"웃어."

명령과 다름없는 말에 은초는 여전히 눈물만 흘린 채 무심한 어조로 말했다.

"왜? 난 지금 웃고 싶지 않아."

"웃어."

그가 다시 한 번 힘주어 말했다. 명백한 경고였다.

무엇이 그의 심기를 건드린 것일까. 은초는 어둠 속에서 빛나는 그의 눈동자에 입술이 옆으로 벌어졌다. 파들파들 떨리는 입꼬리를 겨우 위로 끌어 올린 은초가 어색하게 웃자 서하의 고개가 아래로 천천히 내려왔다.

평소의 그들은 자석의 S극과 S극 같았다. 서로 가까워지면 튕겨내는. 하지만 지금 그들은 반대 극을 가진 자석 같았다.

은초의 입술 위에 짧게 입을 맞춘 서하가 살짝 입술을 떼며 여전히 눈을 감은 채 묻는다.

"어때?"

"끔찍해."

그의 숨결에 눈물이 아래로 흘렀다. 마음이 아프다. 너무 아프다.

천천히 눈을 뜬 서하가 은초의 얼굴을 내려다보며 무심한 목소리로 말했다.

"다행이다."

하지만 입술은 웃고 있었다.

그 모습을 은초는 보지 못한다.

5. 거짓

서하와 그렇게 마주친 그날 저녁. 은초는 심한 감기 몸살에 걸렸다. 두꺼운 이불을 덮고 있어도 몸이 떨렸고, 높은 체온과는 달리 손가락 끝은 차갑게 얼었다. 식은땀을 뻘뻘 흘리며 침대에서 연신 끙끙 앓는 모습에 집안일을 봐주는 미령댁이 그녀에게 약을 주었지만 은초는 고개를 저었다.

"싫어요, 안 먹을래요."

그녀의 고집에 미령댁은 걱정 어린 눈으로 한숨을 내쉬었다.

"어휴, 아가씨. 진짜 안 드실 거예요? 아님 김 박사를 부를까요?"

그 물음에 은초는 짜증스럽게 고개를 저었다. 머리가 웅웅 울렸고, 두통은 머리를 쪼갤 것처럼 강렬했다.

계속되는 그녀의 거부에 미령댁이 묘안을 생각해 냈다.

"서하 부를까요?"

서하의 말이라면 무엇이든 듣는 그녀였다. 예전에도 심한 몸살에 걸려 약을 먹지 않겠다고 거부했던 그녀에게 눈빛 하나로 약을 먹였던 서하의 모습을 떠올리며 미령댁이 말하자 은초의 몸이 움찔 떨린다.

"아니, 아니요. 그냥 나가주세요."

"아가씨, 회장님도 걱정이 이만저만……."

"그만 나가주세요, 아주머니. 머리 울려요."

냉정한 눈빛에 미령댁도 더 이상 어찌할 도리가 없다는 듯 몸을 돌렸다. 그녀가 밖으로 나가자 은초가 힘없이 늘어뜨리고 있던 몸에 힘을 주었다.

상체를 일으켜 앉은 은초가 손을 들어 얼굴을 가렸다.

"오빠……."

그녀가 슬픔이 가득한 목소리로 말했다.

"정말 오빠 말대로야."

오빠가 내 곁에 없으니까…… 정말 외톨이가 된 기분이야.

은초는 꼬박 4일을 앓고 나서야 일어날 수 있었다. 몸은 여전히 천근만근처럼 무거웠으나 언제까지고 침대에서만 지낼 수 없었기에.

방에 딸린 욕실에서 깨끗하게 샤워를 마치고 밖으로 나온 은초는 자신의 책상 위에 올려져 있는 따뜻한 우유를 보며 걸음을 옮겼다. 아마 잘 먹지 못한 그녀를 위해 미령댁이 두고 나간 것이리라.

머그컵을 든 은초의 시선이 달력에 닿았다.

오늘 날짜에 붉은색 동그라미가 쳐져 있는 것을 본 은초가 고개를 기울였다.

"오늘이 무슨 날인가?"

꼼꼼하지 못한 성격 탓에 늘 눈이 닿는 달력에 중요한 날을 표시해 두는 그녀였다. 분명 특별한 날일 텐데 도통 떠오르지 않았다.

"오빠 생일은 아닌데……."

추운 겨울에 태어난 그를 떠올리며 말하던 은초가 퍼뜩 떠오른 생각에 그녀의 걸음이 생각보다 먼저 움직였다.

"어떻게 이날을 잊어…… 어떻게……."

멍한 눈으로 읊조린 은초가 계단을 빠르게 내려와 거실을 가로질러 뛰기 시작했다. 가을 날씨에 제 옷이 지나치게 얇다는 생각 따위, 집에서 입는 편한 복장이란 생각 따윈 잊은 채.

"은초야, 어딜 가니!"

다급한 모습에 강 회장이 기겁하며 외쳤다. 하지만 은초는 부름

에 답을 하지 않고 오로지 한 남자에게만 정신을 둔 채 뜀박질을
했다.

그녀의 마음이 내달렸다.

그에게로.

커다란 침대에서 몸을 동그랗게 만 채 잠들어 있던 서하의 미간
이 꿈틀거렸다.

딩동— 딩동—

시끄럽게 울려대는 초인종 소리에 선잠에 들었던 서하는 결국
몸을 일으키고 세울 수밖에 없었다.

핑—

사물이 두세 개로 보이자 그가 서둘러 손을 뻗었다. 겨우 침대
를 붙든 그가 이마를 짚었다. 그리고 그제야 제 몸이 펄펄 끓고 있
다는 사실을 깨달은 것인지 짧게 신음을 내뱉었다.

"아."

오늘이 무슨 날인지 그제야 떠오른 것인지 그가 허무한 웃음을
내뱉는다.

"미친놈."

매년 아픈 날이었다. 그리고 유독 밤이 길기도 한 날. 잠 못 드
는 밤은 그에겐 독과 같았고, 정신을 갉아먹는 벌레 같았다. 자신
이 어떠한 위치에 있는지, 자신의 현실이 무엇인지 알게 해주는

날. 그리고 강은초에게 손을 뻗어선 안 되는 이유를 수십, 수백 개도 말할 수 있는 날. 바로 부모님의 기일이었다.

그의 고개가 기계적으로 옆으로 돌아갔다.

10월 17일.

부모님이 함께 하늘나라로 떠나간 날. 어린 그만 두고서.

그의 눈망울이 거대한 풍랑을 만난 종이배처럼 흔들렸다.

딩동―

또다시 그의 정신을 깨우는 소리에 그가 고개만 돌려 현관문을 보았다. 이날은 매년 그가 지독하게 아픈 날이었다. 그리고 그 이유를 저 현관문 밖에 서 있을 여자는 알고 있었다. 그래서 더욱 끈질기게 제 옆에 있으려고 했고, 고집을 부리며 곁을 내달라고 악을 썼었다.

그의 걸음이 천천히 움직였다. 그리고 현관문을 열자 그의 예상대로 은초가 서 있었다.

그녀는 가타부타 말없이 그에게 약 봉투부터 내밀었다. 하지만 서하는 예전과 마찬가지로 차가운 눈동자로 그녀를 보았다.

가만히 그의 얼굴을 살피던 은초가 입술을 달싹인다.

"받아."

달칵.

문이 닫히는 소리가 침묵을 갈랐다. 자신을 집 안으로 들이지 않겠다는 듯이. 그 모습에 은초가 힘없이 고개를 떨궜다.

그는 답을 하는 대신 손을 뻗어 약 봉투를 받아 들었다. 그러자 고개를 퍼뜩 든 은초의 눈동자에 기쁨이 서렸다.

"강은초."

"응, 오빠."

"더 이상 찾아오지 마. 연락도 하지 말고."

"그렇게 가시 돋친 말을 하면 내가 더 불타오르는 건 알고 있을 텐데?"

장난스럽게 말한 은초는 굳은 그의 얼굴에 한숨을 내뱉었다. 이곳까지 달려오며 내내 마음을 가다듬고 그에게 어떤 말을 해야 할지 수십 번은 머릿속으로 떠올려 보았던 그녀였다. 하찮은 안부 인사부터 시작해서 드디어 오빠가 가지고 싶어했던 강우자동차의 주인이 될 것이라며 축하 인사도 생각했었지만 아무것도 말할 수가 없었다.

그녀는 본론부터 꺼냈다.

"내 주위에 오빠뿐인 것처럼 오빠 주위에도 나뿐이지 않을까, 하고."

오늘같이 슬픈 날에도 그는 혼자였다. 사회에서 많은 사람들과 연결고리를 가지고 살고 있었으나 정작 사적으로 슬픔을 털어놓을 사람은 없었다. 부모님의 기일조차도.

그리고 이런 그를 그녀는 너무나 잘 알고 있었다. 그녀가 외톨이인 것처럼 그 또한 외톨이라는 것을.

"더 이상 함께 있자고 조르지는 않을 거야. 이젠 그럴 기력도 없어."

사랑은 끝이 났지만 두 사람이 함께한 시간이 자그마치 14년이 었다. 그 시간을 무시할 수 없었던 그녀는 마지막으로 그에게 손을 내밀었다.

"우리 서로의 안부 정도는 묻는, 적정선에 서 있자."

그가 멀뚱히 은초의 얼굴을 보았다. 표정엔 감정 한 터럭 묻어나 있지 않았다. 그의 침묵이 길어질수록 은초의 가슴은 더욱 빠른 속도로 뛰고 불안감은 커져만 갔다.

얼마의 시간이 흘렀을까.

굳게 닫혀 있던 입술이 열리고 고저 없는 목소리가 흘러나왔다.

"남녀가 섹스를 했어. 밤이 모자랄 정도로 몸을 섞고 또 섞었어."

무심한 표정에 그녀의 표정이 허물어졌다.

"그런데 그 선이 지켜질까?"

아니.

그녀는 단숨에 그 답을 내놓을 수 있었다.

다른 사람이라면 몰라도 김서하와 그 선을 지킬 수 있을 리가 없었다.

자리를 털고 일어난 지 얼마 되지 않아 아직 정상 컨디션이 아니었던 은초가 자리에서 비틀거렸다. 얼굴은 창백하게 질리고, 입술은 파르르 떨렸다.

"가. 너에게 어울리는 남자한테로."

손을 내밀어 힘없이 아래로 떨어져 있던 손을 쥔 그가 손바닥을 펴 약 봉투를 올려두었다.

"더 이상 너랑 쓸데없는 힘겨루기 하기 싫으니까."

뒤돌아선 그가 무심하게 집 안으로 들어선다. 문이 닫히고 그가 사라진 뒤에도 은초는 한동안 제 손 위에 들린 약 봉투만 멀뚱히 바라보았다.

힘없이 구겨진 봉투가 마치 제 마음처럼 느껴진다.

완벽한 거부.

그는 작은 여지도 주지 않았다.

오늘같이 힘겨운 날에도.

모던한 사무실 안은 열어둔 창문에서 들어온 바람으로 인해 서늘한 공기로 가득 차 있었다. 커다란 원목 테이블에 엉덩이를 걸치고 앉아 상대가 건넨 종이 뭉치를 읽고 있는 태훈의 얼굴이 얼음장처럼 차갑게 굳어졌다.

차락, 차락!

짜증스럽게 서류를 넘기던 그가 종이 뭉치를 테이블 위에 던져 버린 후 자리에서 벌떡 일어난다.

정처 없이 걸음을 옮기며 생각을 정리하던 그가 우뚝 멈춰 서며 말했다.

"이게…… 정말?"

혼란스러운 눈동자와 마찬가지로 여전히 정리되지 못한 생각.

대한민국에서 기한 가(家)가 못할 일은 없었고, 알아내지 못할 사실도 없었다. 그가 지시한 지 정확히 일주일 만에 올라온 보고는 김서하가 태어나서부터 지금까지 어떠한 삶을 살았는지 상세하게 적혀 있었다. 만약 김서하와 강 회장 사이에 숨겨진 비밀만 몰랐다면 완벽한 성적표가 먼지 하나 없는 과거에 놀랄 정도였다.

지독한 남자군.

김서하는 만만하게 볼 인물이 아니었다.

"이걸 또 누가 알고 있어?"

"강 회장님만 알고 계실 겁니다. 그런데 눈치를 봐선 김서하 부사장도……."

서류를 힐끗 곁눈질하며 묻자 이 비서가 재빨리 답했다. 그러자 태훈의 고민이 더욱 깊어진다.

"강은초는 모른다……."

짧게 제 생각을 읊조린 그가 입가에 웃음을 머금었다.

"이것 때문이었군."

"네?"

"아니, 아니야."

고개를 내저은 그가 다시 원목 책상에 엉덩이를 걸치고 앉았다. 그리고 기다란 손가락으로 턱을 쓰다듬으며 이 상황을 어떻게 받아들여야 할지 고민에 잠겼다.

서류상만으로 봐선 감을 잡을 수가 없었다. 바에서 서하를 만났던 날 그의 감정을 알았기 때문이다.

그는 은초를 좋아하고 있었다. 과거는 모두 차치하고서.

"기뻐해야 하는 건가?"

툭 내뱉는 말에 이 비서가 눈을 크게 떴다. 김서하의 과거를 직접 파헤쳐 보고했던 그였던지라 저 서류 속에 적혀 있는 내용 또한 모두 알고 있었다. 누가 보아도 기뻐할 상황은 아니었기에 이 비서가 이해할 수 없다는 듯 미간을 찌푸렸다.

"네? 그게 무슨 말씀이십니까?"

"왜 김서하 부사장이 악착같이 강 회장님 곁에 있는 거겠어?"

"아······."

이 비서가 그제야 이해했다는 듯 고개를 끄덕였다.

"이 남자의 생각이 어디까진지는 모르겠지만 적어도 강우 정도는 무너뜨리기 위해 곁에 있는 거 아닐까? 부모를 죽게 만든 원수의 곁에. 그리고 그걸 강은초가 알게 되면 어떻게 될까?"

그리고 왜 그 여자를 사랑하게 된 걸까? 이렇게 지독한 사이면서.

뒷말을 삼킨 태훈이 서류에서 시선을 뗐다.

"이 비서, 당신이라면 어떻게 하겠어?"

그의 물음에 이 비서는 아무런 답도 하지 못했다. 어떤 말을 할수가 있겠는가? 듣기만 해도 갑갑한 상황이었는데.

사랑하는 사람과 부모, 둘 다 포기하고 선택하는 범주의 것이아니었다.

"강 회장님을 봬야겠군."

태훈이 자리를 털고 일어났다.

"무슨 말씀을 하시려고……."

"글쎄, 아직은 결정하지 못했어."

태훈이 작게 고개를 저었다. 말 그대로였다. 김서하가 모든 사실을 알고 있다는 걸 강 회장에게 알리는 것이 좋은지…….

그가 의자에 걸쳐 두었던 외투를 집어 들며 말했다.

"아마도 김서하의 선택에 달려 있지 않을까? 아니면……."

나도 그 남자처럼 강은초가 덜 상처받는 쪽으로 선택할지도…….

"자네가 여기까진 어쩐 일인가?"

강 회장은 김 비서가 내준 차를 마시며 호탕하게 웃었다. 그리고 본사까지 찾아온 태훈을 의아하게 바라보며 물었다. 요즘 기한전자에서 신제품으로 내놓은 것들이 반응이 좋아 눈코 뜰 새 없이 바쁘단 이야기를 얼핏 들었기 때문이다. 거기에다가 은초와의 결혼으로 인해 이것저것 신경 쓸 것들도 많았기에 아무런 일도 없이 찾아올 리가 없었기 때문이다.

그의 물음에 태훈은 예의 바른 미소를 지으며 말했다.

"앞으로 장인어른이 되실 텐데 자주 찾아뵙는 게 좋을 것 같아서요."

"요즘 이 사장 보는 게 하늘의 별 따기보다 힘들다던데, 그거 영광이네."

그렇게 말하며 강 회장이 기분 좋은 웃음을 흘렸다. 그를 따라 웃은 태훈은 구석에 세워져 있는 캐리어 가방을 보며 물었다.

"출장 가십니까?"

"아아."

짧게 소리를 낸 강 회장이 고개를 끄덕인다.

"해외 지사는 손을 대야 할 게 많거든. 완벽하게 물러나려고 하니 시간이 오래 걸려."

"은퇴는 언제쯤으로 생각하고 계십니까?"

"한 달 뒤 정도로 생각하고 있네."

시원섭섭하다는 듯 웃는 강 회장과는 달리 태훈의 눈동자엔 놀라움이 머물렀다.

"네? 그렇게 빨리 말입니까?"

이미 몇 번이고 강 회장의 입에서 전문 CEO를 구해 외상직에서 물러나겠다는 이야기를 들었었다. 하지만 그 질문에 날아온 답은 의외의 것이었다. 아무리 빨라도 2, 3년일 줄 알았지 이렇게 빠른 시일 내에 회사를 정리할 줄은 몰랐기 때문이다.

강 회장은 들고 있던 찻잔을 내려놓으며 앓는 소리를 냈다.

"자네, 모른 척하게."

뻐근한 가슴께를 손으로 문지른 강 회장이 말을 이었다.

"나이가 드니까 여기저기 삐걱거려. 그러다가 얼마 전에 알았네. 내 심장이 말썽쟁이라는 걸."

"그게……."

"주치의와 상의 중이야. 지금이라도 당장 회사에서 손을 떼라고 난리인데 어떻게 해? 강우에 딸린 식구가 몇 명인데."

아마도 강 회장이 회사에서 물러나지 않은 상태에서 그가 쓰러지면 강우는 순식간에 아래로 꺼질 터였다. 강우는 다른 회사와는 달리 회사를 물려받을 후계자가 없었고 유일한 자식인 은초는 사업엔 관심이 없었다.

주치의는 당장 수술을 받으라고 권했지만 강 회장은 시기를 아주 멀찍이 미뤄두었다. 아직은 그가 해야 할 일이 많았기 때문이다.

"그리고 식장에서도 우리 은초 손잡고 자네에게 보내줘야 하지 않나."

"……."

생각보다 상태가 많이 좋지 않다는 말에 태훈은 어떤 말을 해야할 줄 몰라 입술을 굳게 다물었다. 이런 그의 반응을 예상이라도한 듯 강 회장은 웃음을 보였다.

"만약 나에게 문제가 생긴다고 해도 식은 예정대로 진행해 주게. 긴 잠이 될지도 모르니까."

"회장님……."

태훈이 지금이라도 이 사실을 은초에게 알리는 것이 좋을 것이라고 말을 하려 할 때였다. 듣지 않아도 강 회장은 태훈의 표정만으로도 알아들은 듯 고개를 저었다.

"아직은 아니네. 그 아인 알아선 안 돼."

"나중에 알게 되면 더 상처받을 겁니다."

"그땐 자네가 곁에 있어줄 것 아닌가."

마치 지금의 은초에겐 아무도 없다는 말처럼 들렸다.

"다시 한 번 부탁하네. 은초를 혼자 두지 말게. 사랑이 고픈 아이야."

그렇게 말한 강 회장이 서글픈 웃음을 지었다.

푹신한 소파에 앉아 멍하니 시선을 두고 있던 태훈은 탈의실에서 은초가 나온 후에도 넋을 놓고 있었다. 아무런 반응노 없는 그의 모습에 은초가 고개를 기울였다.

"태훈 씨?"

"아, 미안합니다."

그녀의 목소리에 정신을 차린 것인지 태훈이 고개를 퍼뜩 들었다. 그리고 옆트임이 있는 푸른색 드레스를 입고 있는 은초의 모습에 순간 표정을 허물었다.

"아름답군요."

"정말요? 괜찮아요?"

은초가 뒤돌아 거울에 비친 자신의 모습을 보며 물었다. 드레스 색깔 때문일까, 화사하게 화장을 하고 있었음에도 피부가 창백해 보였다.

은초에게 다가온 태훈은 살결이 드러난 어깨에 손을 얹으며 거울을 보았다.

"드레스 코드도 맞고 말이죠."

그의 말에 은초는 그의 재킷을 보았다. 푸른빛이 은은하게 도는 색감 때문일까, 거울 속에 비친 두 사람의 모습이 완벽한 연인처럼 보였다.

"우리 연인처럼 보이지 않습니까?"

그리고 그 또한 은초와 같은 생각을 한 것인지 물어왔다. 은초가 입가에 웃음을 띠었다.

"정말 그렇네요."

"자, 그럼 가볼까요? 지금 우리의 등장을 기대할 사람들에게로?"

"악취미예요. 아마 한동안 사람들의 입방아에 오르내릴걸요?"

"왜? 내가 지금 너무 멋있어서?"

그가 장난스러운 표정으로 말했다. 파티장에 가득할 사람들이 무슨 이유로 떠들어댈 것인지 잘 알고 있으면서도. 그녀가 성인이 되면서부터 공공연하게 서하에 대한 마음을 말해왔고, 그들은 아마도 강은초의 남편은 김서하가 될 것이라 생각했을 것이다. 그런데 뜬금없이 눈앞에 있는 너무나 멋있는 남자와 결혼을 발표하고 그의 에스코트를 받으며 등장할 그녀의 모습을 어떻게 바라볼진 불 보듯 뻔했다.

가슴 한 켠이 묵직해졌지만 은초는 천천히 고개를 끄덕였다.

"네, 그래요. 이태훈 씨가 너무 멋있어서."

그리고 그의 장단에 맞춰준다. 그런 그녀의 얼굴을 살펴보던 태훈이 숨을 골랐다. 긴장한 빛이 역력한 얼굴로 자신에게서 시선을 떼지 못하는 모습에 은초의 고개가 옆으로 기울었다.

내가 무슨 말을 잘못했나?

서서히 굳어지는 그의 표정을 보던 그녀가 입술을 달싹이려 할 때였다. 먼저 운을 뗀 것은 태훈이었다.

"강은초 씨."

"네?"

"저 지금 큰 고민이 듭니다."

"뭐가요?"

그녀가 할 수 있는 것이라곤 계속되는 물음뿐이었다. 종잡을 수 없는 말에. 그가 진중한 목소리로 말했다.

"우리는 지금 어떤 사이일까요? 회사를 위해서 전략적으로 결혼하는 사이 말고요."

"갑자기 왜 그런 걸 물으세요?"

은초 역시 굳은 표정으로 태훈을 보았다. 늘 여유로운 모습을 유지하던 그와는 달리 지금의 그는 초조하고 어딘가 불안해 보였다. 무엇이 그를 이렇게 만들었을까? 생각해 보았지만 답은 나오질 않는다.

태훈이 묵직한 한숨을 내뱉었다.

"그 답에 따라 제가 나아가야 할 방향도 달라질 것 같아서 말입니다."

"음……."

말꼬리를 늘인 그녀가 고개를 들어 태훈을 바라보며 말했다.

"솔직한 답을 원하세요?"

"전 강은초 씨가 솔직해서 좋습니다."

당돌한 물음에 진솔한 답이 들려왔다. 그러자 그녀가 입꼬리를 늘여 웃더니 고개를 끄덕인다. 그가 솔직한 답을 원하면 그리해 주는 것이 상대에 대한 도리였다.

"우선 한 시간 뒤엔 사교계에 정식으로 함께 인생을 헤쳐 나갈 파트너가 되었다고 선언하는 사이가 되겠군요."

"그게 답니까?"

딱딱하게 굳어가는 표정과 비슷한 목소리였다. 이에 은초가 작게 고개를 내젓는다.

"그리고 그 지질한 파티가 끝난 후엔 함께 술 한잔하죠. 그럼 술친구도 되겠네요."

"네……?"

"왜 그렇게 놀라세요?"

깜짝 놀라는 표정에 은초가 물었다. 그러자 그가 서둘러 감정을 갈무리한다. 하지만 목소리는 여전히 얼떨떨했다.

"아, 강은초 씨가 저에게 뭔가를 먼저 하자고 하는 건 처음이라……."

아이처럼 놀란 표정에 은초가 참지 못하고 작게 웃음을 내뱉었다. 그리고 고개를 돌려 거울 속에 비치는 자신과 태훈의 모습을 보았다.

"요즘 뿌옇게 변했던 머리가 아주 깨끗해진 느낌이에요."

멍한 눈초리로 하는 말에 태훈이 입을 굳게 다물었다. 그녀의 사랑이 조금씩 흐려간다. 그 말을 순순히 믿을 수 있을까? 그리 생각하던 그가 속으로 웃음을 삼켰다.

네가 믿지 않으면 어떻게 할 건데?

그의 생각이 깊어질 때였다. 거울 속에서 두 사람의 시선이 마주한다. 그녀는 웃고 있었다. 태훈을 바라보며. 그가 순간 심장이 왈칵 떨어지는 기분이 들어 이를 악물었다.

"우리 친구부터 시작해요. 그러면 이 길고 긴 인생을 끝자락까지 함께 있을 수 있을 것 같으니까."

"은초 씨가 예전에 그랬죠? 사랑하는 사람이 약자라고."

그가 힘겹게 말을 내뱉었다. 그리고 그와 비슷한 힘으로 웃는다.

"그 말이 맞네요. 좋습니다, 친구부터 합시다."

한쪽 벽면이 모두 유리로 되어 있는 강 회장의 집무실에 오늘은 서하가 자리해 앉아 있었다. 강 회장이 중국으로 출장을 떠난 지도 일주일이란 시간이 흘렀다. 이틀 뒤 이 방의 주인이 돌아오기 전까지 사소한 업무부터 시작하여 큰 결재 건까지 모두 처리해야 하는 서하는 오늘도 바쁘게 손을 움직이고 있었다.

그의 옆에는 쌓으면 제 키를 훌쩍 뛰어넘을 만큼 많은 서류가 자리하고 있었다. 하지만 강 회장의 지원을 받아 학교를 졸업한 후엔 늘 이 정도의 업무를 처리하고 있었던 터라 그는 표정 하나 흩뜨리지 않은 채 묵묵히 서류만 넘겼다.

특히나 강우자동차에 대한 결재 건이 많다는 생각을 하던 것도 잠시, 그는 노크 소리와 함께 문을 열고 안으로 들어오는 차 비서의 모습에 손목시계를 확인했다.

"나가실 시간 다 됐습니다."

"아, 벌써 시간이 이렇게 됐군요."

서둘러 서류를 정리한 서하가 심플한 투피스를 입고 있는 차 비서를 보았다. 평소 검은 정장만 입는 그녀였지만 오늘은 자리가 자리였던지라 색감이 들어가 있는 옷이었다.

"죄송합니다, 밤늦게까지."

말과는 달리 차갑고 무뚝뚝한 표정이었지만 차 비서가 서하를 수행한 것도 햇수로 6년이었다.

"부사장님의 파트너가 되는 일이라 기쁩니다. 야근 수당도 두둑하게 주실 테고요."

차 비서가 말했다. 그러자 서하가 힘없이 웃었다.

"두 배로 쳐줘야겠군요."

회사에서 유일하게 농을 주고받을 수 있을 정도로 친숙한 그녀에게 오늘 파티에 파트너로 참석을 해달라고 부탁해 놓은 그였다. 예전엔 은초 때문에 혼자 참석하는 일이 많았으나 오늘은 굳이 옆에 여자를 두어야 할 것만 같았다.

"그럼 저야 감사하죠."

차 비서의 말에 서하가 고개를 끄덕였다.

두 사람은 곧장 차를 타고 얼마 떨어져 있지 않은 대운호텔로 향했다. 오늘은 대운 창사 50주년 파티가 있었다. 원래라면 굳이 서하까지 참석할 필요 없는 자리였으나 강 회장이 중국으로 출장을 떠난 덕에 대타로 가야 했다.

빠르게 내달린 차가 호텔 앞에 멈춰 섰고, 차에서 내린 서하는 차 비서를 에스코트한 후 다가온 직원에게 키를 넘겼다. 그리고 멋스러운 슈트와 드레스 차림의 사람들과 일일이 인사를 주고받았다.

"이번에 좋은 소식이 들려오더군. 기한과 강우의 만남이라. 생각하지도 못했네."

커다랗게 웃음을 터뜨리며 대운호텔 고민욱 사장이 말했다. 강 회장과 친한 벗이자 강우에서 처음 리조트 사업을 할 때 많은 도움을 준 인물이었다.

서하가 입가에 예의 바른 미소를 내걸며 답했다.

"강 회장님도 많이 기뻐하고 계십니다."

"알고 있네. 안 그래도 통화를 나눴어. 딸 시집보내는 거 축하한다고 말일세. 아, 저 아이들도 양반은 못 되는군."

고 사장의 말에 차 비서의 시선이 뒤로 향했다.

"아가씨 오셨네요."

옆에서 속삭이듯이 하는 말에도 서하는 차마 뒤로 돌아보지 못했다.

"와, 저렇게 보니까 잘 어울리긴 하네?"

"어디 외모뿐이야? 재력도 잘 어울리지."

사람들이 웅성거리는 소리가 이명처럼 멀어져 간다. 천천히 몸을 돌린 서하는 태훈과 시선이 마주치자 작게 고개를 숙였다. 그러자 태훈은 은초의 몸을 자신 쪽으로 바짝 당기며 눈을 빛낸다.

이 여잔 내 옆이 어울려.

그렇게 말하는 것 같았다, 태훈의 눈동자가.

그리고 그의 몸짓은 은초가 이제 완벽하게 자신의 여자가 되었다고 말하는 것 같았다.

서하는 말없이 은초를 보다 말고 고개를 옆으로 돌려 버렸다.

"사장님, 축하드립니다."

"어디 내가 축하받을 입장인가? 나야말로 축하하네, 예쁜 아내를 얻게 된 것."

"하하, 저 자랑 좀 해도 되겠습니까?"

태훈과 고 사장이 가볍게 이야기를 나누는 것을 듣던 서하가 속으로 숨을 삼켰다. 뺨이 따끔거렸다. 사람들의 눈초리가 세 사람에게 날아드는 것이 강렬하게 느껴진다.

"안 그런가, 김서하 부사장?"

"네, 맞습니다."

흔들림 없이 말한 서하가 시선을 돌려 은초와 시선을 마주했다.

"다시 한 번 축하드립니다, 아가씨."

모든 것은 모두 그의 마음대로 되었나. 고저 없는 목소리, 부드

럽게 지어진 입술도. 하지만 흔들리는 눈망울만은 어떻게 할 도리
가 없었다.

❖

대운호텔과 얼마 떨어지지 않은 고급 와인바는 흔히들 마시는
프랑스와 이탈리아 와인뿐만 아니라 독일, 미국 등 각지의 다양한
와인을 구비해 놓고 있었다. 그 덕에 은초 또한 제법 찾는 장소였
다. 하지만 오늘 그녀는 와인 대신 양주를 주문해 술잔을 기울이
고 있었다.

말없이 쓴 술만 들이켜던 은초는 자신과 마찬가지로 이곳에 도
착하고 나서 한마디도 하지 않는 태훈을 보며 물었다.

"왜 아무런 말도 하지 않으세요?"

"……은초 씨는 왜 아무런 말도 하지 않는 겁니까?"

태훈의 물음에 은초가 들고 있던 잔을 힘없이 내려놓았다.

그와 마주한 눈동자가 감정의 동요를 보였다.

"내가 당신에게 상처를 주고 있었군요?"

그의 눈동자가 말하고 있었다.

나 아파요, 라고.

왜 그가 아픈 건지는 몰랐으나 분명 자신 때문일 것이라 생각한
은초가 서둘러 말을 꺼냈다.

"미안해요."

마치 한숨과 같은 말이었다. 끊어질 듯 끊어지지 않는 목소리는 그의 눈빛만큼이나 아팠다. 그 모습에 그가 거칠게 머리를 쓸어 올렸다.

어릴 적부터 후계자 수업을 받아온 태훈은 감정 조절엔 탁월한 사람이었다. 그것은 사업가가 가져야 할 중요한 자질 중 하나였고, 이 회장을 만족시킬 만큼 그는 이 부분에 있어선 의심이 많은 사람도 속여 넘길 만큼 잘했다. 하지만 지금은 그 쉬웠던 것이 되지 않았다. 그가 얼굴을 일그러뜨렸다.

"미안하단 말은 그만 듣고 싶다고 말했었는데요. 사과의 말을 들으면 더 기분 나쁠 때도 있거든요."

그의 말에 은초가 아무런 말도 하지 못한 채 입술만 뻐끔거렸다. 미안하다는 말을 하지 말라고 하니 할 말이 없어졌다. 그 모습에 태훈은 더 상처받아 버렸다.

그가 충동적으로 손을 내밀었다. 커다란 손이 그녀의 머리카락 사이를 파고들었고, 은초의 몸이 순식간에 앞으로 기울었다.

턱을 기울인 태훈이 은초의 입술을 머금었다. 입술을 빨아들이고 혀로 입술을 갈라 안으로 파고들었다. 뜨거운 키스에 체온이 올랐다. 자상한 체온은 그녀의 마음을 속절없이 뒤흔들어 버렸다.

입술이 떨어지자 은초가 천천히 눈을 떴다. 그리고 혼란스러운 눈망울로 그를 바라보았다.

"미안합니다."

그의 말에 은초의 눈가가 순식간에 붉어졌다.

"정말 미안합니다. 괜히 당신에게 화를 냈군요. 그래선 안 되는 건데……."

그녀는 그가 갑자기 입을 맞춘 것에 화를 내지 않았다. 오히려 자신을 탓했다. 그의 눈동자가 평소 거울 속 자신의 것과 닮아 있어 마음이 아팠다.

"미안하다는 말밖에 못하겠어요. 무슨 말을 해야 할지 모르겠어서 그랬던 거예요."

애초에 결혼을 거절했어야 했다. 상대를 이렇게 아프게 할 줄 알았다면. 그 또한 이 세계의 사람들처럼 쇼윈도 부부를 원할 것이라 생각했기에 가볍게 수락한 것이 문제였다. 은초의 눈에서 무게를 이기지 못한 눈물이 후두둑 쏟아졌다.

하지만 둘 중 더 아픈 사람을 꼽으라면 이태훈이었다. 강직하고 흔들림이 없었던 남자가 속절없이 무너졌다.

"왜 다들 짝사랑이라면 학을 떼는지 이제야 알겠습니다. 이거 정말 못할 짓이네요."

"태훈 씨……?"

커다랗게 눈을 뜬 은초가 멍하니 그를 바라보았다. 전혀 생각하지도 못했던 고백이었다. 그가 상처를 받고 있다는 것은 알면서도 그것이 사랑이란 그 마음 때문일 줄은 몰랐다. 하지만 태훈은 얼굴을 일그러뜨리며 손을 뻗는다. 그리고 은초의 손을 붙잡았다.

"심장이 남아나질 않습니다."

애달픈 목소리에 은초가 고개를 숙였다. 어떠한 말도 해줄 수가 없었다. 하지만 태훈은 여기서 멈추지 않았다. 날카로운 거절이 날아들 걸 알면서도 용기 내어 제 마음을 털어놓았다.

"키스…… 해도 됩니까?"

중간에 한숨이 섞여 나왔다. 그의 마음이 진심이라는 것을 깨닫자 은초는 더 이상 이 사실을 회피할 수 없다는 것을 깨달았다.

고개를 든 그녀가 속이 보일 만큼 투명한 눈동자로 태훈을 보았다.

"제가 받아주면 당신이 더 아플지도 몰라요."

"거절보다 아픈 것은 없습니다."

털컹.

그녀의 심장이 내려앉는다.

그래…… 거절만큼 아픈 것도 없지.

그녀의 입가에 쓸쓸한 웃음이 머물자 태훈이 다시 한 번 힘주어 물었다.

"해도 됩니까, 은초 씨?"

"태훈 씨……."

그녀가 그 어떠한 답도 내놓질 못했다.

키스를 해도 된다고 할 수도, 거절을 할 수도 없었으니까.

이에 태훈이 물었다.

"김서하 부사장, 계속 만나실 겁니까?"

그의 물음에 은초는 즉각 고개를 저었다. 가슴이 시꺼멓게 타들어가는 감정 따윈 털어내기로 마음먹었으니까. 그 감정은 그녀는 물론이고 김서하까지 성가시게 만들고 있으니까.

그녀의 고갯짓에 태훈의 입가에 미소가 떠올랐다.

"그럼 됐습니다."

두 사람의 입술이 또다시 천천히 마주했다.

6. 부정

북적이는 인파의 시선은 한 사람에게로 향해 있었다. 대한민국 굴지의 기업 강우그룹의 강인호 회장은 지금 막 기나긴 중국 출장 일정을 끝내고 한국에 도착했다. 꽤 일정이 힘들었던 것인지 안색이 좋지 못한 강 회장을 보던 서하가 손을 뻗어 자연스럽게 서류 가방을 받아 들며 물었다.

"출장은 어떠셨습니까?"

"공장 시찰 정도였지. 믿을 만한 놈들을 미리 보내뒀더니 일이 수월했어."

일이 수월했다는 것치고 서류 가방이 묵직했다. 아마도 후에 처리해야 일들이 꽤 많은 듯했다.

강 회장을 보필해 걸음을 옮기던 서하는 차 문을 열어 먼저 차에 올랐다. 그 후 강 회장이 옆자리에 탔고, 그를 중국에서 보필했던 비서가 문을 닫자 차가 부드럽게 출발했다.

입이 무거운 운전사와 두 사람만이 있는 차 안은 무거운 침묵이 흘렀다. 생각에 잠긴 듯한 강 회장의 옆모습을 바라보던 서하가 시선을 돌려 정면을 주시했다.

"한국에선 별일이 없었나."

"네, 별일 없었습니다."

짤막한 답에 강 회장이 고개를 끄덕였다. 그가 '별일이 없었다.' 라고 말하면 순순히 그 말을 모두 믿는 눈치였다.

"그래, 아무렴 네가 잘 처리했겠지."

그가 '신뢰' 란 이름의 감정을 못 박듯 말했다. 서하의 표정이 미세하게 변했다. 무조건적인 신뢰가 가끔은 그를 놀라게 하기도, 지금처럼 기분 나쁘게도 한다.

강 회장은 그에게 그런 사람이었다. 두 가지의 감정을 동시에 느끼게 만드는 사람. 그런 사람이었기 때문에 더더욱 용서할 수가 없었다.

언젠간 그에게 연달아 묻고 싶었다.

당신같이 좋은 분이 우리 부모님껜 왜 그러셨나요.

우리 부모님이 떠나고 나서 괴롭긴 하셨습니까?

그의 머릿속이 여러 생각으로 뒤섞일 찰나 피곤한 기색이 가득한 얼굴로 눈만 끔뻑이던 강 회장이 힘겹게 말을 토로했다.

"난 말이다, 서하야. 너의 후견인을 자청한 순간부터 널 아들로 생각해 왔다. 딸 하나밖에 없는 가족이라 늘 마음이 허했는데 널 데리고 온 후부턴 든든했다."

출장이 꽤나 고됐던 것인지 안색이 많이 좋지 못했다. 숨소린 조금 거칠었고, 눈빛은 흐리멍덩했다.

그는 자신도 모르게 '괜찮으십니까?'라고 되물으려던 입을 다물었다. 그의 입에선 자신을 향한 애정이 뚝뚝 묻어 나오는 말이 흘러나오고 있음에도.

후견인이 된 순간부터 날 아들로 생각했다.

가족으로 받아들인 후론 나의 존재가 그에겐 든든한 버팀목이 되었다는 말을 들었을 땐 자신도 모르게 코끝이 찡해졌다.

하지만 그는 끝끝내 강 회장의 건강에 대해선 말하지 못한다. 그 말을 묻는 순간 하늘에 있는 부모님이 슬퍼할 것만 같아서.

하지만 정면을 주시하고 있던 강 회장은 이를 눈치채지 못한 채 천천히 말을 마쳤다.

"원하는 것이 있으면 무엇이든 말해라. 너라면 아낌없이 다 내어줄 수 있어."

당신의 목숨을 원해도 내어줄 겁니까?

그렇게 묻고 싶었다.

하지만 그는 이 역시 안으로 늘긴 삼킨다.

그의 눈동자가 음습하게 변했다. 하지만 이는 순식간에 자취를 감추고, 텅 빈 마음처럼 눈동자는 아무것도 담지 않는다.

"회장님께선 이미 갚을 수 없을 만큼 많은 것들을 주셨습니다."

그래, 그는 이미 갚을 수 없을 만큼 많은 것들을 주었다. 어찌 되었든 그의 돈을 받아 배움을 채웠으며, 그를 미워하는 마음으로 목표를 채워 나갔다.

평범한 사람들은 감히 넘볼 수도 없는 자리를 젊은 나이에 오르기도 하였으며, 지금은 다 쓰려고 해도 쓸 수 없을 만큼 많은 연봉을 받으며 일하고 있다.

참, 아이러니하다.

"그래, 그렇다면 다행이다."

힘겹게 말을 토로한 강 회장이 연신 끔뻑이던 눈을 감았다. 모든 할 말을 마쳤다는 듯. 그리고 곧이어 속살거리듯 작은 목소리로 말한다.

"난 좀 쉬어야겠다."

참 고됐어.

그가 마치 인생을 정리하는 노인처럼 읊조렸다.

손을 들어 제 입술을 쓰다듬던 은초가 힘없이 손을 내렸다. 순간의 떨림이 아직도 그녀의 입술에 남아 있는 것 같았다. 따스하게 닿았던 입술과 미안함에 쏟아냈던 눈물이 뒤섞여 짭조름한 맛이 났던 키스.

은초가 눈을 감았다.

"더 기다려 주고 싶었는데 안 되겠습니다. 당신 혼자 그 감정을 정리하기 힘들다면 저도 돕겠습니다."

극도로 감정을 자제한 목소리였으나, 그녀는 날카로운 눈으로 태훈의 표정을 꼼꼼히 살폈다. 그리고 한 가지의 감정을 찾아내었다. 그리고 또 한 번 눈물을 쏟았다.

미안하다는 말을 하지 말라 했다. 그것이 더 가슴이 아플 때가 있다고. 그 말을 들었을 때 은초는 알았어야 했다. 그리고 밀어냈어야 했다.

"사랑하는 거야."

그도 그 감정을 자신에게 느끼고 있었다. 김서하만을 바라보는 그녀에게. 이기적이게도 아직도 그의 마음을 털어내지 못하는 자신을.

그를 바라본 시간이 15년이다. 아버지의 곁에 서 있던 스무 살의 그를 알고 난 후 차곡차곡 쌓아왔던 마음. 그 마음은 너무나 무거워서 쉽게 옮겨지지가 않았다.

각인.

다시 한 번 그 말이 생각났다.

김서하만을 바라보는 그녀에게 다른 남자가 나타났다.

이태훈.

그가 그녀를 사랑한다 눈을 빛냈다. 말로는 달콤한 말을 내뱉지 않았으나 온몸으로 말했다. 당신을 사랑하게 됐노라고.

나도 그를 바라보면 참 좋을 텐데.

다른 사람들처럼 예쁜 감정만을 가진 채 한 남자를 사랑하면 참 좋을 텐데.

어딘가 망가져 버린 강은초는 그렇지 못했다.

한참을 그 자리에 앉아 있던 은초는 밑에서 들려오는 인기척에 자리에서 일어났다. 해외 출장을 갔던 강 회장의 목소리와 미령댁의 목소리가 번갈아 들려왔다.

방을 나서기 전 마지막으로 거울 속 자신의 모습을 다시 한 번 살핀 그녀가 생각보다 괜찮은 얼굴 상태에 아래층으로 내려갔다.

거실엔 강 회장이 피곤한 얼굴로 앉아 있었다. 미령댁은 막 그에게 물 잔을 건네주고 있었고, 옆에선 캐리어를 지키듯 서하가 서 있었다.

그와 눈이 마주치자 티 나게 고개를 옆으로 돌린 그녀가 강 회장에게 다가갔다. 마치 서하는 이 자리에 없는 사람처럼.

"잘 다녀오셨어요?"

"오, 집에 있었던 게야?"

"네."

강 회장은 늦은 나이에 힘겹게 얻은 딸아이를 보며 환하게 웃어주었다. 요즘 계속되는 출장과 과중한 업무 때문에 이렇게 얼굴을 마주한 것은 오랜만이었다.

은초의 얼굴을 찬찬히 살피던 그가 손을 뻗어 조심스레 딸아이의 뺨을 쓰다듬었다.

"얼굴이 상한 것 같다."

"결혼 준비 때문에 바빠서 그런가 봐요."

"아랫사람들 시키지."

그의 말에 은초의 시선이 옆으로 향했다. 석상처럼 서 있는 서하는 오늘도 속을 들여다볼 수 없는 무감한 시선만 뜨고 있었다.

그녀의 입술이 슬로모션을 걸어놓은 것처럼 천천히 열렸다.

"제 결혼인데, 제가 직접 준비해야죠."

"이 사장이랑은 잘 지내고 있고?"

"물론이에요."

망설임 없는 말에 강 회장이 다행이라는 듯 고개를 끄덕였다.

그가 옆으로 손을 뻗자 기다리고 있던 서하가 다가왔다. 내밀어진 팔을 붙잡은 그는 강 회장이 자리에서 일어나는 것을 조용히 도와주었다.

그 모습은 하루 이틀 아녔나 아니 나올 수 없을 만큼 자연스럽고 물 흐르듯 흘렀다. 멍하니 두 사람을 보던 은초는 강 회장의 안색이 파리한 것을 그제야 발견하고 눈을 크게 떴다.

"어디 안 좋으세요?"

"아니다. 그냥 출장이 조금 고됐나 보다."

"고 선생님 부를까요?"

은초는 오랫동안 강 회장의 건강을 살펴온 주치의를 언급했다. 하지만 강 회장은 작게 고개를 저은 후 '괜찮다'는 말만 남기고 제 방으로 들어갔다.

두 사람의 뒷모습을 보던 은초의 얼굴이 일그러졌다.

매정한 년.

속으로 아버지의 안색을 살피지 못한 자신을 욕한 그녀가 손을 들어 마른세수를 했다. 요즘 정신을 어디다 빼어놓고 다니는 기분이 들었다.

후, 하고 숨을 몰아쉰 은초가 강 회장의 방으로 향했다. 아무래도 다시 한 번 주치의를 부르는 것이 좋겠다고 강 회장에게 말해 볼 생각이었다.

문이 열리고 서하가 나왔다. 정면으로 딱 마주친 두 사람이 서로의 얼굴을 바라본 후에 거의 동시에 고개를 돌려 버렸다.

심장이 빠르게 뜀과 동시에 눈빛이 흔들렸다. 불안정한 눈빛은 현재 그녀의 상태와 같았다. 은초가 서둘러 고개를 돌리는 것을 무심하게 바라보던 그가 천천히 눈을 감았다.

눈동자를 눈꺼풀로 가리니, 그의 감정은 완벽하게 볼 수가 없다. 얼굴 근육은 죽어버린 듯 움직임이 없었고, 입술은 일자로 곧게 다물려 있었으니까.

하지만 그가 다시 눈을 떴을 땐 달랐다. 찰나의 순간, 어떤 감정의 동요를 느낀 것인지는 모르겠으나 검은 눈동자가 격랑을 만나 찰랑였다.

깊게 숨을 들이마신 그가 왈칵 집어삼켰다. 은초는 그를 바라보지도 못한 채 고개만 비스듬히 내리고 있었다. 발바닥은 땅에 붙어버린 듯 못 박힌 듯 그 자리를 지키고 있었다. 마치 초식동물이 육식동물을 만나 잔뜩 두려움을 집어먹은 모습. 그의 눈동자가 순간 슬픔을 머금었다가 이내 사라진다.

"전에 내가 원하는 건 모두 들어주겠다고 했지?"

고저 없이 들려온 목소리에 은초의 고개가 옆으로 돌아갔다.

"이태훈 사장을 좋아하도록 노력해 봐. 사랑하도록 해. 그게 내 부탁이야."

그리고 순식간에 표정을 굳힌다.

은초는 한동안 그의 얼굴을 보았다. 말없이. 그 행동이 그에게 엄청난 불안감을 일으킨다는 사실을 알지도 못한 채 한참이고 그리했다. 샅샅이 그의 얼굴을 뜯어보던 그녀가 입술을 달싹였다.

"김서하."

그녀의 부름에 서히기 뒤를 힐긋 보았다. 그러사 우나낙 소리가 들린다. 아마도 두 사람의 모습을 미령댁이 보고 있었던 듯했다.

하지만 은초는 상관하지 않았다. 지금은 그에게 자신의 생각을 말하는 것이 중요하니까. 아니, 아니다. 그처럼 자신 또한 김서하의 심장에 대못질을 해대는 것이 중요했다.

어떻게 해야 할까, 어떻게 해야 그에게 상처를 줄 수 있을까.

아무리 머리를 써보아도 뚜렷한 방법이 떠오르진 않았다. 음울한 눈으로 그를 바라보던 눈초리가 뾰족해진다. 이 현실마저 짜증이 나 미치겠다는 듯이.

"당신, 건방져."

느릿하게 내뱉은 말에 서하의 미간이 모였다. 찌푸려진 미간과 굳은 눈가를 바라보던 그녀가 속살거리듯 작은 목소리로 말했다.

"내 마음까지 이래라저래라 하지 마."

"강은초."

"그리고 걱정하지 마. 점점 그 사람이 좋아지고 있으니까."

순간 서하의 표정이 탁 풀린 것처럼 느꼈다면 착각일까, 아니면 그러길 바라는 자신의 마음이 만들어낸 허상일까.

"죽을 만큼은 밟아대지 마. 지렁이도 힘껏 밟으면 몸이 터져 죽어."

무엇이든 간에 은초는 이 자리를 벗어나고 싶었다. 서둘러 자신의 방으로 돌아가 침대에 몸을 뉘이고 싶다.

망설임 없이 뒤돌아선 은초가 서둘러 걸음을 옮겼다. 안색이 좋지 못했던 강 회장의 걱정도 되지 않았다. 뒤에서 자신을 어떤 식으로 보고 있을지 모를 그의 시선 또한 신경 쓰이지 않는다. 그녀의 머릿속을 차지한 것은 2층으로 올라가는 계단이 지나치게 멀어 보인다는 것. 그리고 힘이 풀린 다리가 풀릴 것만 같다는 것.

힘차게 걸음을 옮기던 은초는 자신의 팔을 붙잡는 손길에 멈춰 섰다. 얼마 걷지도 않았는데 온몸에 힘을 주어서 그런지 숨이 조금 거칠어졌다. 고개를 숙인 그녀는 힘주어 잡은 그의 손길을 곁눈질했다.

멀어지려는 자신을 붙잡았으면, 그래서 자신이 멈추어줬으면 뭐라 한마디 해줬으면 좋겠으나 서하는 아무런 말이 없다. 그저 그의 손길이 마음을 전한다.

가지 마.

왜 그는 자신이 가지 않길 바랄까.

왜 자신을 붙잡은 것일까.

무엇 하나 알 수 없었지만 은초는 그의 손을 내려다보며 서늘히 말했다.

"왜, 또 나 가지고 놀게?"

힘없이 떨어지는 손. 그리고 조금은 거칠어진 그의 숨결.

힘껏 붙잡혔던 팔목은 그의 손자국이 그대로 나 있었다. 팔목을 쓰다듬으며 그를 보던 은초가 다시 뒤돌아서던 찰나,

"아니"

슬픔이 가득한 목소리에 전율이 돋는다.

마지막으로 그의 얼굴을 확인한 은초가 다시 걸음을 옮겼다. 2층 계단을 오르고, 자신의 방으로 돌아올 때까지도 그는 자신을 붙잡지 않았다.

그가 자신을 붙잡은 것은 그때가 처음이자, 마지막이었다.

사람의 것을 빼앗는 방법은 수도 없이 많다. 흉기를 들고 위협을 할 수도 있으며, 언어로서 그 사람을 겁박하는 방법도 있다. 어디 그뿐이던가, 세 치 혀로 달콤하게 꾀어내어 스스로 원하는 것을 내뱉게 하는 방법도 있었고, 뒤로 몰래 음모를 꾸며 강탈하는 것도 있다.

그중에서 서하는 세 치 혀로 사람을 꾀어내는 방법을 택했다. 강 회장의 곁을 오랫동안 지키며 그에게 받아낸 '믿음'. 그 믿음만 가지고 있으면 별다른 힘을 들이지 않고 그에게서 원하는 것을 취할 수 있으리라.

그렇게 그는 강 회장의 옆을 지켰다. 그가 자신의 후원자라는 것을 알게 된 그 순간부터 결심한 것. 그의 얼굴을 보고 아무리 화가 나더라도 참을 것. 분노는 삭여 나중에 터뜨릴 것.

그가 자신을 후원하게 된 계기가 부모님이라는 것은 알고 있었다. 그로 인해 그가 어떤 감정을 가지고 자신을 돌봐준 것인지도 안다.

보상 심리.

날 키우고, 날 보살피는 것으로 인하여 부모님에 대해 속죄를 하겠지. 그걸로 인하여 자신의 죄를 좀 더 가볍게 만들려고 하는 것도 알고 있었다. 하지만 그는 그런 멍청한 생각에 동조할 수밖에 없었다.

고아. 아무런 사회적 방패막도 없는 상황에서, 땡전 한 푼 없는 상태에선 강 회장에게 다가갈 수 없었다. 가까이 다가가야 칼날을 꽂든, 세 치 혀를 굴리든 할 것 아닌가.

그렇게 그의 보살핌을 받으며 무사히 고등학교를 졸업하고, 대학에 입학했던 해에 그의 집으로 갔다. 그리고 그 집에서 만난 꽃처럼 예뻤던 여자.

"오빠, 이름이 뭐야?"

자신을 동정하기도 하고, 호기심을 보이기도 했던 은초.

그 어떠한 슬픔도, 근심도 머물러 있지 않은 눈동자를 본 그는 화가 났다. 그의 자식이라는 이유만으로도 은초의 존재가 싫었는데, 별 탈 없이, 돈 걱정이라곤 해본 적 없고, 어떻게 살아가야 하는지 인생을 바라보지도 않은 채 고고하게 살아가는 소녀는 그의 신경을 거슬리게 만들기 충분했다.

부러 차갑게 물리고, 없는 사람 취급을 했었다. 그럼 그럴수록 고집이 센 소녀는 더욱 그에게 다가왔다. 끈기 있게 자신의 말을 기다렸고, 자신을 한 번만이라도 봐달라는 듯 옷자락을 쥐고 흔들었다. 지금 생각해 보면 자존심이 그렇게 강한 아이가 유달리 자신에겐 한 수 접고 들어왔다는 사실이 놀라웠지만 청년이었던 그는 몰랐다.

그리고 부모님이 돌아가신 기일. 그날이면 유독 아팠던 그의 곁을 지키는 그녀의 손길에 마음이 흔들렸다.

"아프지 마."

그가 잠든 줄 알고 있던 소녀는 제 머리카락을 쓰다듬어 주며 그렇게 말했다. 당장이라도 눈을 뜨고 그녀에게 당장 꺼지라고 소리쳐야 한다는 것을 알면서도 그는 그러지 않았다. 눈을 감고 따뜻한 손길을 느끼며 잠든 척했다.

그날부터 그날이 되면 소녀는 제 곁을 지켰다. 그가 아플 것을 알고 있었기에 약 봉투를 챙겨 들고 와 무던히 건네며. 그리고 새벽이슬이 맺힐 무렵, 방으로 들어와 한참이고 제 얼굴을 들여다보았다.

소녀는 몰랐다. 그날엔 자신이 잠들지 못한다는 것을.

그래서 그 시간을 특별하게 여기며 마음껏 서하의 얼굴을 보았
다.

그러던 어느 날, 은초는 잠든 줄 아는 그의 얼굴을 쓰다듬으며
고집스레 말했다.

"내 거야."

당신 내 거야.

집착이 드러나는 목소리에 그의 어깨가 떨렸다. 몸을 뒤척이는
척하며 은초에게 등을 졌지만, 소녀는 끈기 있게 침대를 돌아와
그를 보았다.

그때 당시에 소녀의 눈길이 어떠했는지 그는 모른다.

하지만…… 하나 확신할 수 있는 것은 있었다.

소녀의 눈동자가 자신의 눈동자와 다르지 않으리란 것을.

천천히 눈을 뜬 그가 자신의 손을 내려다보았다. 오늘도 그의
주위는 어둠으로 가득했다. 그의 인생처럼. 부모님을 잃은 일곱
살 무렵부터 그는 어둠 속에서 살았다. 아무도 자신을 지켜주지
않으니 어둠을 통해 위로를 받아오며 살았던 그. 그런 그가 오늘
도 그곳에서 안락을 찾으며 어둠 속에서도 용케 제 손의 형체를
찾으며 서글피 웃는다.

"멍청한 자식."

잡지 말았어야 했다.

그녀는 이태훈의 곁에 있어야 한다.

앞으로 자신이 할 치졸한 일들을 은초가 견딜 수 있을 리 없었다. 소녀에서 여인이 되었으나 은초는 여전히 아이나 다름없었다.

늘 보호를 받으며 살아온 사람.

충격엔 약한 사람.

그렇게 약했기에 누군가가 그녀를 지켜주어야 했다. 자신의 친아버지에게 비수를 꽂는 자신이 아닌, 강력한 힘이 있고 누구보다 좋은 사람에게.

아마도 얼마 남지 않은 시간이 흐른 후, 강 회장에게 그가 하는 행동들을 본다면 그녀는 더한 분노로 그를 질타할 것이다.

그걸 그도 알고 있다. 하지만 어쩔 수 없다. 어쩔 수 없는 노릇이었다. 강 회장은 어린아이였던 김서하에게 부모님을 빼앗아갔고, 좋았던 주위 환경을 순식간에 어그러뜨렸으며, '배척'이란 단어를 처음으로 가르쳐 준 사람이었다.

"미워하겠지."

아마 저주할지도 모르겠다. 어쩜 사람이 그렇게 냉담하냐며, 키워준 은혜도 모르는 짐승이라고 비난할 것이다. 그걸 그도 알고 있다. 하지만 그녀가 자신을 미워하는 것 역시,

"어쩔 수 없겠지."

그의 마음이 그랬던 것처럼. 이 모든 상황들 또한 그럴 것이다.

곁에 둘 수 없는 사람. 마음에 품어선 더더욱 안 되는 사람. 그런 사람을 마음에 품은 그는 차디찬 거절로 그녀를 계속해 밀어냈다. 그리고 앞으로도 밀어내야 할 것이다.

한참 손을 보던 그가 힘없이 떨군 후 몸을 돌렸다. 그리고 창틀에 엉덩이를 걸쳐 앉은 후 두통이 몰려오는 머리를 손가락 끝으로 꾹꾹 눌렀다.

김서하는 피곤했다. 수많은 감정과 생각들은 그의 육신마저 좀먹는 기분이 들었다.

한숨을 뱉어낸 그가 몸을 돌렸다. 걸쳐 두었던 외투를 빼 든 그가 퇴근 준비를 서두를 때였다.

띠리리— 띠리리—

멋없는 벨소리가 그의 공간을 가득 채운다.

흔들리는 눈동자로 액정을 바라보던 그가 숨을 왈칵 집어삼켰다.

"……."

강 회장의 일거수일투족을 챙기는 김 비서의 전화였다.

7. 무너지다

탁탁탁.

구두 굽이 부딪히는 소리가 병원 복도를 날카롭게 울린다. 표정 변화 하나 없이 걸음을 옮기는 서하의 모습에 사람들의 시선이 닿는다. 빠르게 옮겨지는 다리와는 달리 숨 하나 흐트러지지 않는 그는 사람들의 이목을 집중하게 할 만큼 매끄러운 몸매와 페이스를 가지고 있었다. 그를 바라보던 사람들이 자신도 모르게 속닥거린다.

"저 남자 잘생겼다."

"보호잔가 본데? 근데 퇴원하나 보다."

병원인데 저렇게 동요를 보이지 않는 것을 보면.

환자복을 입고 있는 젊은 여자와 여자의 보호자로 보이는 중년 여인의 말이 그의 귓가를 순간 파고들자 그가 걸음을 멈췄다. 그리고 한숨을 훅 하고 내쉬며 손을 들어 마른세수를 했다.

긴장감에 저도 모르게 다급해졌다. 그래선 안 되는데.

"회장님께서 쓰러지셨습니다."

김 비서의 전화를 받는 순간, 그는 두말없이 병원으로 달려왔다. 들고 있던 외투는 사무실에 둔 채로. 챙겨 들고 나온다고 들고 있었는데, 전화를 받는 순간 자신도 모르게 집어 던져 버렸다.

그는 추위도 느끼지 못한 채 얇은 슈트만 입고 있었다. 오히려 체온이 올라가 뒷덜미에 땀이 맺힐 정도였다.

좀 더 슬픈 표정을 지어야 하는데.

그래, 눈동자가 붉어져 있으면 더욱 좋을 것이리라.

그렇다면 세 치 혀보다 더 효과적으로 강 회장의 마음을 얻을 수 있을지 모른다.

"이미 죽어버렸다면 소용없겠지만."

작게 읊조린 그가 호흡을 내뱉은 후 다시 걸음을 옮겼다. 그리고 VVIP실로만 올라가는 엘리베이터 대신 계단으로 향했다. 강 회장이 있는 병실은 3층이었다. 걸어 올라가며 생각을 정리하기에도, 그리고 조금 가쁜 호흡을 만들기에도 좋은 높이. 그는 누 칸

씩 성큼성큼 뛰어 올라가며 호흡을 흩뜨렸다.

죽어버렸을지도 모르겠다, 이미.

김 비서의 음성이 떨렸으니까.

그만큼이나 감정 표현이 없는 사람이었던지라, 전화를 끊는 순간 그도 당황해 버렸다.

"많이 위급하십니다."

그렇게 말한 김 비서는 곧장 수술을 들어가야 할지도 모른다고 말했다. 음울한 그의 눈빛이 흔들린다. 원래라면 기쁨이 가득해야 했지만, 어쩐 일인지 그는 조금 슬퍼 보였다. 정작 본인은 몰랐지만.

3층에 도착하자 띄엄띄엄 병실 문들이 쭉 늘어진 게 보였다. 일반 병실보다 다섯 배나 큰 병실은 여느 호텔 저리 가라 할 정도로 호화로웠다. 덕분에 이용하는 이들은 적었고, 드문드문 병실 앞을 지키고 있는 경호원들이 보였다.

지나치게 조용한 복도를 걸어 가장 구석방으로 향한 그는 다른 병실과 마찬가지로 문을 막고 있는 경호원들을 보았다. 그들은 강 회장의 곁을 늘 지키는 서하를 알고 있는 것인지 가볍게 목례한 후 병실 문을 열어주었다.

자신도 모르게 손바닥에 맺힌 땀을 바지 자락에 닦은 그가 병실 안으로 발을 디뎠다. 그러자 침대 옆에 서 있는 김 비서와 이야기를 나누고 있는 강 회장의 모습이 보인다.

안색은 여전히 나빴지만 생각했던 것보다 상태는 괜찮아 보였다. 그제야 온몸에 들어가 있던 힘이 쭉 빠졌고, 다리가 비틀거렸다. 몸이 휘청거리자 서둘러 중심을 잡은 그가 안도의 한숨을 훅—하고 내뱉었다. 그러다 문득 그 또한 자신의 감정을 알아차린다.

안도? 너 지금 안도한 거냐? 김서하, 이 미친놈.

속으로 욕지기를 내뱉은 그가 당혹스러운 눈으로 갈 길 잃은 시선만 옮기자 그의 존재를 발견한 강 회장이 웃음 지었다.

"얼굴 보니 많이 놀랐나 보다."

서하를 향해 후후 웃은 강 회장은 고개를 돌려 김 비서를 삐죽 노려보았다. 병원으로 오자마자 서하에게 제일 먼저 연락한 그가 밉다는 듯이.

"그러게 김 비서, 내가 전화하지 말래도."

"회장님, 지금 당장이라도 수술하셔야 합니다. 생각보다……."

김 비서가 다급하게 말을 이었다. 그의 상태가 생각보다 훨씬 나쁘다는 뜻이었다.

"됐다. 살아봤자 얼마나 더 산다고……. 이렇게 살다가 늙은이는 가는 거지."

서하가 강 회장에게 다가와 그의 곁에 섰다. 그리고 거칠게 고개를 저었다.

"수술하십시오."

"그러다가 깨어나지 못하면?"

입술을 달싹이던 서하가 아무런 말도 하지 못하고 입을 꾹 다물었다. 애잔하게 빛나는 강 회장의 눈빛을 똑바로 바라보고 있을 수가 없었다. 시선을 비스듬히 내린 그가 입술을 악물었다.

이 감정은 무엇이란 말인가. 늙어버린 그의 모습이라면 옆에서 쭉 지켜보아 왔는데, 왜 지금 이 말도 안 되는 감정과 생각이 원계획을 좀먹으려고 하는 건가.

이성으로 가득했던 그의 뇌 어딘가에 남아 있던 감성이 그에게 멈추라 말한다. 이렇게 늙고 약해진 노인네를 대상으로 지금 무엇을 계획 중에 있냐고. 지금이라도 늦지 않았으니 진심으로 그의 곁을 지키라 말한다. 널 키워주었고, 너에게 배움을 준 사람이니까. 그리고 그에 못지않은 애정을 준 사람이니까…… 그리고 네가 사랑하는 사람의 아비라며.

"그러다가 은초 식 올릴 때 손도 잡지 못하고 들어가면?"

서하의 시선이 조금씩 위로 올라갔다. 그리고 붉어진 눈망울로 잔잔히 미소 짓는 강 회장을 바라본다.

"난 이걸로 됐다."

나에게 정해진 시간이 고작 이것뿐이라면 만족한다고 그가 말했다. 나이가 들고 병들어 버린 사람이 떠나는 것은 당연하다며. 그것이 자연의 순리라며.

하지만 서하는 자신도 모르게 뜨거워진 눈망울로 뜨거운 숨을
토해냈다.

"아직은…… 아직은 아닙니다."

그래, 아직 당신은 떠나면 안 된다고.

그의 이성과 감성이 합쳐서 만들어진 결론은 그것이었다.

당신은 조금 더 살아야 해.

은초는 세상 밖으로 나간 적이 한 번도 없었다. 어떻게 보면 강
회장의 지나친 보호 속에 살아 혼자서 은행을 가본 적도 없었고,
길거리에서 음식을 먹거나 물건을 사본 적도 없었다. 학교를 다닐
땐 늘 기사가 딸린 차를 타고 다녔고, 대학 땐 미리 예약이 된 곳
에서 식사를 하거나, 강우백화점에 가서 쇼핑을 하는 등, 늘 정해
져 있는 곳만 갔다.

그녀 스스로도 일반 사람들이 하는 행동을 하고 싶다는 생각은
해본 적 없었다. 한국에선 은초의 얼굴을 아는 사람들이 대부분이
었고, 사람들과 뒤섞여 살아갈 수 없다고 생각했으니까.

그녀가 조금의 자유를 찾을 수 있었던 것은 자의 반, 타의 반에
가게 된 프랑스에서였다.

파리에서 공부를 했지만 간간이 유럽 대륙을 오가며 여행을 즐

겼다. 역시나 일반인들이라면 감히 상상도 하지 못할 정도로 호화로운 여행이었지만 스스로 여행 계획을 세웠으니 그녀 나름대론 새장 밖으로 뛰쳐나온 일이긴 했었다.

그 덕에 차디찬 말로 자신을 한국에서 쫓아낸 서하에게 감사함마저 느꼈다. 그것도 한국으로 돌아온 후로 끝이 났지만.

한국과 프랑스는 달랐다. 프랑스는 그녀를 모르는 사람이 대부분이었지만 한국은 아니었다. 인터넷에 검색만 해봐도 공식적인 행사에 참여했던 자신의 사진이 주르륵 떴고, 프로필이나 말도 안 되는 루머들이 포스팅되어 있었다.

스스로 일반인들과 섞이지 않길 선택한 것은 자신이었으나 그 선택은 어쩔 수 없다 생각해 왔다. 그리고 앞으로도…… 그녀는 차창 밖으로만 사람들을 만날 뿐, 저들과 살결을 부딪칠 일 따윈 없을 것이라 생각했다.

말없이 차 밖을 보고 있는 은초의 모습을 가만히 바라보던 태훈이 시선을 정면으로 뒀다. 두 사람이 차에 오른 지도 한 시간의 시간이나 흘렀으나 그사이 은초는 한마디도 하지 않고 있었다. 무슨 일이 있는 것은 아닌지, 그녀의 표정을 꼼꼼히 뜯어보던 그가 입술을 달싹였다. 차가 막 신호를 받아 멈췄을 찰나였다.

"뭘 그렇게 부럽게 봐요?"

"……에?"

은초가 깜짝 놀라 그를 바라본다. 자신이 못할 말이라도 했냐는 듯 그가 고개를 기울이자 은초가 고개를 저었다.

"아, 아니에요."

"포장마차를 뚫어져라 보고 있었잖아요. 혹시 먹고 싶은 거예요?"

"그럴 리가 있어요? 몇 명이나 사용했을지 모르는 꼬치에 꽂혀 있는 어묵을 누가……."

불결하다는 듯 굳힌 인상과 빠르게 내뱉어지는 말과는 달리 눈망울이 흔들렸다. 마치 나 지금 거짓말하고 있어요, 라고.

태훈의 입에서 짧은 웃음이 터져 나왔다.

"은초 씨는 참 솔직한 사람이네요. 거짓말도 못해."

"아니에요."

"답이 지나치게 빠르잖아요."

말을 마친 그가 가만히 은초의 얼굴을 바라보았다. 어느새 그의 무릎 위에 있던 손은 그녀의 작은 손을 붙들고 있었다.

"먹고 싶죠?"

"……."

"뭐, 별 맛은 없어요. 그냥 생선 맛이에요."

"머, 먹어봤어요?"

호기심이 가득한 눈동자에 그가 앓는 소리를 냈다.

"이런."

짧은 말에 은초의 고개가 다시 한 번 옆으로 기울었다. 순진하게 빛나는 눈망울에 그가 와르륵 웃음을 쏟아낸 후 눈가에 고인 눈물을 닦아냈다.

자신의 말에 계속 웃음을 쏟는 그를 보며 은초가 미간을 찌푸린다. 계속 자신의 말에 웃기만 하는 그가 마음에 들지 않는다는 듯. 항의하려 입을 벌렸던 그녀가 말을 내뱉기도 전이었다. 태훈의 잔잔한 음성이 들려온 것은.

"나 대학은 자취했어요. 부모님이 땡전 한 푼 안 줘서 아주 가난한 자취생이었어요. 몰랐어요? 이 바닥에 소문이 자자한데."

몰랐어요.

그녀는 굳이 입 밖으로 말을 내뱉진 않았으나 놀라움에 커진 눈망울로 그를 바라보았다.

키득, 태훈의 입에서 다시 웃음이 터져 나왔다. 유쾌한 웃음이었다.

그의 눈치를 살피던 은초가 끙, 앓는 소리를 냈다.

"하, 한 번 먹어보고 싶긴 했어요."

"다른 사람들 앞에선 이야기하지 마세요."

"뭘요?"

"방금 한 말."

짧게 말을 잘라낸 그가 웃음기가 묻어나는 목소리로 말했다.

"다른 사람들이 들으면, 쟤 일반인 코스프레하고 싶구나, 하고 보거든요. 빈정 상했다는 듯이."

오늘따라 지나치리만큼 그가 웃었다. 사소한 말에도, 사소한 행동에도. 그 모습이 이상하게 느껴져 은초는 한참이고 그의 표정을 살핀 모양이다.

손을 든 그가 '얼굴에 뭐 묻었어요?' 라고 묻자 은초가 고개를 젓는다. 아무것도 묻지 않았다고. 그러자 뺨을 조금 붉힌 그가 딴짓을 하는 아이처럼 주위에 시선을 돌려 의미 없는 눈짓을 하며 계속 말을 이었다.

"내가 그랬어요. 부모님의 지원이 없어서 다음 달 월세도 걱정을 했어야 했는데, 내가 누구 아들인지 아는 사람들은 아주 고깝게 보더라고요. 있는 놈들이 더하다더니, 라고."

신호가 다시 파란색으로 바뀌기 전에 그가 기사에게 이 앞에서 세워달라고 말했다. 갑작스러운 돌발 행동에 그녀가 눈을 동그랗게 떴다.

운전사가 차에서 내리려고 하자 태훈은 괜찮다며 말을 막았다. 그리고 먼저 도로를 살핀 후 차에서 내린 그는 뒤로 돌아 그녀가 있는 쪽 방향 문을 열며 허리를 숙인다.

"자요, 내려요."

앞으로 손을 내민 그가 허공에서 그녀를 재촉하듯 가볍게 팔을 흔들었다. 그 모습을 빤히 보던 그녀가 조심스레 손을 내밀어 그의 손을 붙잡았다.

고급스러운 차에서 내린 두 사람을 향해 사람들의 시선이 보인다. 혹여 자신을 알아보는 사람이 있을까 봐 서둘러 고개를 숙인 은초가 긴장된 숨을 삼켰다.

꼼지락꼼지락, 맞잡은 손을 가만히 두지 못하는 그녀의 모습에 허리를 숙여 아래에서 위로 은초와 눈을 마주한 그가 입가를 부드럽게 휘어 미소 지었다.

"아무도 못 알아봐요."

"하지만……."

불안한 눈을 깜빡인 은초가 입을 꾹 다물었다.

누군가가 알아볼 것만 같았다. 그리고 그들은 동물원의 원숭이를 보듯 그녀를 볼 것이다.

굳이 그녀가 재벌가의 자제가 아니라 하더라도 뛰어난 외모 덕에 보는 사람들이 더 많겠지만, 은초는 거기까진 생각이 닿지 않는다. 그저 그녀가 가진 것들, 그것도 노력 없이 가진 것들을 시샘하는 시선만 가득하다고 생각했다.

"우리나라 사람들은 생각보다 재벌층에게 관심이 없어요. 어떻게 사는지, 그 사람들이 무엇을 입는지는 궁금해하는데, 아주 사소한 일엔 관심이 없죠."

정말이냐는 듯 은초가 바라보자 태훈이 고개를 끄덕였다.

"은초 씨는 예뻐서 알아보는 사람이 있을지도 모르겠지만 여긴 명동이잖아요. 한국 사람보다 관광객이 더 많은 곳."

"아……."

조심스럽게 고개를 든 은초가 긴장한 눈으로 주위를 둘러보았다. 그의 말대로였다. 자신을 알아보는 사람들이 없는 것인지 바쁘게 일행과 돌아다는 사람들만 가득하다. 가끔 눈이 마주치는 사람들도 있었으나, 찰나의 순간이었다. 뒤에서 계속 들어오는 사람들로 인해 골목 안으로 들어가는 사람들만 있을 뿐.

은초의 눈동자에 긴장감이 가셨다. 끈질기게 그녀가 자신의 말을 믿을 때까지 기다려 주던 태훈이 그제야 입술을 연다.

"해보고 싶었던 거 오늘 다 해봐요."

먹고 싶었던 것, 혹은 길에서 필요 없는 물건을 사는 아주 사소한 행위들.

그가 그것을 해보자 말했다.

"좋아요."

힘차게 고개를 끄덕이는 모습에 태훈이 웃음을 내뱉는다.

서른둘의 여자였다. 사회적인 기준으로 보았을 땐 대한민국의 구성원 중 하나로 무엇이든 할 수 있는 나이였다. 세상을 많이 겪어 여물고 야물딱지게 변하는 나이임에도 은초는 아직 아이처럼 느껴졌다. 아이들처럼 경험이 적으니 거기에서 오는 차이일 것이다.

태훈이 그녀에게 손을 내밀었다. 잡으라고. 하지만 은초는 쉬이 손을 잡지 못한 채 커다란 손을 내려다보았다.

그와의 가벼운 스킨십에도 신경 쓰는 모습에 태훈의 마음에 차가운 바람이 분다. 그녀는 그에게 마음을 연 듯, 열지 않았다. 아직도 그녀의 마음속을 차지하고 있는 그 남자 때문일 것이다.

여전히 망설이는 듯 그의 손을 내려다보는 눈빛에 태훈은 회유하듯 말했다.

"여긴 사람이 아주 많아요. 손을 잡지 않으면 떨어질 수도 있고요."

"아……."

"은초 씨, 현금 하나도 없죠?"

"……."

"나 놓치면 미아가 되겠네요."

재미있다는 듯 그가 키득거렸다. 미아가 된 그녀를 상상하고 있는 것 같았다.

머릿속에서라도 그런 취급을 당했다는 생각에 은초의 눈이 뾰족해졌다. 왠지 덜떨어진 사람이 되어버린 느낌이었다. 그의 말에 하등 틀린 점이 없는데도.

현실을 부정하기라도 하듯 그녀가 작게 고개를 저으며 항의했다.

"어린아이 아니에요."

당장 상상의 나래를 모두 지우라는 듯이. 하지만 태훈은 평소보다 짓궂게 답했다.

"하지만 어린아이와 똑같죠. 택시도 잡을 줄 모를 거고."

"여, 연락하면 돼요."

데리러 오라고.

붉어진 뺨과 파르르 떨리는 입술을 보며 그가 부드럽게 말했다.

"부끄러워서 그러진 못할 거 아니에요. 은초 씨는 자존심이 아주 강하니까."

"……."

정답이라는 듯 은초가 입을 꾹 다물자 그가 다시 한 번 손을 흔들었다.

'잡아.'

그의 손이 그렇게 말을 하는 것 같다. 조심스레 손을 내밀어 그의 손을 잡은 은초는 순간, 높은 체온에 그의 얼굴을 천천히 올려다보았다.

"따뜻하네요."

"은초 씨가 차가운 거예요."

그렇게 말하는 태훈은 조금 슬퍼 보였다. 그녀의 '체온'이 아니라 '행위'를 말하는 것 같다.

은초가 떨리는 눈으로 그를 보았다. 그에겐 마음을 비우겠다고 말했다. 더 이상 서하를 만나지 않겠노라고. 그를 향했던 눈길은 거두겠다고.

하지만 지금의 자신은 어떻던가.

태훈을 바라보기는커녕 그의 손조차 잡지 못한다.

머저리 같게도. 바보 같게도.

그래선 안 된다는 걸 너무나 잘 알고 있음에도, 자신의 마음은 여전히 그 자리에 꼼짝없이 멈춰 있다.

이런 그녀의 마음을 귀신같이 알아차린 그의 눈빛이 흔들린다. 하지만 은초의 손을 놓지는 않는다. 아니, 놓지 못한다.

"갈까요?"

손가락과 손가락이 얽히고 손바닥이 닿는다. 힘주어 깍지를 낀 그가 고개를 돌려 먼저 길을 걷기 시작했다.

다른 사람들과 어깨가 부딪히고 몸이 닿았지만 태훈은 힘차게 걸음을 옮겨 인파 속으로 그녀와 함께 숨어들었다. 하지만 결코, 뒤를 돌아보진 못한다.

혹여, 그녀와 눈이 마주할까 싶어. 유리창처럼 투명하게 제 마음을 비추고 있는 감정을 그녀에게 들킬까, 싶어.

처음 한 것은 포장마차에 가는 일이었다. 은초는 위험할 정도로 빨간 매운 떡볶이와 위생을 걱정했던 어묵 꼬치를 신기한 눈으로 보았다. 어떻게 해야 할지 몰라 주인아주머니가 건넨 어묵 국물이 담긴 종이컵만을 들고 있던 그녀는 솔선수범을 보이듯 먼저 한입 어묵을 먹는 태훈을 따라 떡볶이를 입에 넣었다. 순간 입안에 퍼지는 매운 느낌에 눈을 동그랗게 뜬 그녀가 태훈을 보며 말했다.

"매, 매워요."

"손에 든 국물은 그럴 때 먹으라고 주는 거예요."

호로록, 호로록.

뜨거운 국물을 맛본 그녀는 그제야 입안에 가득했던 알싸한 느낌이 가시자 고개를 끄덕였다.

"좋네요."

찌푸려진 미간은 전혀 그렇지 않지만 은초는 부러 크게 고개까지 끄덕이며 말한다.

두 사람은 간단히 배를 채우고 가벼운 걸음을 옮겼다. 외국인들 사이에 뒤섞여 좌판에 깔린 모자나 잡다한 액세서리를 보기도 하였고, 불량식품을 사먹기도 했다. 예전이라면 감히 상상도 못할 일들을 하며 그녀는 웃었다. 답답했던 마음에 순풍이 부는 듯한 느낌에.

옆에서 방긋방긋 웃어주는 은초의 모습을 말가니 보던 그도 어느새 웃고 있었다. 두 사람이 처음으로 진심을 다해 웃을 수 있는 날. 여전히 손을 맞잡고, 보폭을 맞춰 걸으며 두 사람은 체온을 나누고 시간을 나누었다.

거미줄처럼 나 있는 명동 골목을 걷고 또 걸으며 은초는 난생처음 경험한 것들을 즐겼다. 높은 하이힐을 신고서 오랫동안 걷는 일이 힘들 법도 하건만, 비싼 구두 굽이 갈려 나가는 것을 신경 써줄 법도 하건만 그녀는 집으로 돌아갈 생각이 없어 보였다.

하늘에 어느새 어둠이 내리깔리기 시작하자, 대훈은 손목시계를 확인했다. 4시 32분. 이젠 헤어져야 할 시각이었다. 안타깝게도 그는 이틀 후에 해외 출장이 잡혀 있었고, 바로 회사에 들어가 중역들과 이에 대해 미팅을 가져야 한다.

만남을 가진 이후 처음으로 편하게 웃는 그녀를 더 보고 싶은 마음이 굴뚝같았지만 입에서 흘러나오는 것은 한숨뿐. 미룰 수 있는 일이었다면 그리했겠지만 이번 일은 꼭 그도 참석해야 하는 것이었다.

"와, 이것 봐요."

신기하지 않아요?

은초가 어수룩하게 웃으며 손에 있는 것을 들어 그에게 보여주었다. 이제 돌아가야 할 시간이라는 것을 알려야 하는 그는 그 모습에 하는 수 없다는 듯 웃는다.

그녀에겐 이 세계가 어울리지 않는다 생각했다. 목이 기다랗고 어느 조류보다 아름다운 백조처럼 느껴지는 은초는 화려하고 스포트라이트를 받는 삶이 더 어울릴 것이라 지레짐작했다. 하지만 더러운 바닥이 불결하지도 않은 것인지 쪼그리고 앉아 쓸데없는 장신구 따위를 보는 은초의 곁으로 다가갔다. 그녀가 막 물건을 골랐는지 좌판에 깔려 있는 것 중 가장 난해하게 생긴 곰 장신구를 들며 말했다.

"나 이거 사줘요."

"……그건 어디에 쓰게요?"

"방에 놓아두게요."

몸은 귀엽게 동글동글하게 생겼지만, 눈가에 나 있는 상처나 날카로운 발톱이 썩 귀엽지 않은 장신구였다.

그러니까 이걸 왜 은초 씨 방에 둔다는 건데요?

태훈은 그렇게 묻고 싶었으나 말을 꿀꺽 삼켰다. 그렇게 물었다간 은초가 입술을 부리처럼 내밀고 또 탁탁탁 쏘아붙일 것이 분명했기 때문이다.

하지만 강은초가 어떤 사람이던가. 가끔은 눈칫밥을 먹고 살았나 싶을 정도로 날카로운 촉을 가진 여인이 아니던가. 금세 태훈의 표정에서 그의 생각을 읽어낸 그녀가 기분 나쁘다는 듯 그를 흘겨보았다.

"뭐야, 그 눈초리는? 기분 나빠요. 내가 살……."

"현금 있어요?"

"이, 있어요."

더듬더듬 말을 내뱉은 은초가 메고 있던 작은 가방을 열려고 했다. 곧이어 들려오는 말에 행동을 딱 멈춰 버린다.

"수표 말고 현금이요."

"……."

평소 그녀가 개인적으로 돈을 쓸 일이 없었으니 천 원권이나 만 원권이 있을 리 만무했다. 은초가 또다시 뺨을 붉히는 것을 보며 그가 작게 웃음을 뱉었다.

"됐⋯⋯."

어요, 치사해서 안 사고 말아!

버럭 소리치려던 은초는 그가 값을 지불하는 것을 멍하니 보았다.

뭐야, 사주려고?

그녀의 눈이 동그랗게 변한다.

"거스름돈은 됐습니다."

짧게 말한 그가 은초를 보았다. 자상하게 휘어지는 눈매를 보던 그녀가 고개를 끄덕이며 더듬더듬 감사의 인사를 전했다.

"고마워요."

은초가 곰 장신구를 만지작거리며 말했다. 아주 작은 목소리로 읊조리듯 말하는 모습에 그가 궁금한 듯 고개를 기울였다.

"근데 그게 정말 마음에 드는 거예요? 내 눈엔 전혀 귀엽지 않아 보이는데."

사실 무척 무섭게 보여요.

그의 물음에 은초가 입술을 부드럽게 휘었다.

"네, 제 눈에도 무서워 보여요. 그래서 사고 싶었어요."

"네?"

무슨 뜻인지 몰라 그가 되물었지만 은초의 답은 들려오지 않았다. 그녀는 그의 말에 답을 해주는 대신 가방 속에서 휴대전화를 꺼냈다. 웅웅, 무거운 음으로 울리는 진동과 함께 가벼운 클래식의 벨소리가 들렸다.

「서하 오빠.」

　액정을 바라보던 은초의 몸이 일순 굳었다. 고개를 옆으로 확
돌린 그녀는 태훈과 눈을 마주하며 작게 고개를 저었다. '아니'라
는 듯이.

　무엇이 아니라는 것일까. 그는 알 수 없었지만 입가에 희미한
미소를 띠었다.

　"받아봐요."

　"하지만……."

　은초가 우물쭈물거렸다. 좋았던 분위기는 순식간에 가라앉았
다. 방금 전과 마찬가지로 둘의 주위론 수많은 사람들이 빠르게
걸어가고 있었으나, 그것이 갑자기 무척 의식되기 시작했다. 방금
전까지만 해도 태훈의 모습만, 그의 목소리만 들렸던 그녀인데.

　"중요한 일일지도 모르잖아요."

　사람 좋게 웃으며 하는 말에 은초가 다시 액정을 내려다보았다.
전화는 아직 끊기지 않았다.

　평소의 서하를 떠올린 그녀가 작게 고개를 끄덕였다. 그래, 정
말 중요한 일일지도 몰랐다. 김서하는 그녀에게 전화를 하는 법이
없었으니까

은초가 통화 버튼을 옆으로 밀었다.

"무슨 일이야?"

지나치리만치 날카로운 어조에 상대는 잠시 말이 없다. 하지만 그녀는 더 이상 말을 덧붙이지 않은 채 그의 목소리를 기다렸다.

천천히 눈을 감자 그제야 서하의 음성이 들려온다.

[지금 병원으로 와줘야겠다.]

"병원?"

낮고 감정이 배제되어 있는 것과는 달리 그가 전한 말은 놀라운 것이었다.

[강 회장님이 쓰러지셨어.]

툭.

그녀가 힘없이 팔을 내렸다. 순식간에 가시는 핏기에 옆에서 그녀를 바라보고 있던 태훈이 그녀를 의아하게 바라보았다.

"무슨 일이에요?"

"아······."

천천히 고개를 돌린 은초가 그를 바라본다. 붉어진 눈망울은 핏물을 잔뜩 머금고 있다.

"벼, 병원······."

"네?"

"아, 아버지가······."

그녀의 눈가에 맺혀 있던 눈물이 왈칵 쏟아졌다.

"쓰러지셨대요."

눈물이 주루룩 흘러내렸다. 병원으로 가는 내내.

위태로운 그녀를 부축하며 병원으로 함께 온 태훈은 강 회장의
품에 안기자마자 입술을 잘근잘근 씹던 그녀가 긴장을 탁 놓아버
리며 울음을 터뜨리는 것을 보았다.

은초는 옆에서 보기 안쓰러울 정도로 울음을 참았다. 하지만 감
정의 크기는 도저히 참아질 수준이 아니어서 결국 눈물이 되어 뚝
뚝 흘렀다.

생각보다 괜찮은 강 회장의 모습에 안도한 듯 아이처럼 울음을
터뜨리는 모습을 한참이고 보던 태훈이 한숨을 내뱉었다.

미팅을 가지기로 했던 시간은 이미 초과가 되어 있었다. 지금이
라도 회사로 돌아가야 했지만 어쩐 일인지 걸음이 너무 무거웠다.

다시 연락을 해야 할까, 고민하던 그는 강 회장의 곁에서 두 사
람을 보던 서하가 먼저 자리를 뜨자 그의 뒤를 따랐다.

문을 닫고 병실 밖으로 나온 그가 힘없이 의자에 앉아 있는 서
하를 본다. 진이 빠진 듯 지친 얼굴로 고개를 숙이고 있는 모습은
평소의 그 같지 않았다. 위태로운 표정과 새하얗게 질린 피부를
보던 태훈이 낮은 목소리로 물었다.

"상태가 어떻습니까?"

그가 따라 나온 것도 몰랐던 것인지 고개를 든 서하의 눈망울이

흔들렸다. 평소 누구보다 날카로운 감각을 세우고 살던 그 같지가 않다. 더욱 곧이어 지어 보이는 웃음 또한 그렇다.

슬프게 웃는 서하를 보던 태훈이 왈칵 한숨을 내뱉었다.

"생각보다 괜찮으신가 보군요. 김서하 부사장님이 웃는 걸 보니."

안도였다. 이 남자가 웃는 것을 보니 강 회장의 상태가 그리 심각하진 않으리라 생각한 태훈이 고개를 끄덕였다. 다행이라 생각하며.

하지만 이런 그의 생각은 곧이어 들려온 서하의 슬픈 음성에 와르륵 무너져 내렸다.

"많이 안 좋으십니다."

태훈의 눈동자가 커졌다.

건강이 좋지 않다는 이야기를 하는 이 남잔 왜 이리 슬퍼 보일까. 김서하는 부모님의 복수를 하기 위해 강 회장의 곁에 남아 있는 것인데…….

하지만 방금 전의 음성을 잘못 듣지 않은 것인지 곧이어 나온 목소리 또한 슬픔으로 그득 차 있다.

"아주 많이…….."

"아…….."

태훈의 눈망울이 흔들렸다. 자리에서 비틀거린 그가 넘어질까 싶어 서둘러 벽을 향해 팔을 뻗었다.

무언가로 뒤통수를 휘갈겨 맞은 것 같았다. 엄청난 충격에 꺽꺽 소리만 낼 뿐, 태훈은 아무런 말도 내뱉을 수가 없었다. 물어야 할 말들이 태산처럼 쌓여 있는데도 말이다.

그런 그의 모습을 보던 서하가 자리에서 일어났다. 그리고 허리를 곧게 펴며 평소의 그처럼 단단한 표정을 짓는 것을 흔들리는 눈으로 바라보던 태훈은 고개를 내려 시선을 비스듬히 뒀다.

"설득해 주십시오. 강 회장님이 수술을 받으실 수 있도록."

젠장!

설득해 달라고? 수술을 받으실 수 있도록?

기가 차 태훈은 욕지기를 내뱉고 싶었다. 아니, 김서하, 저 인간에게 그러고 싶었다.

"아직 떠나시기엔 이릅니다."

"당신……!"

그가 왈칵 소리쳤다. 이곳이 병원이라는 것도 잊은 채. 그러다 곧 그의 입에서 무슨 말이 나올지 알고 있다는 듯 서하가 작게 고개를 저었다.

난 그녀를 사랑하지 않아요.

난…… 아무것도 포기하지 않았어요.

마치 그의 고갯짓이 그렇게 말하는 것만 같았다.

숨이 턱턱 막혀왔다. 답답한 마음이 들어 왁왁 소리라도 내지르고 싶었다. 하지만 서하는 이에 다시 한 번 고개 깟는다.

"알겠습니다."

겨우 감정을 억누른 태훈이 주먹을 움켜쥔 후 뒤돌아섰다. 그리고 뚜벅뚜벅 걸음을 옮기면서도 등 뒤에 닿는 강렬한 눈초리에 이를 악물었다.

으드득.

이가 맞물렸다. 턱이 지끈 아플 정도로 힘껏 이를 갈아본다. 그리고 그의 발걸음이 병원을 빠져나오고 나서야 자리에 멈춰 섰다.

"머저리 같은 놈."

결국 그의 입에서 욕지기가 터져 나온다.

❖

"수술 받으세요."

"아직은 아니다."

은초는 망설임 없이 나온 답에 인상을 굳혔다.

매일 출퇴근을 하는 것처럼 병실을 찾아와 강 회장을 설득하고 있었다. 주치의의 말에 의하면, 수술을 하지 않으면 심장의 혈관이 막혀 언제 세상을 떠난다 해도 이상하지 않을 상태였지만 어찌된 일인지 강 회장만 유유자적한 모습이었다. 강 회장의 곁을 지키는 사람들은 걱정을 하느라 밤에 잠을 못 이루는 것과는 대조적으로.

은초는 점차 푸르죽죽하게 죽어가는 낯빛을 보며 시선을 돌렸다. 늘 정정하시던 아버지였다. 늦게 얻은 딸을 늘 너른 품으로 안아주던 사람이었다. 그런 사람이 나약하게 죽어가고 있는 모습을 차마 바라볼 수가 없었다. 은초의 눈이 감겼다.

세상 밖은 강 회장의 건강 이상설에 대해 연신 입방아를 찧고 있었다. 오늘 아침만 해도 자극적인 헤드카피들로 수없이 많은 기사들이 쏟아지지 않았던가.

—강우그룹 강인호 회장, 위독!
—강인호 회장 집무실에서 쓰러져 병원행. 현재 위독한 상태.

말도 안 되는 기사들이 쏟아졌다. 어느 신문에서는 벌써 강 회장이 사망을 했으며, 그룹 전체가 혼란에 빠질까 싶어 이를 숨기고 있다는 썰도 나왔다. 어디 그뿐이던가, 그가 유산에 대한 부분을 정리하지 않아 유일한 피붙이인 강은초의 계획에 의해 이를 은폐하고 있다는 말도 안 되는 소리까지 떠들어댔다.

은초는 그들을 향해 신랄하게 비판해 주고 싶었다. 그리고 변명하고 싶었다.

아니라고, 아버지는 아직 살아 계시다고. 아직 정정하시다고. 위독하지 않다고!

그것들이 설사 사실이 아니라 하더라도 그들에게 그렇게 외지고 싶었다.

하지만 사람들은 본인이 보고 싶은 것만 보고 본인이 믿고 싶은 것만 믿는다. 그들은 대기업인 강우가 강 회장의 존재가 사라짐으로 인해 생길 것들 또한 오지랖 넓게 걱정해 주었다.

—위기의 강우, 강인호 회장 존재감에 의지.

—강우그룹, 강인호 회장의 부재. 앞으로 강우가 나아가야 할 방향은?

—강인호 회장의 빈자리가 크다! 강우그룹 전 주식 하락세!

강우그룹의 미래보단 나에겐 아버지의 건강이 더 중요하다고, 그깟 기업 자신에겐 '가족' 보단 소중하지 않다고 은초는 말하고 싶었다. 하지만 사람들은 하나같이 회사의 안위만이 중요할 뿐, 강 회장 개인에 대해선 관심을 가지지 않는다.

은초가 허허 웃는 강 회장을 보았다. 그리고 방금 전과는 달리 조금 신경질적이고 날카로운 어조로 말했다.

"수술 받으세요. 안 받으면 나도 가만히 있지 않을 거니까."

"허허, 네가 가만히 안 있으면 어떻게 할 건데?"

강 회장이 귀엽다는 듯 웃으며 묻자 은초는 더욱 날을 세웠다.

"아버지가 싫어하는 행동만 골라서 하겠죠."

"뭐야?"

"바로 프랑스로 돌아가 버릴 거예요. 그리고 다시는 아버지 앞에 나타나지 않을 거예요."

"은초야."

그건 곤란하다는 듯 강 회장이 미간을 찌푸리자, 굳어 있던 은초의 얼굴이 그제야 풀린다. 이젠 조금 그가 말귀를 알아먹기 시작했다는 생각으로.

"봐요, 아버지도 정말 싫죠? 나도 그래요. 아버지가 돌아가시면 이젠 앞으로 쭉 못 보는 건데, 그건 정말 싫다고요."

입장을 한 번 바꿔서 생각해 보라며 은초가 설득했다. 그건 이제껏 '수술'의 '수' 자도 꺼내지 않던 강 회장을 조금 변화시켰다.

"알았다, 알았어. 다시 한 번 생각해 보마."

한 번 생각해 보마, 저 말을 듣기 위해 은초는 몇 날 며칠이고 그의 병실을 찾아왔던 것을 떠올린다. 아직 수술을 받겠다고 말한 것은 아니었지만, 그래도 조금의 변화라도 보인 것이 어딘가.

"정말이죠?"

"그래."

짧은 답에 그녀가 훅 한숨을 내쉬었다. 다행이다, 조금이라도 아버지의 마음이 바뀌어서. 계속 이런 식으로 와서 강 회장을 설득한다면 빠른 시일 내에 그를 수술대 위에 눕힐 수 있을 것이리라.

아직 아버지와의 이별을 단 한 번도 생각해 본 적 없었던 은초가 더욱 의지를 불태웠다. 그러다 문득 떠오른 생각에 은초가 두 번 생각하지 않고 물었다.

"결혼하면 본가로 들어와서 살까요? 태훈 씨에게 부탁해서……."

"그건 안 된다."

딱 잘라 답하는 강 회장의 모습에 그녀가 입술을 깨물었다.

그녀가 태훈과 결혼을 해버리면 강 회장은 혼자 남는다. 물론 생활을 봐주는 미령댁이 있었고, 손과 발이 되어주는 김 비서와 서하가 있었다. 그의 주위엔 많은 사람들로 북적였으나 어찌 되었든 가족은 자신 하나밖에 없지 않은가.

어느 집이 그러하든 아직도 대한민국은 '출가외인'이란 말이 있었다. 은초도 결혼을 하게 되면 친정을 자주 찾기 힘들 것이다.

은초의 안색이 나빠지자 강 회장은 어쩔 수 없는 일이라며 고개를 저었다.

"이 사장은 기한그룹의 오너가 될 사람이야. 아무리 사돈지간이라 하더라도 밖에서 보기엔 좋지 않아."

"남의 이목이 뭐가 중요해요?"

남의 눈초리보다 중요한 것들은 참으로 많다. 그리고 수많은 것들 중 하나를 꼽으라면 은초는 가감 없이 '가족'을 선택할 것이다. 하지만 강 회장은 거대한 그룹의 오너답게 사심은 모두 배제하고 이성적으로 답했다.

"우리에겐 그만한 책임이 있으니까."

"후."

한숨을 내뱉은 은초가 고개를 끄덕인다. 그의 말엔 틀린 것이 하나 없었으니까.

우리에겐 그만한 책임이 있다. 그건 사회적인 책임일 수도 있고, 도덕적인 책임일 수도 있다. 가진 것들이 많은 사람들은 그 '책임' 속에 살아가야 한다.

그것이 가끔은 너무나 싫었지만, 이 역시 은초는 어쩔 수 없다는 것을 알고 있다. 너무나 많은 것들을 누리고 살아왔던 시간들이 켜켜이 쌓여 있었으니까 말이다.

오늘은 여기까지만 그를 설득하는 것이 좋겠다고 생각했다. 한꺼번에 너무 몰아붙이면 강 회장은 미꾸라지처럼 노련하게 빠져나갈 테니까.

그리고 그녀의 생각대로 강 회장이 뻑뻑한 눈을 손등으로 가볍게 비빈 후 세우고 있던 허리를 폈다.

병실 침대에 누운 그가 눈을 감으며 읊조렸다.

"은초야, 이만 가봐라. 피곤하구나."

잠을 좀 자야겠어.

순식간에 잠에 빠져든 강 회장의 얼굴을 본 은초가 소리 없이 자리에서 일어났다. 그리고 한쪽에 벗어둔 외투를 집어 들고서 병실을 나온다.

탁.

작은 소리를 내며 문이 닫혔다. 순간 그녀의 얼굴이 슬픔으로 일그러졌다.

"흑……!"

은초의 입에서 결국 참고 있던 울음이 터졌다. 강 회장 앞에서 억누르고 또 억눌러 왔던 울음이었다. 자신을 걱정할까 싶어 차마 울 수가 없었다. 가슴속은 슬픔으로 가득 차 흘러넘치는데도 말이다.

유일한 가족. 그랬기에 다른 사람들보단 더욱 가족이란 울타리는 튼튼하고 단단했다. 세상에 단둘만 남았기에, 강 회장과 은초는 누구보다 서로를 그리워하고 아꼈다.

그녀가 갑작스레 프랑스행을 선택했을 때 강 회장은 꼬박 사흘을 잘 먹지 못했다. 그리고 매일 은초를 찾아와 그녀를 설득했다.

"아비 곁에 남아주면 안 되겠냐."

그 간절한 부탁을 은초는 거절했다. 그때의 그녀는 가족보단 사랑이 더 중요했으니까.

이제 와서 그 선택이 후회가 된다. 강 회장과 함께할 시간이 조금밖에 없었다면, 이렇게 짧은 시간만 함께할 수 있었다면 은초는 프랑스 파리로 떠나지 않았을 것이다. 매일 강 회장의 곁에 남아 껌딱지처럼 붙어 있었을 것이다.

뒤늦은 후회였다. 이젠 시간이 없다. 그녀가 아무리 과거의 자신을 욕해도 현실은 바뀌는 것이 없었으니까.

천천히 자리에 주저앉은 은초가 입을 힘껏 틀어막으며 울음이 밖으로 새어 나오는 것을 막았다. 혹여 안에 있는 강 회장이 들을까 싶어. 그럴수록 가슴속엔 울화가 가득 찬다. 자신에 대한 화로.

다리에 피가 통하지 않아 저릿해질 때까지 은초는 자리에서 일어날 수가 없었다. 그리고 그건 자신의 앞에 기다란 그림자가 드리우면서 끝이 났다.

느릿하게 고개를 든 은초는 자신의 앞에 서 있는 서하를 멍하니 올려다보았다. 그 역시 강 회장과 별반 다를 것 없이 안색이 나빴다.

깜빡, 깜빡.

기다란 속눈썹을 팔랑이며 멍하니 그를 바라보던 은초가 무거운 입술을 달싹였다.

"회사는……."

강 회장의 소식이 기사로 나가면서부터 강우그룹의 모든 전반적인 일들을 그가 해나가고 있었다. 몸이 열 개라도 모자랄 지경이라 들었고, 강 회장의 곁을 늘 지켰던 김 비서가 어느새 그를 수행하고 있다고 했다.

이를 두고 사람들은 강 회장이 전문 CEO를 구하겠다는 말을 철회하고 그를 새로운 왕좌에 앉힐 것이라 떠들어대고 있었다.

그 덕에 그는 당연히 회사에 있어야 했다. 강 회장의 몫까지, 그리고 그가 맡고 있는 강우자동차의 업무까지 봐야 했다. 그런데 그가 자신의 앞에 서 있었다.

천천히 무릎을 꿇은 서하가 손을 들어 은초의 눈물을 닦았다. 그의 손길이 닿은 피부가 타들어가는 것처럼 아팠다.

서둘러 손을 들어 그의 팔을 쳐낸 그녀가 고개를 옆으로 돌렸다.

왜 서하의 얼굴을 보자마자 더욱 설움이 몰려오는 것일까. 그녀는 알지 못했다. 왜 그런 마음이 드는지 까진.

그녀의 거부에 그가 팔을 내렸다. 그리고 또다시 차오른 눈물을 바라보며 서글프게 웃는다.

"데이트할까?"

"……뭐?"

은초의 시선이 다시 그에게 닿았다. 자신이 방금 전에 들은 말이 사실인지 확인하기 위해 그의 얼굴을 꼼꼼히 뜯어보았다. 하지만 그의 표정에선 아무것도 알아낼 수가 없었다.

김서하는 이질적인 사람이었다. 살아 있는 사람이 맞나 싶을 정도로 감정을 억제하고 자제하며 사는 사람. 그런데 지금의 그는 웃고 있었다. 그 웃음이 어두워 그가 지금 가진 감정이 어떠한 것인지 은초는 알지 못했다.

이런 그는 낯설다.

한국에 돌아온 후로 그는 온통 그녀에게 낯선 모습만 보여주고
있었다.

"가자."

자리에서 일어난 서하가 그녀의 팔을 잡아 일으켜 세웠다. 그리
고 거침없이 걸음을 옮겨 그녀를 이끌고 세상 밖으로 나아갔다.

"지금…… 뭐 하는 거야?"

은초가 더 이상 걸음을 옮기지 못하고 자리에 멈춰 섰다.

두 사람은 병원을 나서자마자 곧장 서하의 차에 올랐다. 차 앞
에서 잠시 망설이는 그녀의 모습에 그는 '강 회장님의 지시다.' 라
는 말로 반항을 잠재워 버렸다.

아버지가 무슨 부탁을 했냐는 물음에도 그는 끝가지 묵묵부답
이었다. 그리고 얼마 달리지 않아 도착한 강우백화점 지하 코너에
있는 전자제품 매장에 온 그녀는 그의 뒤를 쫓다 말고 되물은 것
이다.

지금 뭐 하는 거냐고.

당신 지금 나랑 뭐 하자는 거냐고.

그녀의 물음에 서하가 자리에서 멈췄다. 그리고 몸을 살짝 돌려
은초와 마주하며 무심히 말한다.

"뭐 하긴. 네가 살 집에 넣을 살림살이 사는 중이지."

"……김서하!"

그녀가 벼락같이 외쳤다. 덕분에 제품을 구경하던 사람들의 시선과 함께, 그녀와 그의 존재를 쑥떡거리고 있던 직원들의 시선까지 그들에게 향했다.

하지만 은초는 이에 개의치 않았다. 지금 이 상황에서 주위 사람들의 시선에도 그녀가 악다구니를 썼다.

"지금 나랑 장난해? 아버지가 이런 부탁을 한다고 해서……!"

"나 원래 그런 놈이야."

무심하게 흘러나온 말에 거짓말처럼 그녀가 순식간에 행동을 멈췄다. 얼어버린 듯, 사고회로조차 정지해 버린 듯 그렇게.

이 모습에 그가 한쪽 입술을 비틀어 삐뚜름하게 웃었다.

"시키면 시키는 대로 하는 사람."

"……."

벌리고 있던 입술이 다물렸다. 흔들리던 눈동자도 평온을 되찾는다. 감정을 갈무리해 나가는 그녀를 바라보던 서하가 계속해 말을 잇는다.

"강 회장님이 직접 준비를 해주고 싶다고 했어. 앞으로 네가 이 사장과 함께 살아갈 집은 꼭 자신이 채워주고 싶다고. 아내가 없으니 자신이 해야 하지 않겠냐고."

손을 뻗은 그가 냉장고 문을 더듬었다. 손가락 끝이 하얗게 질려 있다. 얼마나 힘을 준 것인지. 하지만 은초는 이를 보지 못한다. 잔혹한 그의 말에 정신이 쏙 나가 버려 거칠게 숨을 몰아쉬었다.

"아버지가 부탁을 했어도 안 된다고 했어야 했어!"

그랬어야 했다. 그가 자신의 혼수까지 준비해서는 안 되었다.

지난 시간, 오랫동안 마음에 품어왔던 사람이 다른 남자와의 결혼을 준비해 준다니. 이보다 더 코미디인 상황이 있을까.

하지만 서하의 생각은 달라 보였다.

"왜?"

"뭐?"

순간 힘이 쭉 빠져 탁, 힘을 놓아버리고 물었다. 그 물음에 대한 답은 시니컬한 웃음.

"무슨 말로 강 회장님의 말을 거절하냐고. 아."

그리고 두 사람의 관계를 잔혹하게 일깨워 주는 말.

"사실대로 다 말해서 거절해?"

두 사람은 몸을 섞었다. 그것으로 인해 관계는 일그러졌고, 은초는 상처받았다. 자신을 사랑하지 않는 남자의 품에 안기는 것이 얼마나 끔찍한 일인지 알게 되었다. 그리고 그녀는 그 지질한 관계를 끝내 버렸다.

그런 그가 다시 한 번 예전의 기억을 떠올린다. 자신만큼이나 그 또한 신경은 쓰는 줄 알았건만 아니었던 모양이다. 그는 어쩌면 정말, 잠시의 유희라고 생각하고 있는 것인지도 몰랐다.

은초가 날카로운 눈초리로 그에게 되물었다.

"무슨 심보야?"

"예전엔 네가 불행했으면 했어."

예전엔?

그럼 지금은?

은초는 머릿속에 떠오르는 수많은 물음을 입 밖으로 꺼내진 않았다. 자신이 그 정도로 멍청하진 않았으니까. 아무리 사랑에 눈이 멀어 병신같이 살아왔다 하더라도 이젠 그러고 싶지 않았다.

조금의 시간이 흐른 후 그가 끊어질 듯 끊어지지 않는 목소리로 말한다.

"그 생각은 지금도 마찬가지야."

"김서하……."

"네가 나로 인해 불행했으면 한다."

그의 말을 듣자 순간 느릿한 어조로 속삭이듯 하던 말이 떠올랐다.

"생각해 봤어. 너만 행복해도 될까, 하고."

이해할 수 없는 말이었다. 그 말에 대한 답은 현재도 찾지 못했다. 무슨 뜻이냐고 물어도 그는 답해주지 않았으니까. 그때도, 지금도.

"그런데 아니야. 내 본성이 그러지 말라고 아우성을 치더라고."

그리고 그는 자신이 불행했으면 한다고 말을 했었다, 지금처럼.

언제였더라, 이젠 조금은 흐려진 기억 속에서 그는 그렇게 말한 후 자신의 입술을 뜨겁게 머금었다. 입안을 휘젓고, 정신을 쏙 빼낸 후 자신을 가졌다.

뜨거운 입맞춤은 순식간에 몸을 달뜨게 만들었다.

하지만 그녀는 그가 차디찬 말 후에 달콤한 당근처럼 주는 입술에 현혹되지 않게 정신을 차렸었다. 아니, 울었었다.

사랑한다고 외쳤다. 내가 오빠 그렇게 괴롭게 만들었냐고, 그렇게 힘들게 만들었냐고 온몸으로 말했다.

그리고 그가 제안했던 것은 잠시의 유희. 그 유희라도 그녀는 가지고 싶었다. 눈앞의 남자를 가지지 못한다 하더라도, 잠시라도, 아주 잠시라도 그를 자신의 남자로 만들고 싶었다. 멍청하게도 말이다.

짧은 생각으로 모든 것들이 어그러져 버렸다.

한참 그를 바라보던 은초가 입술을 열었다. 그리고 가벼이 말했다. 방금 그가 그랬던 것처럼.

"나도 그래."

"……."

"나도 오빠가 불행했으면 좋겠어."

말을 마친 은초가 몸을 돌렸다.

도망치듯 그녀가 그곳을 벗어난다. 높은 하이힐 위에서 삐끗삐끗거리며 잘도 걸어간다. 그녀의 뒷모습을 한참이고 바라보던 그가 고개를 돌려 시선을 비스듬히 아래로 내렸다.

"충분히 불행해."

심장이 타들어갔다.

타닥, 타닥.

"우와, 태훈 씨 사무실은 이렇게 생겼군요."

조금씩 걸음을 옮겨 사무실 이곳저곳을 둘러보는 은초의 눈동자가 반짝인다. 가죽의 결이 그대로 살아 있는 하얀색 소파를 손바닥으로 더듬던 그녀가 몸을 돌려 커다란 원목 책상에 걸터앉아 있는 태훈을 보며 말을 이었다.

"아버지 사무실은 고리타분한데."

그 사람은요? 그 사람 사무실은 어떤데요?

태훈은 자신도 모르게 그렇게 되물으려다 말고 입을 다물었다.

자꾸 못난 마음이 밖으로 튀어나오려 안달을 낸다. 얼마 전까지만 해도 꽤 여유롭게 그녀의 곁을 지켰던 그였음에도, 병원에서 서하와 만난 후론 계속 이 상태였다.

그의 마음을 들여다봤다. 아니, 알아버렸다.

눈동자에 가득 비친 감정을 발견한 순간부터 그는 불안함에 까만 밤조차 쉬이 잠들지 못한 채 불안정한 상태를 유지하고 있었다.

김서하가 강은초를 사랑한다. 굳이 묻지 않아도 알 수 있었다. 아니, 묻지 말라던 그의 눈동자를 보자 확신해 버렸다. 그런데도 그는 자신의 과거에 얽매여 그녀에게 다가가지 못하고 있었다. 모든 것을 벗어던지고 감정이 시키는 대로 했다면, 아마 태훈은 애초에 은초와 만나지 않아도 되었을지 모른다.

그의 감정의 깊이가 얕지 않다는 것을 알아차렸으니까.

아마도 김서하가 강은초를 마음에 품은 것은 1, 2년이 아닐 것이다. 그것보다 더 긴 세월을 그녀를 마음속에만 담아둔 채 살아왔을 터다.

괴롭다.

태훈은 문득 그렇게 생각해 버렸다. 지금 자신이 무척 괴롭다고.

두 사람 사이에 애초부터 관여를 하지 않았다면 이러한 감정도 들지 않았겠지만 그는 강은초를 만났고, 마음에 담았다. 그리고 그들처럼 마음을 비우지도 못한 채 시간을 보내고 있었다. 느리게, 느리게, 사랑을 키워간다.

저릿한 심장에도 태훈은 웃었다. 그의 마음을 자신이 알았다고 하여 변하는 것은 없었다. 그 미지리 깊은 남자는 부모님의 복수라는 명목하에 은초에게 다가갈 리 없으니까. 차가운 그녀의 손을 붙잡을 리가 없었으니까. 그러니 됐다. 김서하의 마음이 무엇이든, 상관없다.

태훈이 애써 입꼬리를 끌어 올렸다.

"어떻게 하죠? 웨딩드레스 입은 모습 보고 싶었는데."

"아니에요, 어쩔 수 없죠."

사무실 구경이 다 끝난 것인지 은초가 소파에 앉으며 말갛게 웃었다. 조금 여윈 그녀의 얼굴을 꼼꼼히 살펴보던 그가 다시 한 번 사과의 말을 늘어놓으려고 할 때였다. 은초가 먼저 타이밍을 빼앗아갔다.

"회사 일이 더 중요하잖아요."

"그렇게 마음이 넓은 사람이었어요?"

그가 장난스럽게 눈을 빛낸다. 하지만 속마음을 숨긴 채 하는 어조는 밝지 않았다.

그의 모습을 밉지 않게 흘겨본 은초가 허탈한 웃음을 내뱉으며 빠르게 말했다.

"내가 뭘 보고 자랐다고 생각하는 거예요?"

그녀의 말에 태훈이 고개를 끄덕였다. 그녀의 성장 과정은 태훈과 별다를 게 없었다. 물론 그는 성인이 되자마자 부모님의 명령에 의해 세상 밖으로 뛰어나가 험하게 자랐지만, 그녀는 계속해 온실 속에서 살았다. 강 회장이 쥐어주는 돈으로, 막대한 권력으로, 주위 사람들이 자신을 눈치 보는 생활을 하며, 계급층 가장 위쪽에 있었다.

그것은 지금도 마찬가지였다.

"우리 아버지는 내가 어릴 때 아무리 아파도 오지 못했어요. 어머니 장례식에도 회사 일 때문에 해외 출장을 가셔야 했죠."

다른 이들이라면 부러워할 만한 권력을 쥐고 살면서도 그녀는 행복해 보이지가 않았다. 지금 내뱉은 말 역시 그렇다. 신물이 난다는 듯이 허탈하게 웃는 그녀는 슬퍼 보이기까지 했다.

"제가 인큐베이터에 있는데도 말이에요."

그녀는 다른 아이들이 열 달 동안 어머니의 뱃속에서 자라나는 것과는 달리 두 달 일찍 세상 밖으로 나왔다. 그래서 처음 태어났을 땐 인큐베이터에서 꼬박 살아야 했고, 세 달이 지나서야 바깥 공기를 맡을 수 있었다. 처음엔 몸이 너무 약해, 내일 당장 죽어도 이상하지 않을 거라고 했었다. 작은 생명체는 그렇게 나약했다.

하지만 강 회장은 어떠했던가.

아내의 장례식장은 물론, 핏덩이였던 은초가 입원해 있는 병원도 찾지 못했다. 사업은 가파른 성장세를 보이고 있었고, 오너였던 그는 잠시도 회사를 비울 수가 없었다.

그 이야기를 나중에 미령댁을 통해 들었을 때, 은초는 질린다는 표정을 했었다. 가난하고 굶주린 사람들이 듣는다면 배부른 투정이라고 했겠지만, 그녀는 냄새나고 너더운 돈을 벌기 위해 아득바득

산 강 회장을 이해할 수가 없었다.

"어릴 적엔 그게 무척 싫었어요. 아버지가 미웠죠. 그런데 이젠 알아요. 아버지의 어깨에 얼마나 많은 사람들의 생계가 걸려 있는지. 이젠 이해할 수 있어요."

그래, 이젠 이해한다. 그녀도 어른이 되었으니까.

"그렇군요."

고개를 주억거린 그가 말을 이었다.

"저랑 결혼해도 그럴 거예요."

"알아요, 별반 다르지 않다는 걸."

곧이어 들려온 답에 그의 표정이 느른하게 풀렸다.

"하지만 엄마처럼 허무하게 태훈 씨 곁을 떠나진 않을게요."

그래, 그것이면 되었다. 그는 그렇게 생각했다. 아마 강은초는 김서하의 마음을 알게 되더라도 지금처럼 떠나지 않겠다, 말할 것이다.

그녀의 사랑이 아무리 크더라도 그녀는 자신과 약속을 했으니까.

잊겠다고, 김서하를 잊겠다고.

자존심이 무엇보다 중요한 이 세계의 사람인 그녀가 그 약속을 깨뜨릴 리가 없었다.

그가 자신도 모르게 안도의 숨을 쉴 때였다.

"언제 오시나요?"

"일주일이에요. 스위스로 가거든요."

"스위스요? 좋겠다."

은초의 눈이 반짝거렸다. 그리고 금세 순진한 눈동자를 반짝인다.

"나도 가고 싶어요."

일 때문이라는 것을 알면서도 은초는 투정을 부리듯 말했다. 그러자 그가 짧게 웃음을 내뱉으며 물었다.

"그러고 보니 프랑스에 있었다고 했죠?"

"네, 10년 동안 유럽 대륙은 모두 들쑤시고 다녔죠."

그때의 기억에 잠긴 것인지 은초의 표정이 딱딱하게 굳어졌다.

유럽에서의 생활은 즐거웠다. 그리고 그만큼의 크기로 '외로움' 또한 자라났다. 잔인한 서하의 말에 오게 된 곳이었으니까.

"신혼여행은 유럽이 어때요? 이제껏 휴가를 쓴 적이 없어서 아주 길게 다녀올 수 있을 것 같은데."

"좋아요."

고개를 끄덕인 은초가 생각만 해도 즐겁다는 듯 입가에 미소를 띠었다.

"배낭여행을 해봤으면 좋겠어요."

"배낭여행?"

"네. 힐은 못 신겠지만요."

키득키득, 자게 웃음을 뱉는 모습을 멍하니 보던 그가 푸흐, 하고 웃음을 쏟아냈다. 가끔 그녀의 의외의 모습을 발견할 때면 지금처럼 웃음을 참을 수 없을 때가 있었다.

이태훈, 빠져도 단단히 빠졌구나.

그가 스스로에게 자조했다.

"다녀와서 계획을 세워야겠네요."

장난스러운 답에 손목시계를 확인한 은초가 자리에서 일어나며 물었다.

"좋아요. 그 계획은 언제쯤 세우는 게 좋을까요?"

곧이어 은초 또한 바로 일정이 있었기에 지금쯤 사무실을 떠나야 했다. 오늘 드디어 결혼식 때 입을 웨딩드레스가 나왔으니까. 문제가 없는지 피팅을 해봐야 했기에 그녀가 답이 없는 태훈을 독촉하듯 고개를 기울였다.

왜 아무 말도 없지?

그녀가 의아한 마음을 품을 때였다.

"은초 씨⋯⋯."

조심스럽게 운을 떼는 모습에 은초의 의문이 더욱 커져 갔다. '무슨 일 있어요?' 라고 묻고 싶었다. 하지만 그녀는 물음 대신 다음 말이 나오길 기다렸다.

"미안해요, 말 못해서."

"네? 그게 무슨 말이에요?"

결국 의문을 숨기지 못한 그녀가 되물었다. 자신에게 미안하다고 말하는 그의 저의를 몰라서.

이태훈은 굳이 그녀의 기준에서 나눈다면 '나쁜 사람' 보단 '고마운 사람'이었다. 오히려 사과를 해야 하는 것은 그녀였다. 그에게 전부를 줄 수 없는 이 상황을 미안하다며 사과하고 또 사과해야 했다. 그는 자신에게 진심이었으니까.

그런 후에 조금의 변명을 해야 한다.

오랫동안 한자리에 놓아두었더니 움직이지 않아요, 라고.

그러한 변명을 하고 싶지 않아 은초는 사과의 말도 건네지 못하고 있었다. 그런데 그가 먼저 사과의 말을 해온 것이다.

"감정이 사람을 그렇게 만드네요. 참 이기적이게."

"……."

사람 하나 바보 만드는 것은 참 쉬운 일이다.

그는 속으로 생각하며 은초를 보았다. 그녀는 아직도 무슨 말인지 모르겠다는 듯 빤히 그를 바라보고만 있었다.

그녀의 모습에 그가 입가를 부드럽게 휘어 웃었다.

"저도 제가 이렇게 바보 같은 사람인 줄 몰랐어요."

입 끝이 파르르 떨린다. 감정을 웃음 뒤에 숨기는 것이 그 무엇보다도 쉬웠던 그인데.

"빨리 끝내고 올게요. 많이 힘든 시기에, 미안해요. 옆, 비워서."

그의 모습을 빤히 보던 은초가 고개를 끄덕였다.

"아니에요."

흔들리는 그의 모습을 모두 눈치챘지만, 은초는 왜 그러한 표정을 짓는지도, 왜 그런 말을 하는지도 묻지 않았다.

두 사람은 말을 아끼는 경우가 많았다, 지금처럼.

서로 온전히 제 속에 있는 것들을 모두 보여줄 수 없으니까.

그럴수록 두 사람의 마음엔 간극이 생긴다.

빠르게 서명란에 서명을 하던 서하는 마지막 파일까지 모두 살펴보고 나서야 자리에서 일어났다. 시계를 확인하자 11시 45분. 오늘은 평소보다 조금 늦은 시각에 그가 서둘러 사무실을 나섰다.

그가 향한 곳은 강 회장이 입원해 있는 병원이었다. 문 앞을 지키던 경호원들이 열어주는 문 안으로 걸음을 옮긴 그는 막 식사 중인 강 회장에게 다가갔다.

"연애를 하라니까."

"상대가 없습니다."

짧게 말을 내뱉은 서하는 미령댁이 자신에게 건네는 도시락을 받아 들었다. 그리고 상에 도시락을 펼친 후 말없이 나무젓가락을 두 갈래로 쪼갰다.

그의 모습을 말없이 바라보던 강 회장이 한숨을 푹 내뱉었다.

"네가 뭐가 모자라서 마음 맞는 처자 하나 없는 게야."

진심 어린 강 회장의 걱정에 막 반찬 하나를 집어 든 그가 팔을 내렸다. 그리고 물끄러미 강 회장을 바라보며 장난스레 인상을 굳혔다.

"일이 너무 많다고는 생각 안 하십니까?"

"이 녀석, 누가 시켰어? 네놈이 다 해놓고."

그래, 일 욕심이 너무 많은 게 문제야.

여전히 솔로로 지내고 있는 서하의 문제점을 단박에 파악한 강 회장이 끌끌 혀를 찼다. 그러는 동안 서하는 멈추었던 젓가락질을 다시 시작하였고 기계적으로 음식을 입안으로 밀어 넣었다.

그 모습을 보던 강 회장도 말없이 식사를 시작한다. 물을 받아 오겠다며 미령이 병실을 벗어나자 정말 몸을 짓누를 듯 무거운 침묵만이 내려앉았다.

얼추 식사를 먼저 끝낸 서하가 물 잔을 집어 들자 그 모습을 보던 강 회장이 한숨처럼 말했다.

"원, 녀석도. 맛있는 거 먹으라니까."

"도시락도 맛있습니다."

미령댁이 워낙 음식을 잘하시잖아요.

의미 없는 말을 듣던 강 회장이 피식 웃음을 내뱉었다.

"그래, 미령댁이 음식 솜씨 하난 끝내주지."

강 회장의 말이 허공에서 흩어졌다.

자리에서 일어난 서하가 뒷정리를 시작했다. 도시락은 잘 포개어 협탁 위에 있던 가방에 넣어두었고, 강 회장의 식판은 입구에 대기하고 있던 경호원에게 건넸다. 그가 하는 행동을 보던 강 회장은 다시 자리로 돌아와 찻잔을 건네는 서하의 모습을 올려다보았다.

이젠 그의 수족이나 다름없는 아이였다. 어디 그뿐이던가. 자식처럼 생각하고 키워온 것이 이십 해가 다 되어간다. 피붙이보다 더 정을 주었고, 은초보다 서하를 생각하는 마음이 더 컸다, 지금도. 그걸 이 아이가 알아줬으면 좋겠으나 강 회장은 떼를 쓰지 않았다.

"오빠처럼…… 아껴주길 바란다."

"……"

그의 말에 서하의 눈꺼풀이 파르르 떨렸다. 유언처럼 들리는 말이기도 하였고, 무언가를 바라는 말이기도 하였다.

강 회장은 그가 답을 해주기 전까진 입을 떼지 않을 것처럼 보였다. 그래서 하는 수 없이 서하는 입을 떼어야 했다.

"은초."

하지만 결국 나오는 것은 그녀의 이름뿐.

그 아이를 어떻게 동생처럼 아껴주길 바라는 것입니까.

내가 품고 있는 마음은 그것이 아닌데.

그러한 말들이 사정없이 밖으로 튀어나올 것 같다. 필터링을 거치지 않고서.

서하가 다시 무거운 입술을 닫는 것을 보며 강 회장이 눈시울을 붉혔다.

"서하야, 부탁한다."

"……."

"우리 은초, 잘 부탁한다."

그와 함께 서하의 눈망울도 붉어졌다.

천장부터 바닥까지 길게 늘어뜨려진 벨벳 커튼 뒤. 신부들을 위한 탈의실이 마련되어 있었다. 코르셋으로 허리를 꽉 조이고, 저마다 두근거리는 마음으로 고른 웨딩드레스를 입는 날. 여느 신부들이라면 신랑의 앞에서 활짝 웃으며 꽃처럼 피어나겠지만 은초는 달랐다.

거울 속 자신의 모습을 보자 마음이 차갑게 식어간다. 예전엔 자신의 취향으로 된 웨딩드레스를 입으며 서하의 곁에 서 있을 날을 고대했다. 턱시도를 입은 그는 참 멋있겠지. 유행을 탄 턱시도보단 고루하지만 목을 꽉 죄는 디자인이 잘 어울릴 것이라 생각하며 혼자 상상의 나래를 펼쳤었다. 물론 지금은 아니지만.

"다 됐나요?"

"네. 잠시만요."

마지막으로 은초의 웨딩드레스 자락을 정리한 웨딩플래너가 활짝 웃으며 그녀를 바라보았다.

"정말 아름다우세요."

"봐줄 사람이 없네요."

신랑이 될 사람은 해외로, 아버지는 병원에 계셨으니 이 설렘을 함께할 사람이 없다. 그리고 정작 이 모습을 가장 보여줬으면 했던 상대 또한 이 자리엔 없을 터다.

그녀의 눈동자에 슬픔이 어린다.

은초는 감사하다는 웃음을 지은 후 화사한 조명이 내리쬐는 단상 위에 홀로 섰다.

촤르륵.

커튼이 걷혔다. 음울한 심부는 부케를 끌어안은 채 텅 빈 자리를 예상했다. 하지만 어떻게 된 일인가. 은초는 마치 꿈을 꾸는 듯한 기분으로 소파에 앉아 있는 서하를 보았다.

그였다. 이 모습을 가장 보여줬으면 했던 상대가 이 자리에 있다.

놀라움에 온몸의 힘이 빠져나간다.

툭.

손에 있던 예쁜 생화가 바닥에 나뒹굴었다. 꽃잎 몇 개도 떨어진 것 같았다. 이 모든 게 자신의 마음 같았다. 심장도 함께 떨어져 망가진 것 같다.

"······예쁘다."

하지만 곧이어 들려오는 그의 말에 두 번 놀라 버렸다.

툭, 투둑.

심장 한 켠이 통째로 뜯겨 나가는 기분이 들었다.

그는 왜 자신을 저러한 눈으로 보고 있는 것일까.

왜 그토록 듣고 싶었던 말을 지금 해주는 것일까.

늘 그에게 저 말을 듣고 싶었다. 환하게 웃는 자신의 모습을 보며 예쁘게 웃어주었음 했었다. 그런데 왜, 다른 사람의 신부가 되기 위해 웨딩드레스를 입은 이날, 그는 저 말을 해주는 걸까.

왜, 왜······ 왜······!

"······오빠."

웃는 그의 모습에 눈물이 왈칵 차올랐다. 힘없이 아래로 주저앉은 은초가 자신의 얼굴을 감싸 쥐었다. 예쁘게 화장해 놓은 얼굴이 엉망이 되었다. 눈물에 속눈썹은 떨어져 덜렁거린다. 그래서 그녀는 고개를 들 수가 없었다. 제 꼴이 너무나 엉망이어서.

그래, 자신을 차디차게 밀어냈던 그 때문에 엉망으로 우는 꼴이 부끄러워 고개를 들 수 없었다.

드러난 작은 어깨가 파르르 떨렸다. 흐느낌에 주위에 있던 사람들이 쑥떡거리며 모두 물러나자 정승처럼 서 있던 그가 조심스럽게 앞으로 손을 뻗었다

은초에게 향하는 손.

그리고 걷잡을 수 없이 커져만 가는 갈망.

그가 눈을 감으며 입꼬리를 끌어 올려 웃었다.

인정하자.

그래, 인정하자.

난…….

"은초야……."

저 아일 참 많이 사랑하고 있어.

모든 것을 내던질 정도로.

"……울지 마."

다른 사람의 남자가 되어야 할, 힘껏 등을 떠밀어 안락한 그 품
으로 보내야 하는 널…….

그렇게 사랑하고 있어.

8. 가슴속에 가득했던 것은

끝을 낼 때가 왔다고 생각했다.

그래, 미움은 버리자. 미움은 버리고 모든 것을 놓자.

너무 멀리 돌아왔다는 생각은 했지만, 여기까지 하는 것이 좋으리라.

그래, 인생 전부를 그 구질구질한 감정을 가지고 살아왔지만…… 여기까지만, 여기까지만, 여기까지만 하자.

그는 그렇게 다짐하고 또 다짐하였다.

빠르게 차를 몰아 고속도로를 달리던 그가 힘껏 핸들을 꺾었다. 위험천만하게 차를 모는 그의 눈빛이 잿빛으로 변해 있다. 무언가가 텅 비어버린 사람처럼 달리던 그의 차가 멈춘 것은 그 후로 힌

시간이 더 지나서였다.

주차장 시설도 제대로 갖춰지지 않은, 폐허 같은 곳에 멈춘 그가 차에서 내렸다. 깨끗이 닦인 구두가 흙으로 뒤덮여 뿌옇게 변했지만, 그는 개의치 않은 채 걸음을 옮겼다.

야트막한 언덕을 오른 그는 커다란 나무에 가려져 밑에선 보이지 않았던 두 개의 봉분 앞에 멈춰 있다.

잡초가 삐죽삐죽 자라나 엉망이었다. 추운 겨울에 죽어버린 잔디 때문에 누렇게 죽은 것처럼 보였다.

무릎을 굽힌 그가 무감한 얼굴로 잡초를 힘껏 뽑았다. 우드득, 우드득, 그의 손에서 뿌리까지 뽑혀 나온 잡초를 뽑아 구석으로 획획 던지는 그는 한참이고 묘를 정리하고 나서야 옆자리로 자리를 옮겼다.

두 봉분은 한날한시에 떠나 버린 그의 부모님이 영면해 있는 곳이었다.

옆에 있던 묘까지 말끔하게 정리한 그가 그제야 허리를 폈다. 조금 거칠어진 호흡을 탁, 터뜨린 그가 고개를 내려 손을 보았다.

흙으로 엉망이 된 손바닥을 가만히 내려다보던 그가 입술을 비틀어 삐뚜름하게 웃었다.

"불효자 아닙니까? 이런 날에도 술 하나 사오지 않고."

무감한 목소리였으나 표정은 그렇지 않았다. 많은 감정을 내포하고 있는 눈동자가 흔들렸다. 휘몰아치는 바람을 만나.

그가 무릎을 꿇었다. 차가운 바람이 불어와 그의 얼굴을 차갑게 베었지만 눈 하나 깜짝하지 않은 채 제 아비의 묘를 바라보고 또 바라보았다.

할 말이 많은 얼굴이었다. 하지만 그 무엇 하나 내뱉지 못한다.

모든 것을 비워 버린 지금 이 순간에 그가 할 수 있는 것은 못 박힌 듯 아비의 묘를 보며 또 보는 것뿐이었다.

"가장 소중한 것을 빼앗아오고 싶었습니다."

그가 운을 뗐다. 얼굴이 일그러지고 세상이 무너져 내린 듯 괴로움에 휩싸인 얼굴로 거칠게 말을 터뜨렸다.

"강우를 강 회장에게 빼앗으면 그는 어떻게 될까, 아버지처럼 되지 않을까, 생각했었습니다."

그가 물음처럼 말했다.

아버지처럼 되지 않았을까요? 라고.

강 회장에게서 회사를 빼앗으면 아버지처럼 주위 가족 따윈, 아들의 존재 따윈 잊은 채 모든 것을 놓지 않았을까, 하고.

그렇게 물었다.

하지만 답을 해줄 이는 이 세상에 없다. 백골이 되어버린 시신은 외로움에 치를 떠는 아들을 따스하게 품어줄 수도, 그 어떠한 위로도 건네줄 수가 없었다.

넓은 그의 등이 유난히 작아 보인다. 떡 벌어진 어깨가 오늘따라 유약하게 보인다. 괴로움에 일그러진 얼굴은 침, 슬피 보인다.

눈을 감은 그가 고해성사를 하는 죄인처럼 말을 이었다.

"그렇게 하고 싶었습니다."

다 부숴 버리고 싶었다. 강 회장이 가진 것들은.

모두 제 손에 넣고 쥐고 흔든 후에, 그의 앞에서 파멸하는 모습을 보여주고 싶었다.

스무 살엔 그렇게 할 수 있을 것이라 생각했다. 자신은 운 좋게도 머리가 좋았으니까. 이 잘난 머리로 충분히 제 계획을 성공시킬 수 있으리라 생각했다. 그게 자만이었다는 걸 깨달은 건 은초를 만난 후였다.

"멍청하지 않습니까? 그깟 여자 때문에."

그녀 때문에, 포기했다.

"아들이 밉지 않으십니까?"

그녀 때문에, 제 부모를 죽인 그 사람을 용서하려 한다.

"그런데 어떻게 합니까."

그녀 때문에, 제 가슴에 아직도 뜨거운 피가 흐름을 깨달았다.

그러니 어쩔 도리가 없다.

"그깟 여자가 아니고……."

그녀는 강은초니까.

"그깟 감정이 아닌데."

부모님을 죽게 만든 사람의 딸이었으니까.

"아무리 죽이고 또 죽여도 계속 비집고 나오는데."

그런 그녀를, 사랑하게 되어버렸다.

모든 것을 놓아버린 순간 그는 울지 않았다. 이 모든 계획이 끝나고 제 복수가 끝나면 크게 웃을 수 있을 줄 알았는데. 아니면 먼저 떠난 부모를 그리워하며 울 줄 알았는데. 모두 아니었다.

그는 멍하니 부모의 묘를 바라볼 뿐이었다. 아무것도 하지 못한 채. 그 자리에 가만히 무릎을 꿇고 앉아.

천천히 손을 뻗어 체온이 느껴질 리 없는 묘를 어루만진 그가 입가를 일그러뜨렸다.

"죄송합니다."

멈춰 선 채로.

가슴이 퍼석퍼석한 것 같았다. 빈껍데기처럼 아무것도 느끼지 못하는 사람처럼 앉아 있는 은초는 밀랍 인형처럼 느껴졌다.

김 비서가 가져다준 책을 읽고 있던 강 회장은 그런 딸아이의 모습에 살짝 미간을 찌푸렸다. 민감하게 은초의 감정을 읽어 내린 모습이었다.

후, 하고 한숨을 내쉰 그는 순간 자신에게 닿는 은초의 시선에 부러 밝은 표정을 지었다.

"걱정이 많아 보이는구나."

강 회장의 말에 은초가 서둘러 감정을 갈무리했다. 그리고 정말 모르냐는 듯 그를 흘겨보며 말한다.

"아버지 때문이잖아요."

"어허, 내가 왜?"

억울하다는 듯 하는 말에 은초가 입술을 뾰족하게 내밀며 빠르게 말을 내뱉었다.

"정말 몰라서 물으시는 건 아니죠?"

"몰라서 묻지. 알고 있는데 입 아프게 왜 묻겠어?"

"가끔 보면 아버지도 참 답답해요."

어떻게 회사를 경영했나 몰라.

은초가 뒷말을 이으며 고개를 옆으로 팩 돌려 버린다.

그 모습이 귀여워서일까, 강 회장이 허허 웃음을 내뱉으며 벽에 걸린 시계를 확인했다. 곧 있으면 기다리던 아이가 온다. 그전에 은초와 할 이야기가 있었다.

"수술."

"것봐요, 알고 계시잖아요."

"그래. 받으마."

"정말요? 정말? 진짜죠?"

투덜거리던 은초가 눈을 크게 뜨며 자리에서 벌떡 일어났다.

"그래, 부산 떨 것 없다."

천천히 고개를 끄덕이는 모습에 눈에 띄게 표정이 밝아진 은초가 주위를 두리번거렸다. 벨을 눌러 의사를 부를까, 아니면 자신이 직접 주치의의 방으로 갈까, 고민하는 모습이었다.

"그럼 당장에 수술 날짜를……."

"이미 잡았어."

그 말에 순간 은초의 행동이 멈췄다.

방금 전까지만 해도 기쁨에 날아갈 것 같은 몸이 아래로 축 처졌다. 강 회장의 그 말에 그의 건강에 적신호가 울렸다는 것을 다시 한 번 깨달았기 때문이다. 다급하다는 듯 수술 날짜를 잡았다는 강 회장의 말에 그녀는 순수하게 기뻐할 수만은 없었다. 그리고 역시나 강 회장의 입에서 흘러나온 말은 그녀의 예상에서 한 치도 빗나가지 않았다.

"혈관이 얼마 버티지 못한다더구나. 이 주일 뒤다."

"이 주일……."

열흘 뒤면 은초의 결혼식이었다. 이 주일 뒤에 수술을 받는다는 건 그녀의 결혼식이 끝나자마자 수술실로 들어가겠다는 말이었다.

"저 때문에 미루시는 거라면…… 그러실 필요 없어요."

"아니다. 그래도 딸 하나 있는데, 이 사장한테 직접 네 손을 내 줘야지."

곁에 계셔주는 게 절 더 위하는 일이에요.

그렇게 말하려던 은초는 자신에겐 말할 기회도 주지 않은 채 성급하게 입을 여는 강 회장의 모습을 보았다.

"은초야."

그는 무언가에 쫓기는 사람처럼 보였다. 더더욱 마음이 불편해져 온다.

강 회장이 자신에게 무언가를 숨기고 있다는 것을 이제야 알아차린 은초의 눈빛이 차분하게 가라앉는다.

다시 자리에 앉은 은초가 호흡을 가다듬으며 자신의 이야기를 기다리자, 강 회장은 그제야 미소 띤 얼굴로 말을 이었다.

"미워하지 마라."

"뭘요?"

고저 없이 흘러나온 물음. 당장에라도 그의 속에 있는 것들을 다 끄집어내어 알아낼 것처럼 은초가 신경을 날카롭게 벼렸다.

자신의 젊을 적과 꼭 닮은 모습에 강 회장의 웃음이 진해졌다. 닮았기에 더욱 아파할 것을 예상한다는 듯, 그 웃음은 슬펐다.

"앞으로 무슨 일이 생기든 간에, 미워하면 안 된다."

"아버지?"

"알았니?"

그가 확답을 받아내기 위해 다시 한 번 되물었다. 하지만 은초는 쉬이 그러겠노라 말하지 않았다. 아무런 말 없이 그의 얼굴을 쏘아보던 그녀가 차분하게 말을 꺼내놓았다.

"무슨 말을 하시는지 알아야 약속해 주죠."

한 번 내뱉은 말은 무슨 수를 써서든 지킨다. 은초는 사랑을 제외한 부분에선 모두 그러했다. 그랬기에 무슨 약속을 하는지 알아야 했다. 한 번 그러겠노라 말하면 후에 후회를 해도 소용이 없었으니까.

은초가 고집스레 자신을 바라보는 것을 한참이고 바라보던 그가 이해한다는 듯 고개를 끄덕였다.

"그래, 그것도 그렇네."

의미 없이 흘려보낸 말에 은초의 표정이 더욱 사납게 굳어졌다.

분명 아버지는 자신에게 숨기는 것이 있었다. 그 이유는 말해주고 싶어하지 않는다. 그게 무엇인지 알아내야 한다며 그녀의 이성이 경고했다. 하지만 곧이어 흘러나온 강 회장의 말에 그녀의 이성이 비명을 질러댄다.

"나에게 무슨 일이 생긴다면 그건 모두 나의 업보다. 그러니까 너무 마음 쓰지 마라."

"……"

입을 꾹 다문 은초가 흔들리는 눈망울로 그를 바라보았다.

안 좋은 예감.

알아내야 한다는 쪽과 알게 되면 괴로울 것이라는 말이 동시에 머릿속에서 윙윙 울려댄다.

"그래 줘야 한다, 꼭."

힘 있는 그의 어조에 은초가 희미한 어조로 되물었다.

"그러지 않으면요?"

"너도 그 아이처럼 불행하게 살겠지."

"그 아이……?"

멍한 시선으로 강 회장을 바라보던 은초의 눈이 천천히 감겼다.

"그래."

그 아이가 누굴까.

묻지 않아도 알 수 있었다.

강 회장의 눈동자가 늘 서하를 바라보던 그때처럼 괴로움에 물들어 있었으니까.

강 회장은 은초가 앉아 있던 자리를 한참이고 바라보고 난 후에야 고개를 들어 김 비서를 보았다. 그의 옆에서 서류를 든 채 기밀 사항을 줄줄 읊어대는 모습에 강 회장이 손을 들어 말을 막았다.

법이 어떻고 저떻고, 현재 주주들의 반대가 어떻고 저떻고 하는 말은 중요하지 않았다. 강 회장이 알고자 하는 것들은 그런 지리 멸렬한 것들이 아니었으니까.

"그래, 정리는?"

"모두 마쳤습니다."

짧은 물음에 김 비서가 고개를 끄덕이며 답했다.

서류를 접어 겨드랑이에 낀 김 비서가 만족스럽게 웃는 강 회장을 향해 말했다.

"그런데 정말 괜찮으시겠습니까? 자동차는 강우그룹의 주력 사업체입니다."

최근 경기가 안 좋아지면서 전체적으로 매출이 줄었다. 그런 상황에서 강우자동차가 미국시장과 유럽시장에서 힘을 내준 덕분에 겨우 흑자를 내고 있다고 하는 것이 옳았다.

경이로운 성장을 보이는 자동차를 김서하 부사장에게 모두 내어준다는 것은 곧 그룹의 위기를 초래하는 일이었다. 더욱 은초의 결혼을 기점으로 완벽하게 경영에서 물러나기로 한 강 회장의 부재 또한 걱정이었다.

이래저래 걱정이 이만저만이 아니었던 김 비서는 곧이어 들려오는 강 회장의 말에 표정을 굳혔다.

"그 아이의 것이야."

김 비서의 입에서 옅은 한숨이 터져 나온다.

그래, 애초에 그의 것. 그러니까…….

"빼앗아온 건 나다. 그러니 아까울 것도, 미련을 둘 것도 없어."

강 회장의 말이 옳았다.

하지만 강우에 속해 있는 사람들이 문제였다. 회사가 힘들어지면 허리띠를 바짝 졸라맬 수밖에 없었다. 기업을 운영하는 사람은 어떻게 해야 안전하게 사업을 유지해 나갈 수 있는지도 생각해야 한다. 하지만 강 회장은 무리해서라도 자동차를 분리해 서하에게 돌려주려고 하는 것이다.

조금만 시기를 더 늦추면 좋을 텐데.

김 비서는 입안이 쓰자 입맛을 다셨다.

"언제 말씀하실 겁니까?"

그리고 묻는다. 이 모든 사실을 당사자에게 언제 알릴 것인지.

그의 물음에 강 회장은 거기까진 생각해 보지 않았다는 듯이 고
개를 옆으로 기울였다.

"일주일 뒤에 주주총회 준비할 수 있을까?"

해맑게 웃으며 하는 물음에 김 비서의 표정이 결국 일그러지고
만다.

도대체 무슨 생각이신 걸까.

김 비서는 강 회장의 속마음까진 알아채지 못한 채 한숨을 내쉬
어야 했다.

모터가 힘차게 돌아가는 소리만이 적막을 깨웠다. 그와 함께 들
리는 것은 거친 숨소리.

강 회장이 입원을 하면서부터 서하에게 눈이 돌아갈 정도로 많
은 일거리들이 쏟아졌다. 대한민국 한 경제의 축을 담당하고 있는
강우는 작은 구멍가게가 아니었다. 계열사만 해도 여덟 개였고,
모두 그 분야에선 1, 2위를 다투는 곳이었다. 한 사람이 감당해 내

기엔 무리가 있을 정도로 많은 결재들이 그를 기다리고 있는 나날이었다.

지난 일주일 동안 제시간에 집에 들어올 수 없었던 서하였지만, 그는 오늘도 아침 일찍 일어나 운동을 했다. 평소라면 가볍게 몸을 데울 정도로만 할 그였지만 어찌 된 일인지 오늘은 다르다. 이마에서 후두둑 떨어지는 땀방울에 푹 절어 무언가를 잊고 싶은 사람처럼.

"헉, 헉, 헉⋯⋯!"

온몸의 수분이 모두 날아간 것처럼 목 안이 쩍쩍 갈라졌다. 러닝머신 한 켠엔 물통이 걸려 있지만 어찌 된 일인지 그는 물을 마시는 대신 정면을 주시하며 빠르게 다리만 움직일 뿐이었다.

그렇게 얼마를 더 달렸을까. 손을 뻗은 그가 전원 버튼을 눌러 러닝머신을 껐다.

2시간 42분 32초, 33초, 34초⋯⋯.

붉은 숫자가 운동을 한 시각을 알리더니 이내 전원이 나간다.

"젠장."

짧게 욕설을 내뱉은 그가 손잡이 부분을 잡고 고개를 수였다. 아무리 해도 그의 머릿속을 가득 채운 잡념들은 사라질 생각을 하지 않고 있었다.

"오빠⋯⋯ 미안해요."

새하얀 웨딩드레스를 입은 은초가 그렇게 말했다. 눈물로 얼룩진 얼굴로.

뭐가 미안한 것일까.

그는 알 수가 없었다.

오히려 그녀를 울린 것은 자신인데, 왜 그녀가 미안하냔 말이다.

잔인하게 은초를 내쳤던 사람도 그였다. 날카로운 말로 그녀를 상처 입히고 머나먼 타국으로 쫓아냈다. 어디 그뿐이던가. 돌아오고 나서도 자신의 욕심에 은초에게 손을 뻗었다. 입으론 그녀를 싫어한다 외치면서도 정작 뜨겁게 안고, 품었다.

눈을 질끈 감은 그의 입에서 거친 욕설이 다시 한 번 튀어나왔다. 나란 놈도 참 개새끼다, 라는 다소 거친 욕이었다.

어쩜 그녀도 본연 중에 느끼고 있었던 것인지 모른다, 그의 마음을.

서하가 얼굴 가득 흘러내리는 땀방울을 닦아냈다. 심장이 미친 듯 뜀박질을 하고 있었다. 오랫동안 달려서 그런 것인지 아니면 은초 때문인지 모르겠다.

허나 확실한 것 한 가지.

그가 천천히 몸을 돌려 여기저기 놓여 있는 박스들을 보았다.

"이젠 끝나가."

이 괴로움이 곧 있으면 끝이 난다는 것.

그에 그는 조금 안도해 버렸다.

각 부서장이 올린 프로젝트를 살펴보고 있는 그의 미간이 찌푸려졌다. 신중하게 살펴보는 눈빛조차 조금 굳어 있었다. 고개를 든 서하가 도열해 있는 사람들을 보며 서늘하게 말했다.

"이미 작년에 다 올라온 기획안들 아닙니까?"

"아, 저 그게……."

깐깐한 서하가 이 점을 지적하리란 것을 알았음에도 마케팅 팀장은 별달리 뾰족한 수가 없어 작년 기획안 중 몇 개를 꼽아 보고를 올려야 했다.

일주일 전에 그에게 지시를 받아 이번에 나갈 신차 마케팅 기획안을 뽑아야 했던 팀장은 파랗게 질린 얼굴로 입술을 달싹였다.

"작년에 호평을 받은 기획안이라 이대로 묻어두기엔 아까워서……."

"작년 것 아닙니까. 이미 1년이나 지난 기획안을 지금 와서 다시 하자고요?"

"……."

꿀 먹은 벙어리가 되어 입을 꾹 다무는 마케팅 팀장을 보며 서하가 허리를 곧게 펴며 의자에 기댔다. 팔짱을 끼는 그의 얼굴에서 냉혹함이 뚝뚝 떨어져 내린다.

"내수 시장은 이미 한계치에 달했습니다. 별 볼일 없는 거라면 차라리 안 하는 게 좋습니다."

짧게 말을 마친 그가 40대 중반의 남자를 본다. 아직 하고 싶은 말이 더 남아 있었으나 이럴 땐 말을 아끼는 것이 더 효과적이다. 온몸을 짓누르는 중압감에 결국 그의 허리가 굽혀진다.

"죄송합니다."

"다음 주까지 정리해서 다시 올리도록 하세……."

말을 잇던 서하가 순간 굳어진 얼굴로 입을 다물었다. 아차, 한 얼굴이었다.

"아닙니다."

짧게 말을 마친 그가 다시 서류를 끌어와 내용을 살펴보았다. 눈으로 빠르게 글귀를 읽었다. 간혹 미간을 찌푸리거나 입술을 잘근잘근 씹는 모습에 마케팅 팀장의 얼굴에 핏기가 가셨다. 더한 꼬투리를 잡힐까 싶어. 하지만 곧이어 그의 입에서 흘러나온 말은 의외의 것이었다.

"가격 할인의 경우, 이미 한계까지 내렸습니다. 카드사와 협력해 20%대까지 가격을 더 다운시키세요. 중형차니까 그게 더 효과적일 겁니다."

"네……?"

멍청한 모습으로 자신에게 되묻는 마케팅 팀장의 모습에 서하가 서류를 그에게 다시 내밀었다. 서류 위엔 붉은색 펜으로 친절하게 수정 방향이 적혀 있었다.

"기획안 수정해서 진행하시라고요."

다정한 어투는 아니었으나 기획안이 통과된 것만으로도 그가 천사로 보일 지경이었다.

그의 말에 더듬더듬 답한 마케팅 팀장이 이상하다는 듯 서하를 보았다. 하지만 그는 고갯짓으로 자리로 돌아가 보라고 한 뒤 다음 서류를 끌어와 읽기 시작했다.

그 뒤로 개발 팀장과 설계, 생산기술, 연구, 생산, 품질 관리팀의 총책임자들이 앞으로 나와 그에게 올린 신년 계획에 대해 질타를 들어야 했다. 하지만 이번에도 그는 처음엔 꾸짖은 뒤 이내 수정 방향을 제시하며 그들을 제자리로 돌려보낸다. 이에 사람들의 눈동자에 의아함이 떠올랐다.

뭐지?

김서하가 누구던가. 원하는 것이 나올 때까진 밑에 사람들을 압박하는 사람이었다. 가끔 그가 수정 방향을 제시하는 경우도 있긴 하였으나 오늘처럼 모두 한 번에 기획안이 통과한 경우는 없었다.

사람들의 시선을 느끼던 서하가 자리에서 일어나 입고 있던 슈트 깃을 탁탁 잡아당겨 주름을 폈다. 그리고 사람들과 일일이 눈을 마주하며 말을 시작했다.

"앞으로도 잘 부탁드립니다. 여기 있는 여러분이 앞으로 강우 자동차를 이끌어가실 분들입니다."

웅성웅성.

잡소리가 커진다. 하지만 서하는 이에 평소처럼 날카롭게 눈을 뜨는 대신 허리를 숙여 인사를 건넸다.

"이제껏 수고 많으셨습니다."

마치 회사를 떠나는 사람처럼.

사람들을 모두 물린 그가 허리를 숙여 책상 첫 번째 서랍에 있던 봉투를 꺼냈다. 새하얀 봉투 위엔 한자로 '사직서'라 적혀 있다. 이젠 모두 정리를 해야 할 시간이었다. 강 회장에 대한 마음을 접는다는 것은 정든 이곳과도 이별을 고해야 한다는 것과 일맥상통했다.

한참 회한에 젖은 얼굴로 사무실을 둘러보던 그는 책상 위에 올려져 있던 휴대전화가 요란한 소리로 울어대자 성큼성큼 걸음을 옮겼다.

액정엔 김 비서의 이름이 떠 있었다.

"무슨 일이십니까?"

서하는 전화를 받자마자 인사 대신 용건부터 물었다. 그러자 상대 또한 익숙한 것인지 본론을 꺼낸다.

[강 회장님께서 찾으십니다. 와주셔야겠습니다.]

손목시계를 확인한 서하가 고개를 끄덕이며 짧게 답한다.

"지금 가겠습니다."

그가 말을 마침과 함께 전화를 끊으려 하자 김 비서가 서둘러 말을 잇는다.

[본가로 오시면 됩니다.]

"네?"

[회장님, 퇴원하셨습니다.]

서하의 눈이 놀라움에 커졌다.

본가 안으로 들어선 그는 당연히 있을 것이라 생각했던 김 비서와 미령댁의 모습이 보이지 않자 의아한 눈으로 강 회장을 보았다. 그 둘은 늘 강 회장의 곁을 그림자처럼 지키고 있었기에 일부러 그가 사람들을 물렸다는 것을 뜻하기 때문이다.

무슨 일일까.

서하는 자신의 품속에 있는 사직서를 의식하며 강 회장에게 다가갔다.

오늘 그에게 자신의 사직을 알릴 생각이었다. 그런 후에 자신이 이제껏 품어왔던 나쁜 생각들을 그에게 말하려 했다. 어디까지 말할지 정하지는 않았으나. 나쁜 마음으로 그의 곁에 머물렀으며, 머리 검은 짐승이 품었던 죄악에 가까운 마음들을 모두 토설한 후 이별을 고하려 했다.

무거운 걸음을 멈춘 그가 강 회장의 맞은편 소파에 앉았다. 이야긴 생각보다 훨씬 길 테니까.

서하의 표정을 살피던 강 회장이 고개를 돌려 주위를 둘러보았다. 편안한 안식처를 주던 집이 오늘따라 낯설게 느껴지자 그가 희미한 웃음을 입가에 머금었다.

"오랜만에 집에 오니까 어색하다."

"왜 퇴원하신 겁니까?"

"병원은 영 답답하기도 하고. 정리해야 할 일도 있고."

의아한 마음에 서하의 고개가 옆으로 기울었다.

정리해야 할 일?

서하는 그런 일 따윈 몰랐다. 회사 일의 대부분을 맡아서 하고 있음에도.

"그곳에선 할 수 없는 일도 있지 않니."

하지만 이젠 상관없겠지. 다정한 어조에 서하가 말없이 고개를 끄덕였다.

언제 사직서를 꺼내야 할까, 그가 눈치를 살피던 차였다. 먼저 새하얀 봉투를 꺼낸 것은 강 회장이었다.

서하가 꺼내려던 봉투는 손바닥만 한 작은 것이었다. 하지만 강 회장이 그의 앞으로 말없이 밀어놓은 것은 대봉투로 안에 많은 서류가 들어 있는 것인지 두툼하기까지 했다.

"이게 뭡니까."

"정리해야 할 일."

스무고개를 하는 것처럼 점점 알아들을 수 없는 말만 늘어놓는 그의 모습에 서하가 손을 뻗어 봉투를 집어 들었다.

답은 이 봉투 안에 모두 있겠지. 그러한 가벼운 생각이었다. 그리고 강 회장의 본론이 끝나면 곧바로 이별을 고하리라 생각하며 봉투 안에 있던 두툼한 서류를 꺼내 읽기 시작했다. 아니, 읽으려 했다.

놀란 눈으로 서류를 내려놓은 서하가 입술을 악물었다.

굳이 뒷장을 넘겨 이 서류의 정체를 알 필요도 없었다. 첫 장만 읽어도 모든 것을 알 수 있으니까.

제일 처음에 적힌 것은 강 회장과 서하의 이름과 주소 그리고 주민등록번호였다. 그리고 그 밑에 적혀 있는 문구가 서하의 뒤통수를 힘껏 갈겼다.

―본인 강인호는 강우자동차 주식회사의 주주인 바, 소유한 주식 128,012,001주를 2015년 2월 5일부로 양수인 김서하에게 양도한다.

당신, 무슨 생각이야.

서하가 이를 악물었다. 까드득, 날카로운 소리에도 강 회장은 눈 하나 깜짝하지 않았다. 이미 모두 알고 있었다는 듯이.

움찔거리는 턱과 빠르게 펌프질을 해대는 심장. 그것들이 좀 더 격렬하게 변해갈수록 그의 분노 또한 차츰 커져 갔다.

하지만 그는 입 밖으로 그 어떠한 말도 내뱉지 않은 채 강 회장을 바라보고 있었다.

눈동자가 흔들린다.

찰랑찰랑.

감정은 차고 흘러넘친다.

"주주총회는 사흘 뒤다."

"……."

"거기서 내 주식을 모두 너에게 줬다는 사실을 주주들에게 알릴 생각이다."

서하의 가슴이 들썩였다. 마치 모든 것을 알고 있다는 강 회장의 눈빛을 본 순간 감정은 주체 없이 뒤흔들렸다.

도대체 어디까지 알고 있는 거야, 당신은.

도대체 어디까지!

그가 소리치고 싶은 것을 억눌렀다. 빠르게 감정을 갈무리해 나가며 생각 또한 정리한다.

손이 하얗게 질릴 정도로 힘주어 주먹을 쥔 그가 강 회장을 노려보았다.

"왜 하필 강우자동차입니까."

"왜, 다른 것이 탐나는 거냐? 처음에 네가 원하는 곳이 그곳이어서……."

말끝을 흐린 강 회장이 이내 고개를 저었다. 머리가 지끈 아프다는 듯이 손을 들어 관자놀이를 꾹꾹 누른다.

"그게 아니더라도 난 네가 강우자동차를 맡아 계속 운영해 줬으면 한다."

"다 알고 계셨군요."

확신에 찬 어조에 강 회장의 입가가 부드럽게 휘었다.

'그래'라고 말을 하지도, 그렇다고 고개를 끄덕이지도 않았다. 하지만 그 웃음만으로도 모든 것은 설명이 되었다.

다 알고 있었구나. 자신이 김진우의 아들이라는 걸. 내가 당신을 향해 날카로운 복수의 칼날을 갈고 있었다는 것도. 그럼에도 강 회장은 그를 내치기는커녕 양도 계약서를 내밀었다. 자신이 가진 주식을 모두 줄 터이니 강우자동차의 주인이 되라고 말했다.

왜? 왜? 왜!

그의 마음이 비명을 질러댔다. 끔찍한 고통에 눈가에 눈물이 차올랐다.

자리에서 벌떡 일어난 그가 빠르게 걸음을 옮겼다. 이곳을 도망치고 싶다는 듯이. 하지만 곧이어 돌려진 몸은 다시 강 회장에게로 다가왔다.

도망칠 수가 없었다. 그의 생각이 무엇인지 알아야 했다. 그래, 그것을 알기 전까지 이곳을 나설 수가 없다.

"그렇게 쉽게 주실 거면 처음부터 빼앗지 말았어야 합니다."

"……."

"그래서 스스로 인생을 놓게 만들지 말았어야 했습니다."

강 회장은 아무런 답도 해주지 않았다. 오히려 슬픔에 가득 찬 눈으로 그를 올려다보았다.

"알고 있었구나."

모두 다.

예상을 하는 것과 직접 입을 통해 듣는 건 충격이 달랐다.

강 회장이 거칠게 숨을 토해냈다. 가슴께가 아픈 것인지 손을 들어 꾹꾹 누르는 모습에도 서하는 말을 멈출 수가 없었다.

"모를 거라고 생각하셨습니까? 제 부모님 일입니다!"

붉어진 눈으로 강 회장을 바라보는 그가 울분에 차 외쳤다. 그는 마치 야차 같았다. 악귀와 같은 모습으로 당장 강 회장에게 위해를 가할 것처럼 위협적인 모습이기도 했다.

하지만 강 회장은 눈 하나 깜짝하지 않고서 서하를 올려다본다. 마치 그는 자신에게 아무런 위해도 가할 수 없다는 걸 알고 있다는 듯이.

그 모습에 서하의 눈가에 맺혀 있던 눈물이 후두둑 떨어졌다.

"차라리 은초를 통해 강우를 가질 생각은 못했나. 그게 최고의 복수일 수도 있었어."

"웃기지 마십시오."

그가 울음에 찬 목소리로 말했다.

그런 생각을 해보지 않은 것은 아니었다. 아직은 덜 여물었던 스물하나, 그 또한 마음에 품어버린 은초를 위해 이 모든 계획에 회의를 품었던 적이 있었다.

그녀가 아플까 봐, 그리고 강 회장이 보내는 따스한 눈길이 좋아서. 과거 따윈 모두 잊고 정리하자, 그러한 멍청한 생각을 품었던 적도 분명 있었다.

하지만 그러지 않았다. 아니, 그럴 수 없었다.

그 후, 그는 더욱 차갑게 은초를 밀어냈다. 하지 말아야 할 말까지 해가며 그녀를 상처 내기에 바빴다.

왜 넌 행복하니?

왜 넌 모든 것을 누리고 살고 있니?

우리 부모님은 너희 아버지 때문에 돌아가셨고, 난 고아로 컸어야 했는데…….

강은초, 왜 너만 행복한 거야?

그런 생각을 하며 살았다.

하지만 마음은 줄어들지 않고 더욱 커져만 갔다. 사랑이란 게 얼마나 끔찍하고 끈질긴지 그의 신경을 좀먹으며 이제 그만 모든 것을 포기하고 인정하라 외쳤다.

그래서 은초를 머나먼 이국땅으로 보내 버렸다.

"내 침대에서 창녀처럼 뒹굴 생각이 아니라면 고까운 마음 따윈 접어."

그녀에게 했던 말이 지금도 그의 가슴을 강하게 후벼 판다.

눈을 감은 그가 입술을 파르르 떤다.

"들었습니다, 아주 예전에 회장님이 하시는 말씀을."

"무엇을. 무엇을 들었는데?"

그날의 기억을 떠올리는 서하의 표정은 괴로움에 일그러져 있었다. 그 모습만으로도 어떠한 일인지 묻기 두려웠으나 강 회장은 용기를 내어 더듬더듬 되물었다.

"저란 사람은 강은초의 장난감밖에 되지 않을 거라고."

"······그, 그건."

"그날 결심했습니다. 그래, 당신들에겐 장난감일 수밖에 없는 나란 사람이 얼마나 위로 올라갈 수 있는지. 그리고 당신의 턱밑에 왔을 때 움직일 생각이었습니다."

"······."

어떤 말을 할 수 있을까.

그 말이 실언이었다고 말해봤자 변명밖에 되진 않는다. 강 회장은 자신의 기억에선 잊혀진 그 말을 내뱉은 제 혀를 깨물고 싶었다.

하지만 일은 이미 틀어졌다. 결국 여기까지 와버렸다. 서하는 제 마음을 다스리지 못했고, 강 회장을 향해 칼날을 겨누었다.

"철저히 다 부숴 버릴 생각입니다. 강우는 물론이고 당신의 사랑하는 딸도 마찬가집니다."

그가 양도 계약서를 내밀지 않았다면…… 그랬다면 사직서를 내고 깔끔하게 그들의 인생에서 사라져 줬을 것이다. 그의 나머지 인생이 어찌 되었든 은초가 이태훈의 곁에서 행복하게 웃으면서, 사랑받으면서 살길 진심을 다해 바라주었을 것이다.

하지만 비뚤어져 버린 마음은 이를 막는다. 왜 멍청하게 다 접냐고, 이 남자에겐 아무것도 아닐 이 회사를 위해, 아무렇지도 않게 자신에게 내던질 이 회사를 위해 돌아가신 제 부모님을 떠올려 보라며 외친다.

"미안하다, 서하야. 그건 어쩔 수 없는……."

사과의 말에 서하가 입술을 비틀었다.

"믿으셨습니다. 회장님을 은인이라고 생각했습니다. 다시는 없을 좋은 사람이라 생각하셨습니다. 그런데 회장님께선 어떻게 하셨습니까?"

자조 섞인 말에 강 회장은 입술을 뗄 수조차 없었다. 이미 예상이라도 했다는 듯 서하는 길게 답할 시간을 주지 않은 채 말을 이었다.

"아버지에겐 그 작은 회사가 전부였습니다. ㄱ 회사가 없으면 본인도 없는 것이라고 생각했던 분입니다. 그런 분에게 소중한 회사를 빼앗으셨습니다. 그럼 그 끝이 어떻게 될 줄은 예상하고 계셨던 거 아닙니까?"

"내, 내 말 좀……."

강 회장이 가슴을 부여잡았다. 힘겹게 숨을 토해내는 모습에도 서하는 오랫동안 품고 또 품어왔던 제 확신을 말했다.

"사고가 아닙니다. 어머니와 함께 스스로 목숨을 끊으신 겁니다."

"……."

"전 왜 거두셨습니까? 알량한 양심 때문입니까?"

"아니다, 아니야. 그것이……."

거칠게 고개를 저은 강 회장은 서하에게 제 진심을 전하려 했다.

처음엔 어쩜 양심 때문이었는지도 모른다. 어린아이에게 부모를 빼앗았다는 죄책감에 서하를 후원해 주었다. 하지만 스무 살이 되어 장성한 그를 집 안으로 들인 것은 전혀 다른 마음이었다.

아들이라고 생각했다. 피붙이라고 생각했다. 가족이 적은 그에게 신이 주신 선물은 아닐까, 생각도 했었다. 그러한 생각을 품으며 서하를 곁에 뒀다. 그리고 지금에 와선 모든 것을 주려 한다.

하지만 서하는 그렇게 받아들이지 않았다.

알량한 양심.

그것이 전부라 말하고 있었다.

"일곱 살짜리 어린아이에게 부모를 한꺼번에 빼앗아가셔선 안 되는 거였습니다! 그 아이에겐 부모가 전부였습니다!"

그래, 그럴 만도 했다. 일곱 살 아이가 받았을 충격. 홀로 세상에 내던져졌다는 좌절감을 안았을 것이다. 어린 시절, 뿌리 깊게 박힌 생각은 성인이 되어서도 쉽게 변하지 않았을지도 모른다.

강 회장은 반대로 자신이 서하였다면 어떠했을까, 생각해 보았다. 그리고 서하와 다를 바 없는 생각을 할 것 같다는 결론을 내렸다.

그렇게 강 회장은 서하를 이해하려 노력했다. 이 아이가 품었을 끔찍한 고통을 떠안으려 노력했다. 하지만 곧이어 들려온 악기 찬 목소리에 머릿속은 새하얗게 비어갔다.

"저도 강 회장님의 소중한 딸에게 가르쳐 줄 생각입니다. 세상의 전부를 빼앗기는 기분이 어떤지. 다행히 강은초는 제가 세상의 전부인 듯하니까요."

은초. 사랑하는 딸, 강은초.

그 이름이 나오자 강 회장이 자리에서 벌떡 일어났다.

"아, 안 돼……."

"뭐가 말입니까?"

"안 된다. 안 돼!"

은초는 안 된다며 강 회장이 소리쳤다. 그리고 순간 방금 전부터 삐그덕거리던 심장이 비명을 내지른다.

휘청.

커다란 몸이 흔들렸다. 최근 병환으로 인해 야위었다고 하더라도 강 회장은 풍채가 좋은 남자였다. 거구의 남자가 순간 심상을 붙잡고 허물어지자 서하가 고개를 숙였다.

눈물이 아래로 떨어졌다.

"압니다, 그러면 안 되는 거. 그래선 안 됐었던 거……."

끝까지 그녀를 밀어내야 했다. 그녀에게 체온을 나눠 받는 일 따위 해선 안 되는 것이었다. 그 순간 자신의 계획이 모두 어그러 졌으니까.

"흐윽."

그의 입에서 흐느낌이 터져 나왔다. 손을 들어 손바닥으로 거칠 게 눈물을 닦는 그는 무척 슬퍼 보였다.

이렇게도, 저렇게도 하지 못하는 마음.

갈피를 잡지 못한 채 부유하는 마음.

그 마음은 결국 강 회장 앞에 무릎을 꿇린다.

털썩.

무릎이 아작 날 정도로 온몸에 힘을 풀고 무릎을 꿇은 그가 천 천히 강 회장을 향해 손을 뻗는다. 그의 손이 닿은 곳은 강 회장의 가슴 위였다. 양손을 겹친 그가 온몸의 체중을 실어 강 회장의 가 슴을 눌렀다.

하나, 둘, 셋, 넷, 다섯, 여섯, 일곱, 여덟, 아홉, 열! 둘, 둘, 셋…….

소리 내지 않은 소리가 그의 입술을 통해 흘러나왔다. 하지만 멈춰 버린 심장은 다시 뛸 생각을 하지 않았다.

뜨거운 눈물이 얼굴을 타고 강 회장의 뺨 위에 후두둑 떨어진다.

"젠장!"

거칠게 소리 지르는 그 순간에도.

겹치고 있던 손바닥을 푼 그가 주먹을 쥐어 가슴을 내려친 그가 고개를 숙여 호흡을 할 때였다.

"하아……."

힘겹게 터져 나온 숨소리에 강우가 붉어진 눈망울로 외쳤다.

"밖에 사람 없어요!"

비명처럼 내지르는 소리에도 밖에선 아무런 인기척도 들려오지 않았다. 그가 울음이 가득한 목소리로 비명을 내질렀다.

"아주머니! 아주머니!!"

고함 소리에 문이 벌컥 열렸다. 미령댁이 아닌 김 비서였다.

"이, 이게 무슨……."

바닥에 누워 있는 강 회장을 본 김 비서의 얼굴에 핏기가 가셨다.

"119, 119 좀……."

그의 눈에서 눈물이 소낙비처럼 쏟아지고 있었다.

우수수수…….

◈

중환자실 복도 앞.

서늘한 정적만이 내려앉은 이곳에 은초가 말없이 앉아 있었다. 얼굴 가득 눈물자국을 지우지 못한 채 한참을 앉아 있는 그녀의 어깨가 잘게 떨린다.

그 모습을 멀리서 바라보고 있던 태훈이 안도의 한숨을 내쉬었다. 손목시계를 확인한 후 그녀에게 다가갔다.

은초의 앞에서 쪼그리고 앉아 은초의 얼굴을 올려다보던 그가 입가에 희미한 웃음을 지었다.

"미안해요, 늦어서."

그의 말에 은초가 고개를 저었다. 그가 미안해할 일이 아니라는 듯이.

구미 공장 시찰 때문에 지방에 가 있었던 태훈은 은초의 소식을 듣자마자 서둘러 일을 정리하고 서울로 올라왔다. 하지만 곧 있을 결혼식과 그 후에 장기간 자리를 비워야 함에 그가 시찰해야 할 공장이 한두 군데가 아니었다.

결국 해가 지고 강 회장의 수술이 끝나고 한참 뒤에야 병원에 올 수 있었다.

약혼자라면, 그녀가 자신을 약혼자라고 생각해 줬다면 그녀는 화를 냈을 것이다. 울음을 참으며 말간 눈으로 보는 대신 품으로 뛰어들었겠지.

태훈은 그녀와 자신의 거리를 보았다. 무릎 위에 가지런히 올려진 손. 고개를 앞으로 조금 빼내어 울고 있는 모습에서 그는 치기 어린 마음이 들어 잠시 호흡을 골라야 했다.

　"괜찮아요. 곧 깨어나실 거예요."

　"하지만…… 하지만……."

　은초가 흔들리는 눈망울로 태훈을 보았다. 희미하게 이어져 나오는 음성은 눈물로 가득했다.

　"다 저 때문인 것 같아요. 결혼식 때문에 수술만 안 늦췄어도, 아니, 병원에만 계셨어도……."

　중환자실 앞, 의자에 앉아 있는 은초가 처량하게 눈물을 쏟는다. 그녀의 얼굴엔 아버지에 대한 죄책감으로 가득했고, 그녀를 바라보는 태훈의 얼굴 역시 이와 다르지 않았다.

　손을 뻗어도 될까. 당신에게 내 손길이 닿아도 될까.

　그는 힘주어 주먹을 쥐고 있던 손에 힘을 풀었다.

　그녀의 눈물을 닦아주고 싶었다. 가슴이 갈기갈기 찢겨져 나가는 것 같은 기분에 그는 힘들게 팔을 들어 그녀의 뺨을 조심스레 쓰다듬는다. 그리고 순간 깨닫는다.

　그래, 처음부터 당신과 나는 만나지 않는 것이 좋았을 텐데.

　그렇다면 이런 기분이 들지 않았을 텐데.

　하지만 어떻게 하겠는가. 이미 만났고, 닿았다. 그렇다면 그가 선택할 수 있는 것은 별로 많지 않았다.

"수술은 성공적이라고 하잖아요. 좀 더 기다려 봐요. 이렇게 초조해하지 말고."

어느새 진심이 되어버린 마음. 의미 없이 흘려보낸 시간이라 느껴왔던 순간순간마다 마음이 겹겹이 쌓였다. 그리고 그 마음은 이젠 덜어내려 해도, 지워 버리려 해도, 그렇게 할 수 없는 상태가 되어버렸다.

"오늘은 집에 들어가서 쉬어요."

고개를 절레절레 젓는 은초의 모습에 그가 눈가를 늘여 웃었다.

이렇게 고집 세고, 프라이드가 강한 여자를 사랑하게 되어버렸다. 그것도 아주 많이.

누구나 저의 마음이 더 크다 생각한다. 그러나 태훈은 알고 있었다. 이 여자의 마음속에 있는 감정이 자신의 것보다 더 크다는 것을. 김서하를 향하는 눈길과 손길, 마음이 더 빠르다는 것을.

따스하게 그녀의 뺨을 쓰다듬으며 태훈은 밖으로 비어져 나오려는 마음을 애써 감춘 채 말을 이었다.

"강 회장님이 저렇게 되셨으니 은초 씨가 힘을 내야죠."

"그럼⋯⋯."

은초의 눈망울이 불안함에 떨린다. 그가 지금 하고자 하는 말이 무엇인지 깨달았다는 듯이.

두려움이 가득한 얼굴을 보던 그가 천천히 고개를 끄덕였다.

"사람들이 많은 동요가 있을 거예요. 지금 은초 씨가 해야 할 일은 강우를 지키는 일이에요."

세상은 시끄러워질 것이다. 대한민국에서 한강의 기적을 이루고, 경제성장에 이바지한 강 회장의 소식을 듣고서. 그리고 강우는 흔들리게 될 것이다. 수장을 잃고서.

아직 강 회장이 완벽하게 떠날 준비는 되어 있지 않았다. 회사를 그나마 지탱하던 것은 서하였다. 그런 서하가 어떻게 나올 줄 몰랐으니, 그에 대한 문제를 대비해야 한다.

"제가 무엇을 할 수 있을까요. 잘 모르겠어요……."

"우선은 은초 씨가 이러고 있으면 강 회장님의 마음도 편치 않을 거 아니에요. 집에 가서 쉬고, 내일 다시 나와요. 아니, 내일은 제가 데리러 갈게요."

"네."

몸을 일으킨 태훈은 그녀가 일어날 수 있도록 부축해 주었다. 두 사람이 마주 선다. 그녀를 내려다보던 그가 조심스러운 어조로 말했다.

"그리고 추후 상황을 보고 우리 문제도 결정합시다."

"우리 문제요……?"

그녀의 머릿속엔 3일 뒤가 본인의 결혼식이란 사실도 잊고 있는 듯했다. 큰일을 겪었으니 그럴 만도 했다. 아니, 그는 그렇게 생각하려 노력했다.

"강 회장님이 저렇게 되셨는데, 예정대로 식을 올릴 수는 없잖아요."

그의 말에 은초가 멈칫하더니 이내 천천히 고개를 끄덕인다. 그리고 그의 손에 이끌려 병원을 벗어났다.

약 냄새가 온몸이 그득 배인 것 같은 기분이 들었다. 그녀가 탄 차가 빠르게 길 위를 달리는 것을 보던 그가 몸을 돌리며 머리를 쓸어 올리려 할 때였다. 그의 몸이 멈칫 굳어졌다.

병원 옆, 벤치에 있는 남자가 눈에 들어왔다. 넋을 빼놓고 앉아 있는 남자는 태훈 또한 잘 알고 있는 인물이었다.

외투도 입지 않은 채 겨울바람을 온전히 맞고 있는 그를 보던 태훈이 거칠게 걸음을 옮겼다.

감정의 동요를 보일 것만 같았다. 세상에 태어나 '감정'이란 CEO에게 필요 없는 것이라 배웠을 때부터 웃는 얼굴로 사람들을 잘 대하던 그였음에도 서하의 얼굴을 보자 말할 수 없는 화가 가슴을 치고 올라왔다.

늘 예의 바른 몸짓으로 사람을 대하던 그때와 달랐다. 태훈은 서하의 앞에 멈춰 선 후 자신을 향해 천천히 들리는 고개를 보았다.

텅 빈 눈동자에 그득 차오른 슬픔을 보았다. 얼마나 운 것인지 눈가가 부어 있었다.

매끄럽고 날렵한 모습이었던 서하는 없었다. 지금 태훈의 눈앞에 있는 그는 참 낯선 모습이었다.

이 모습을 은초가 보지 않아 다행이다.

태훈은 지금 이 순간에도 그러한 생각을 해버렸다.

"왜 살리셨습니까? 그대로 두었다면 복수는 완벽하게 성공했을지도 모르는데."

태훈은 스스로도 참 이기적이라 생각하며 그렇게 물었다. 서하의 동공이 조금 커지더니 이내 입술을 통해 웃음이 비어져 나왔다.

피식.

마치 바람이 빠진 것처럼 짧게 웃음을 내뱉은 서하가 선이 예쁜 입술을 달싹였다.

"다 알고 있었습니까?"

어깨를 으쓱이는 태훈은 그에게서 무언가 확신을 얻기 위해 다시 한 번 되물었다.

"복수를 위해 은초 씨를 밀어냈던 것 아닙니까? 후에 이 모든 사실이 알려졌을 때 그녀가 상처받을 걸 생각해서."

목소리는 무감했다. 그리고 눈동자 또한 그랬다.

두 남자는 서로를 그렇게 대했다. 아무런 감정도 없다는 듯이. 속은 진창이 되어 일그러졌음에도 불구하고.

한참 태훈을 올려다보던 서하가 자리에서 일어났다. 키가 큰 두 사람의 시선이 마주한다. 묵직한 분위기와 위압감에 지나가던 사람들의 시선이 그들에게 간간이 닿았지만, 서하도 태훈도 개의치 않았다.

그저 서로의 입에서 어떠한 말이 나올까, 상대에게 어떠한 말을 해야 할까, 날카롭게 감각만 세우고 있을 뿐이다.

"그녀의 세상이 조금만 더 넓었다면…… 내 마음껏 했을 겁니다."

서하가 이야기를 시작했다. 늘 당당하게 세상과 마주하던 것과는 달리 그는 지금 조금 망설이고, 조금 더듬거리며 자신의 생각을 솔직히 태훈에게 털어놓았다.

그래, 그는 아마도 그러했으리라. 은초가 상처받아도 다시 일어날 힘을 가진 여자라면 그녀를 가졌을 것이다. 아주 잠시만이라도 내 마음대로, 내가 하고 싶은 대로. 하지만 강은초는 강하질 못했다. 견디지 못할 것이라 생각했다.

"마음을 전하고…… 함께 있고 싶다고 떼를 썼을지도 모릅니다. 조금 더 강한 사람이었다면…… 이 상황을 모두 받아들일 수 있는 사람이라면……."

하지만 그렇지 못한 사람이니 밀어냈다. 가까이 다가오지 못하도록. 강 회장과 자신 사이에 끼여 상처받는 꼴은 죽어도 보지 못할 것 같아 그녀에게 차가운 말을 쏟아냈고 마음을 아프게 할퀴었다. 그런 그녀에게 이태훈이 생긴 것이다.

서하가 고개를 들어 태훈을 보았다. 그는 이 업계에서도 아주 평판이 좋은 사람이었다. 서로 먹고 먹히는 관계 속에서 가장 높은 자리에서 고고히 아래를 내려다볼 수 있는 사람. 이 사람이면 되겠다 싶었다. 그녀의 마음이 아무리 깊고 끈질기다 하더라도 단숨에 그녀가 빠져들 것이라 생각했다. 그 사실이 못내 가슴이 아프고 견디기 힘들었지만 그래도 안심했다.

"그래서 은초가 결혼을 할 때……."

퍽!

순간 참지 못한 태훈이 거칠게 주먹을 내질렀다. 그의 주먹에 털썩 의자에 주저앉은 서하가 몸에 힘이 들어가지 않는지 움직임 없이 아래를 보았다.

그의 눈이 붉어졌다. 하지만 눈물은 흐르지 않는다. 온몸에 수분이 모두 빠져 버린 듯 그렇게 앉아만 있다.

"거기까지 하시죠?"

이를 악물며 태훈이 말했다. 마치 서하의 뜻대로 자신과 은초가 만나 결혼까지 이르게 되었다는 말에 화가 났다.

그 말이 사실이기는 하였다. 만약 김서하가 애초에 강은초의 손을 잡았다면 자신에겐 기회가 없었을지도 모른다. 아니, 애초에 그녀를 만나 이런 지질한 사랑을 하지 않아도 되었겠지.

그래서 화가 났다. 그것이 진실이니 더더욱 화가 난다.

낮은 분노를 쏟아내는 그는 짐승이 포효하는 것처럼 보였다. 하지만 서하는 이런 그를 바라보고 있지 않았다. 입술을 비틀어 삐뚜름하게 조소 짓는다.

그의 머릿속엔 온통 자신의 앞에서 허물어져 가던 강 회장의 모습만 가득할 뿐이었다. 그리고 그와 함께 보냈던 숱한 시간들.

친부모보다 더 오랜 시간을 그와 보냈다. 자신에게 사랑을 쏟아 주었고, 아버지가 살아 계시다면 이랬을까, 떠올리게 만들었다.

그는 다정한 아버지였다. 은초에게도 그리고 자신에게도.

그리고 그걸 외면했던 것은 자신이다. 강 회장의 따스함이 더할수록, 그는 더욱 모질게 마음을 품었다.

"한 대 더 쳐주시겠습니까?"

그는 내 부모님을 죽인 사람이야.

우리 부모님을 사지로 몰아넣은 사람이야.

그래서 내 인생을 시궁창에 처박은 사람이야!

나에게 괴로운 생각만 품으며 살게 만든 사람이야!

그런 사람이야! 그런 사람이라고!

연신 비명을 질렀다. 사지가 떨어져 나갈 것 같은 아픔을 느끼며 더욱 그러한 마음을 단단하게 품었다.

그렇게 좋은 사람이 왜 우리 가족에게만 그리 모질게 굴었냐며 더욱 화를 키워 나갔다.

그렇게, 그렇게 살아왔다. 모든 것에서 눈을 감은 채.

눈을 감은 서하의 속눈썹이 촉촉하게 젖어든다.

"당신…… 정말 상종도 못할 사람이라고 생각했는데 말입니다."

그 모습을 가만히 내려다보던 태훈이 고개를 옆으로 돌렸다. 서하를 바라보고 있을 수가 없었다.

"지금 와보니, 저도 당신이랑 별반 다를 것이 없군요."

태훈은 서하가 강 회장에게 복수할 날을 기다렸다. 그가 강 회장에게 위해를 가할 것 알면서도 주위 그 누구에게도 알리지 않았다. 정작 이 일을 가장 잘 알고 있어야 하는 은초에게도.

그건 사랑 때문이었다. 이 일로 강은초가 김서하를 잊게 되기를. 김서하가 강은초에게 몹쓸 짓을 하게 되어 마음이 무엇이든 간에 그녀에게 다가오지 못하기를.

그렇게 바라고 바랐다.

"저도 참 멍청한 사람입니다."

참, 멍청하게도.

모두 떠나간 자리를 서하만이 지키고 있었다. 면회 시간 이외엔 강 회장을 만날 수 없다는 것을 알면서도 서하는 어두운 병실 복도를 지켰다.

죄송합니다.

눈을 감으며 그는 그 말만 읊조렸다.

죄송합니다, 죄송합니다, 정말 죄송합니다.

몇 번이고, 몇십 번이고, 그렇게 빌고 또 빌었다.

숨을 왈칵 들이마시던 서하는 아무두 없는 준 알았던 공간에 술리는 목소리를 들으며 고개를 들었다.

"당신입니까?"

"……네."

얼마나 자신의 생각에 빠져 있었던 것인지 김 비서가 다가온 것도 몰랐다. 김 비서는 차가운 시선을 내려 서하를 쏘아보고 있었다. 냉한 기운이 뚝뚝 떨어지는 모습을 보던 서하가 희미한 웃음을 지으며 짧게 답하자 김 비서의 얼굴이 일그러졌다.

"은혜도 모르는 멍청한 치인 줄은 몰랐습니다."

"은혜…… 라."

김 비서의 말을 앵무새처럼 따라 한 서하가 눈가에 힘을 주었다. 꿈틀, 꿈틀. 울음을 참아내기 위해.

은혜라, 은혜라…….

"몰랐습니다. 그게 은혜를 갚아야 하는 일인지."

서하는 몰랐다. 그저 받기만 하면 되는 것인 줄 알았다. 그리고 자신의 마음속에 자라난 그것을 분풀이하면 되는 줄 알았다. 강 회장에게 자신은 당연히 받아낼 것이 있었으니까.

은혜를 갚아야 하는 일이었다. 그렇다면…….

"한 가지 부탁드려도 되겠습니까?"

그래, 지금이라도 갚으면 되겠지.

서하는 그렇게 자조했다. 그리고 자리에서 일어나 얼굴에 있던 모든 감정들을 지운 채 김 비서를 바라본다.

순식간에 표정을 바꾼 그의 모습을 보던 김 비서가 침을 꼴깍 삼켰다. 이런 표정을 지을 때의 서하를 몇 번이나 봐왔다. 승부수를 던질 때, 혹은…….

"양도 계약서, 파기해 주십시오. 그리고……."

그래, 지금처럼 무언가 결단을 내릴 때.

그의 입술에서 흘러나온 말에 김 비서가 놀란 듯 입을 벌렸지만 서하는 말을 멈추지 않았다.

"권한은 모두 강은초에게 주십시오."

원래 그녀의 것이었다. 모든 것들은. 강 회장의 자식이었으니 상속받는다 하여 회사 내에서 뭐라 하는 사람은 없을 것이다, 아직은.

그녀가 경영을 해본 적은 없었지만 아직 강 회장이 살아 있으니 임시방편은 될 것이다. 하지만 김 비서의 생각은 그와 다른 듯했다.

"그건 회장님의 뜻이 아닙니다."

김 비서가 딱 잘라 말했다. 하지만 서하는 그것밖에 방법이 없다는 듯 빠르게 말을 내뱉는다.

"언제까지 이 일이 비밀로 붙여질 것 같습니까? 내일이면 밖에 기자가 쫙 깔릴 겁니다. 강 회장님의 건강에 대해 주시하고 있는 자들이 많으니까요."

그의 말에 무어라 토를 달 수 있을까.

"그럼 강우는 속절없이 무너지겠죠."

어떻게 아니라고 할 수 있겠는가.

모두 옳은 말뿐이었는데.

준비 없이 물러나는 강 회장의 소식이 외부에 알려지게 된다면 강우 주식은 바닥으로 곤두박질칠 것이다. 후계자 없이 물러난다는 건 이후에 있을 모든 문제에 전혀 대비할 수 없다는 것이니까.

하지만 김 비서는 이 모든 문제를 해결할 수 있는 방법을 알고 있었다. 그리고 그건 서하 또한 알고 있으리라.

"기한그룹이라면…… 그걸 조금 늦춰줄 수 있지 않겠습니까."

기훈그룹은 완벽한 해결책이 되지 못한다.

더 완벽한 해결책은…… 서하가 강우그룹의 부사장으로 임명이 되는 것. 그리고 컨트롤 타워를 만들어 그의 아래에서 모든 일들을 해결하는 것.

이미 강 회장의 부재 때마다 그가 일을 해왔기에 문제 될 것은 없었다. 그리고 서하의 능력은 강우자동차로 인하여 사람들에게 알려진 상태다.

하지만 서하도 김 비서도 이에 대해선 언급하지 않았다. 아니, 언급할 수 없었다.

"괜찮겠습니까. 강 회장님은 모든 걸 김서하 부사장님께 넘겼습니다."

그 대신 이대로 괜찮겠냐, 물었다.

그리고 이에 대한 답은 생각보다 쉬이 흘러나온다.

"괜찮습니다."

애초에 내 것이 아니었으니까.

서하의 눈동자가 그렇게 말하는 것만 같았다.

단상 위에서 대주주들을 설득하고 있는 서하의 모습을 바라보던 은초가 치맛자락을 힘껏 붙들었다. 자신의 등 뒤로 따끔따끔한 시선들이 닿아 애써 아무렇지도 않은 척 등을 꼿꼿하게 세우고 있는 것은, 참으로 곤욕스러운 일이었다.

"지금 무엇보다 걱정하시는 강 회장님의 건강엔 이상이 없습니다. 수술은 무사히 끝났고, 오늘 새벽 의식이 깨어나셨습니다."

거짓말.

은초가 입술을 비틀어 자조했다.

강 회장은 여전히 깨어나지 못하고 있었다. 이에 담당의들은 강 회장의 체력이 워낙 좋지 않고, 나이 때문에 그런 것이라며 조금 더 기다려 보자는 말만 했다. 후에 이어질 말들은 집어삼킨 채.

아마 다음 주까지 깨어나지 못한다면…….

은초가 눈을 질끈 감았다. 그 사이에도 마이크를 통해 서하의 목소리가 들려왔다.

회사는 걱정할 것이 없다는 것. 특히 주력사업 부분인 자동차의 경우, 주식을 모두 은초에게 주었다는 것. 그래서 회사가 다른 곳으로 넘어가거나 할 일은 없다는 것. 그리고…… 기한그룹과의 결혼으로 그룹 내에서 자금문제로 인한 문제는 없을 것이라는 것.

경영은 한동안 비상경영으로 서하가 대신하겠지만 최대한 빨리 강 회장의 의중에 따라 전문 CEO를 내세울 것이라는 말들이 자장가처럼 들려왔다.

은초의 속눈썹이 파르르 떨렸다.

강 회장과 마지막까지 있었던 것이 서하라는 사실을 김 비서를 통해 들었다. 그 둘이 어떠한 대화를 나누었는지는 모르나, 강 회장은 그와 이야기를 나눈 후 쇼크로 쓰러졌다.

나약했던 심장이 견디지 못한 것일까, 아니면 서하와의 대화가 문제였던 것일까.

은초는 묻지 않았다. 물어보면 왠지 두 사람 모두를 잃을 것 같았으니까.

"앞으로 무슨 일이 생기든 간에, 미워하면 안 된다."

강 회장이 수술을 받겠다고 말했던 날 은초에게 부탁했던 말이 떠올랐다.

자신에게 무슨 일이 생기든 간에 미워하지 말라던. 약속해 달라고 했었다. 미움만 가득 채운 채 살지 말라고. 그 부탁에 은초는 무슨 일인지 말해주지 않으면 약속하지 않겠다고 답했다. 그때 강 회장이 무엇이라 말했던가.

"나에게 무슨 일이 생긴다면 그건 모두 나의 업보다. 그러니까 너무 마음 쓰지 마라."

"그러지 않으면요?"

"너도 그 아이처럼 불행하게 살겠지."

"그 아이……?"

그 아이는 김서하였다.

은초는 굳이 강 회장에게 묻지 않았으나, 그간의 분위기로 행동으로 상황으로 그렇게 결론을 내렸다.

그렇다면 아버지의 심장이 나약해 버티지 못한 것이 아닌, 두 사람 사이에 문제가 있다는 것을 뜻한다.

서하를 바라보는 은초의 눈동자가 떨린다. 이제야 그가 가끔 자신을 보며 애달파 굴었던 것들도 파노라마처럼 눈앞을 지나기 시작한다.

두 사람 사이엔 분명 무슨 일이 있었을 것이다. 은초에게 말하지 못하는. 갑자기 자신이 바보처럼 느껴졌다

서하는 자신이 가진 주식을 은초에게 모두 주었다. 그리고 그녀에게 힘을 실어준다. 강우그룹을 모두 그녀의 밑에 두었다. 후에 강 회장이 깨어났을 때를 대비하여. 그리고 그게 아니더라도 강우그룹의 최대주주로 은초가 남길 바라며 그는 모든 힘을 동원했다.

그는 왜, 자신에게 모든 것을 주는 것일까.

은초는 곰곰이 생각해 보았다.

두 사람 사이에 있는 일은 분명 좋지 못한 일일 것이다. 강 회장의 눈동자가 죄책감으로 가득했으니까. 그런데 그는 왜…… 왜…….

요즘 들어 은초는 계속해 'Why'만 떠올리고 있었다. 김서하의 생각을 알지 못해서.

그녀의 생각이 다른 곳을 향하는 동안, 긴급 주주총회가 끝나고 사람들이 썰물처럼 빠져나갔다. 하지만 가장 앞자리에 앉아 있는 은초는 여전히 넋을 빼놓은 채 꼼짝도 하지 않는다.

그녀에게 다가간 서하가 말없이 손수건을 내밀었다. 멀뚱히 천조각을 바라보던 은초가 말없이 손을 들어 제 뺨을 더듬었다. 어느새 울고 있었나 보다.

그 모습을 무감한 시선으로 바라보던 서하가 입술을 달싹였다.

"예정대로 넌 결혼하면 돼."

"……."

"그 남자 품에 숨으면 돼."

그의 목소리에서 왜 고통이 느껴질까.

왜…… 왜…….

"견디지 마. 회피해. 그리고……."

그가 미처 말을 끝맺지 못하고 입을 다물었다.

시선을 든 은초는 그가 미처 내뱉지 못한 말을 알아차리곤 눈물을 쏟았다.

행복해.

짧은 말은 머릿속만 맴돈다.

❖

정신이 툭 하고 빠질 것처럼 새하얀 방 안엔 무거운 침묵만이 내려앉아 있었다. 은초는 철제 침대에 누워 산소 호흡기에 의지해 겨우 생명을 연명해 나가고 있는 강 회장의 모습을 슬픈 눈동자로 바라보고 있었다.

순수한 빛깔은 거짓 하나 없었으며, 미래에 대한 걱정 따윈 없이 점점 생명이 꺼져 가는 제 아비의 모습에 눈물이라도 툭 떨어뜨릴 것만 같았다.

"아버지……."

그녀가 파르르 떨리는 입술을 악물며 슬픔을 참았다. 그리고 힘없이 늘어져 있는 손을 붙잡으며 눈을 감았다.

"이제 그만 좀 주무시지. 아버지가 계속 주무시니까 제가 불안하잖아요."

눈에서 눈물을 툭 떨어뜨릴 것처럼 불안한 눈으로 강 회장을 바라보던 은초의 눈에서 결국 무게를 이기지 못한 눈물이 아래로 툭 떨어졌다.

툭, 투둑. 투두두둑.

급격히 속도를 더해가며 떨어지는 눈물을 주체할 수 없어질 무렵, 문이 열리더니 깔끔한 슈트 차림의 태훈이 안으로 들어왔다. 그는 어깨를 축 늘어뜨린 채 강 회장의 손을 힘껏 쥐고 있는 은초의 뒷모습을 잠시 바라보더니 이내 걸음을 옮겼다. 작은 어깨에 손을 얹은 태훈이 고저 없는 목소리로 말했다.

"괜찮으실 거예요."

"정말, 정말 괜찮으실까요?"

"네. 그런데 은초 씨가 식사도 거른 채 계속 이러고 있는 걸 아시면 슬퍼하실 겁니다."

날카로웠던 인상이 순식간에 부드러워졌다. 커다란 손으로 어깨를 힘주어 잡은 태훈이 은초를 자리에서 부드럽게 일으켰다.

"들어가서 이만 쉬세요."

"아니, 난 여기……."

은초가 고개를 저으며 거부 의사를 밝힐 때였다.

문이 열리더니 서하가 병실 안으로 들어섰다. 그는 여전히 주주 총회 때 입었던 슈트를 그대로 입고 있었다.

늘 단정하게 빗어 넘겼던 머리카락이 오늘은 조금 흐트러져 있었다.

"이 사장님 말씀대로 하세요, 아가씨. 여긴 제가 지키겠습니다."

그가 묘하게 각을 세웠다. 하지만 입가에 맺혀 있는 웃음은 그렇지 못했다.

요즘 제대로 먹지도, 자지도 못하는 그는 많이 야윈 상태였다. 하지만 표정만은 편안하다. 도대체 무엇이 그를 이토록 바꿔놓았을까. 은초는 알 수가 없어서 한동안 그의 모습만 올려다보았다. 그건 뒤에 있던 태훈 또한 마찬가지다.

"곧 두 분의 결혼식이 아닙니까."

고저 없이 흘러나온 목소리에 은초의 어깨가 움찔 떨렸다.

그래, 내일이면 두 사람의 결혼식이다. 예정대로 식을 치러야 했으니까.

서하는 끝끝내 그녀를 태훈에게 보냈다. 타의가 아닌 자의로. 그녀가 행복할 수 있는 자리는 그 자리라 생각하며.

자리에서 벌떡 일어난 그녀가 태훈을 바라보며 손을 내밀었다.

"조금 어지럽네요. 부축해 주실래요?"

은초가 내민 팔을 바라보던 태훈이 고개를 끄덕였다.

"기꺼이."

꼭 붙어 밖으로 나가는 두 사람의 모습을 가만히 보던 서하는 등 뒤에서 문이 닫히는 소리가 들리자 안도의 한숨을 내뱉었다. 가만히 그 자리에 서서 주먹을 움켜쥔 그는 마음이 안정될 때까진 움직이지 않은 채로 강 회장을 바라본다.

파리해진 안색으로 누워 있는 그를 보는 것만으로도 격랑은 빠르게 갈무리되어 간다.

천천히 걸음을 옮긴 서하가 그의 곁에 섰다.

째깍째깍, 벽에 걸어놓은 시계가 움직이는 소리가 들린다. 그래, 지금 이 순간에도 시간은 흐르고 있었다. 걷잡을 수 없이. 멈춰 버렸으면 하지만, 그의 뜻대로 될 리가 없다.

한참 말없이 서 있던 서하가 천천히 입술을 달싹였다.

"제 탓입니다."

그의 음성에 가만히 놓여 있던 주름진 손이 꿈틀 움직였다. 그리고 곧이어 강 회장이 무거운 눈꺼풀을 들어 올렸다.

그 모습을 바라보던 서하의 눈가에 눈물이 맺혔다.

다행이다.

참 다행이야.

서하는 그 순간 안도를 느꼈다.

힘없이 고개를 끄덕이던 강 회장이 입꼬리를 말아 올려 웃었다.

이런 순간에도 그는 웃어주었다, 자신에게.

"……죄송, 합니다."

툭, 투둑.

결국 감정이 차고 넘쳐흐른다.

9. 이것도 사랑이라 할 수 있나

파리한 안색으로 눈을 뜨는 강 회장을 보며 은초는 안도의 눈물을 쏟았다. 주치의는 한동안 몸을 움직이는 것은 힘들 것이라 말했지만 목숨을 구한 것만으로도 다행이라고 했다.

강 회장의 목숨을 위협하던 좁은 혈관은 스텐트 시술로 늘려놓았고, 약한 혈관의 경우엔 혈관우회로술로 다른 길을 내놓았다 했다.

이젠 안심해도 된다는 말에 그녀는 한참이고 감사하다는 말만을 했다. 유일한 가족을 살려주었으니 백번 감사의 인사를 올려도 모자랄 정도였다.

은초는 자신과 눈이 마주치자 근육을 움직여 희미하게 웃는 강 회장을 보며 운을 뗐다.

"괜찮으세요?"

끄덕끄덕.

말할 힘도 없다는 듯 고갯짓을 하는 그를 보며 은초가 입가에 희미하게 웃음 지었다.

"쓰러지셨어요. 수술 받으셨고. 이제 안심해도 된대요."

그 말에 강 회장이 침을 꼴깍 삼켰다. 천천히 열렸다 닫히는 눈 꺼풀을 보던 은초가 고개를 끄덕인다.

"아버지가 쓰러지는 동안 많은 일이 있었어요. 서하 오빠가 아니었으면 지금쯤 난리가 났을 거야."

그 말에 강 회장의 눈망울이 흔들렸다. 금세 눈물이 차오르는 것을 보던 은초가 손을 뻗어 주름진 눈가를 닦아주며 말을 이었다.

"내일 제 결혼식이에요. 아버지 손 붙잡고 못 들어가는 건 아쉽지만 미룰 수가 없었어요. 정말 많은 일이 있었거든요. 주주들은 아버지를 많이 좋아하고 믿었나 봐요. 아버지가 쓰러지시니까 다들 그룹이 어떻게 되는 것 아니냐며 난리도 아니었어."

"……."

"아버지, 그런 표정 짓지 마세요. 어쩔 수 없는 일이잖아요."

은초의 손을 직접 태훈에게 전해주지 못하는 것이 아쉬운지, 눈물이 더욱 진해진다.

그 모습을 가만히 보던 은초가 입가에 미소를 머금었다. 하고 싶은 말이 많았다, 참으로. 그리고 묻고 싶은 것도 많다.

"그리고 어쩔 수 없는 일이 또 있죠?"

그녀의 물음에 강 회장의 시선이 아래로 떨어졌다.

그 모습을 보니 이제 확신이 선다. 강 회장이 서하에게 몹쓸 짓을 했다는 것을.

예전에 은초는 자신의 마음을 이해할 수 없었다. 서하를 향한 제 마음이 사랑인지도 의심스러웠다.

그에게 많은 것을 안겨주었다. 그래서 자신의 곁을 떠나가지 못하도록 만들었다. 돈도, 명예도 주었다. 그리고 강 회장에게 늘 속삭였다.

오빠는 참 능력 있는 사람이에요. 믿을 만한 사람이야. 그러니까 그에게 더 많은 것을 주세요, 라고.

하지만 뒤론 다른 생각을 했다.

그것을 줘야 오빠가 내 곁에 있을 거야.

맹목적이었던 20대 초반엔 자신의 마음이 삐뚤어졌다는 것도 알지 못했다.

그렇게 프랑스로 향했다. 그곳에서 이곳저곳 돌아다니며 언론을 통해 그의 얼굴을 보며 은초는 끊임없이 물었다.

오빠, 내가 하는 게 사랑이야?

이것도 사랑인 거야?

사랑이 뭐 이래?

왜 이렇게 힘들어?

왜 이렇게 아파?

그가 답을 해줄 리 없었음에도 은초는 묻고 또 물었다. 그리고 스스로가 참 징그럽다고 느껴졌다. 그는 자신에게 아무것도 주지 않는데 맹목적인 마음만 품고 있는 자신이 참 못나 보였다. 그런데 이제 알게 된 것이다.

서하는 자신을 미워하지 않았다. 예전엔 그가 자신을 증오한다고 생각했던 적이 있었는데, 그것도 아니었다. 태훈과의 결혼 문제로 한국에 다시 돌아왔을 때, 그가 자신을 품었을 때, 나에게 고통을 주기 위해서 그는 그 무엇도 할 수 있다는 생각을 했었다.

그런데 아니었다. 지금 생각해 보면 서하는 여성 편력이 있는 사람도, 아무 여자나 만나는 사람도 아니었다. 그래, 문득 깨달았다. 그가 연애를 하지 않았다는 것을. 단 한 번도. 스무 살 청년이었던 그때부터.

그렇다면 당신의 마음은 무엇일까.

은초는 생각하고 또 생각하였다. 그 결론에 이르렀지만, 은초는 아직도 확신할 수가 없었다.

많은 생각이 담겨 있는 눈동자로 강 회장을 바라보던 그녀는 닫혀 있던 입술이 들썩이는 것을 빤히 보았다, 고갯짓조차 힘겨워하던 강 회장이 거친 숨결과 함께 말을 토해냈다.

"서, 하에겐……."

뚝뚝 끊긴 목소리. 그 목소리에 은초의 눈이 천천히 감겼다.

"어떤…… 말로도…… 용, 서를 구할 수 없다."

어떤 말로도…… 용서를 구할 수 없다.

그 말이 가슴을 후벼 팠다.

그래서 당신은 내가 불행했으면 좋겠다고 했구나. 왜 나만 행복하냐며 따졌구나.

"미안하구나."

여전히 강 회장은 무슨 일인지 말해주지 않았다. 그 대신 사과의 말을 건넨다.

"너, 에게도."

그에게. 그리고 나에게.

"미안, 해."

진심을 다해 그렇게 말했다.

천천히 눈을 뜬 은초가 강 회장을 보며 고개를 작게 저었다.

"아니에요."

그는 어떤지 몰랐으나 은초는 괜찮았다. 아니, 괜찮아야 했다.

"그만 말하셔도 돼요. 다 끝났으니까."

다 끝나 버렸으니까.

내일 자신은 다른 남자의 아내가 되어야 하니까.

텅 비어 있는 공간은 물건 하나 놓여 있지 않아 작은 소리도 웅웅 울렸다.

자신의 집이 이렇게 컸던가.

거실 한가운데 서서 이곳저곳을 살펴보던 그가 천천히 걸음을 옮겼다.

강 회장의 집에서 스물다섯에 나와 독립을 하였다. 은초가 프랑스로 떠나자마자 그도 본가를 나왔다. 그전부터 마련해 두어 야근이 있을 때면 잠을 자는 용도로 사용되는 곳이었지만, 그 이후 그는 완벽하게 이곳을 터전 삼았다.

자신의 계획을 실행하기 위해선 강 회장의 곁에 붙어 있는 것이 더 좋다는 것을 알았으나 그는 그렇게 하지 못했다. 은초의 체향과 그녀와의 추억으로 가득한 그곳에서 함께할 수는 없었다.

이곳에선 온통 괴로운 기억뿐이었다.

그녀를 그리워했고, 그녀를 품었으며, 그녀에게 모진 소리를 내뱉었다.

"사랑해."

"……."

"거봐. 아주 쉽게 다물게 할 수 있지."

그리고 처음으로 마지막이자 그녀에게 '사랑해', 그 다디단 말을 내뱉은 곳이기도 했다. 그녀에게 모진 상처를 주기 위해 한 말.

조금 더 다정하게 말해줄 것을 그랬나. 일이 이렇게 될 줄 알았다면, 조금 더 제 마음을 표현할 것을 그랬나.

그는 소파가 있던 자리를 보며 웃었다. 저 자리에서 그녀가 그에게 마지막 인사를 고했었다.

"알지? 나 이기적이고 충동적인 계집애라는 거. 오빠랑 그거 안 할래. 몸만 섞는 끔찍한 관계는."

은초는 충동적이지 않았다. 아주 끈기 있게 그를 사랑했고, 마음을 표현했다. 그녀를 모질고 독하게 만든 것은 그였다. 그가 그녀를 그렇게 변화시켰다. 그녀도 자신처럼 끔찍한 지옥 속에 살았으면 해서. 참…… 나쁘게 굴었다.

구두가 천천히 움직였다. 잘 닦이고 깨끗한 구두를 신고서 마지막으로 집 안을 둘러보던 그가 길을 나섰다.

오늘의 서하는 평소보단 조금 더 격식 있는 복장이었다. 슈트는 모던한 디자인이었으나 기본적인 예의는 지켜야 하는 장소에 가는 사람처럼 멀끔했다.

차에 오른 그가 시계를 확인했다.

11시 32분.

예전엔 시간이 조금 늦게 갔으면 할 때가 있었다. 흘러가는 시간도 괴롭게 느껴지던 해. 아무것도 바뀌지 않았으면서 시간만 줄창 흐른다고 생각했던 그때에.

그런데 오늘은 달랐다. 시간이 지나치게 빠르게 간다. 조금은 늦게 가주었으면 하는데. 조금은 더 늦게 '안녕'이라는 말을 했으면 하는데.

그의 차가 멈춰 선 곳은 강우호텔이었다. 강우에서 세 번째로 주력했던 호텔·외식 사업의 상징적인 곳으로, 현재에도 많은 관광객들이 찾고 있는 곳이었다.

하지만 오늘은 특별히 숙박객 손님을 적게 받고, 은초와 태훈의 결혼을 축하하기 위해 온 사람들을 위해 비워둔 상태였다.

차에서 내린 그는 많은 사람들에게 인사를 받으며 안으로 걸음을 옮겼다.

강 회장의 건강에 대해서 간간이 묻는 이들도 있었으나 그는 웃는 얼굴로 '쾌차하셨습니다.'라는 말만 앵무새처럼 내뱉었다.

그의 걸음이 향한 곳은 신부대기실이었다. 몇 분 후면 시작될 식을 기다리고 있는 신부는 아름다웠다.

두 사람의 눈이 마주하자 서하가 걸음을 멈췄다. 목부터 시작되어 길게 이어지는 드레스는 우아했다. 그 누구보다 아름다운 신부, 하지만 자신의 신부가 아니었다. 그는 단 한 번도 강은초와 함께 버진로드를 걷는 상상 따윈 해본 적이 없었다.

부케를 쥐고 있는 손에 힘이 들어가는 것을 보던 그가 천천히 걸음을 옮겼다. 그가 다가가자 자리에서 벌떡 일어난 그녀가 입술을 달싹일 때였다. 그가 부러 말을 막듯 먼저 말을 내뱉는다.

"은초야."

"……."

다정한 음성에 은초의 눈망울이 흔들린다.

이 상황이 그에게도, 그녀에게도 비극이었지만 서하는 웃고 있었다. 그 어느 때보다도 환하고 예쁘게.

그의 모습에 은초의 눈가에 눈물이 순식간에 차올랐다.

"행복해라."

툭.

그녀의 손에 들려 있던 부케가 결국 바닥으로 떨어졌다. 꽃잎 몇 개가 나뒹굴었고, 볼품없는 모습이 되어버린다.

바닥에 떨어진 부케가 제 마음처럼 느껴져 서하는 한쪽 무릎을 굽혀 주워 들었다. 느릿하고 우아한 동작에 그녀의 시선이 떨어질 줄을 모른다. 그걸 서하 또한 알고 있었으나 그는 일부러 평온을 가장하여 그녀를 다시 바라보았다.

참 지독하게 사랑했다. 인정하기까지도 오랜 시간이 걸렸다. 그 인정이란 걸 하는 순간, 오늘처럼 심장이 떨어져 나가는 것처럼 강렬한 아픔이 그의 몸을 꿰뚫었다.

그날도 오늘처럼 은초는 웨딩드레스를 입고 있었다. 아름다운 그 모습에 그는 결국 함락당했고, 모든 것들을 손에서 놓았다. 사랑도, 복수도. 그의 몸을 지탱하던 것들을 놓는 순간 그는 허물어졌다.

그는 그 사랑을 소중히 해주지 못했다. 사랑하는 여자 또한 늘 울리기만 했다. 웃게 만들고 싶다는 생각은 한 번도 해보지 못했다. 참 나쁘게도 말이다.

가슴에 스산한 바람이 불었다. 누군가가 그에게 어서 안녕을 고하라 외쳤다. 하지만 그는 인사를 건네는 대신 천천히 팔을 들어 그녀에게 부케를 내밀었다. 그리고 속삭이듯 작은 목소리로 애달피 말했다.

"웃어."

그래, 행복하게 웃었으면 한다.

그의 말에 은초의 얼굴이 일그러졌다.

그녀는 애써 웃고 있었다. 끌어 올린 입꼬리에 눈물이 연신 후두둑 떨어진다. 그 모습을 다정하게 바라보던 그가 환하게 웃었다.

"그래, 넌 역시 웃는 게 더 어울려."

"……나."

그녀가 조심스레 운을 뗐다,

나 오빠에게 묻고 싶은 것이 있어, 하고 말을 할 참이었다. 하지만 서하는 그녀의 말을 싹둑 잘라 버렸다. 듣고 싶지 않다는 듯이.

"미안하다. 늘 울려서."

그렇게 말한 그가 은초를 한참이고 바라본 후에 툭 말을 내뱉는다.

"안녕."

마지막 인사.

이것으로 지리멸렬했던 감정도 모두 끝을 내자며 그가 말했다. 하지만 은초가 한 걸음 다가와 강하게 고개를 저었다. 홀가분한 그의 표정을 보자 몸에 있던 수분이 모두 빠져나오는 것처럼 눈물이 주르륵주르륵 흘렀다.

얼굴은 이미 눈물로 엉망이었다. 마음은 진창이 되어버렸다. 은초는 망설임 없이 뒤돌아서서 신부대기실을 벗어나는 그의 모습을 멍하니 보다 말고 빠르게 걸음을 옮겼다.

사람들 사이로 섞여 사라지는 그의 뒷모습에 대고 그녀가 비명을 질렀다.

"가, 가지 마…… 가지 마…… 가지 마!"

찢어질 듯한 목소리에 사람들의 시선이 그녀에게 닿았다. 그리고 행복한 결혼식 날, 슬픔이 가득 찬 얼굴로 울고 있는 그녀의 모습을 의아한 모습으로 바라보았다.

하지만 단 한 명, 김서하만은 그녀를 보고 있지 않았다. 더욱 빠르게 걸음을 옮기는 그의 뒷모습에 대고 그녀가 다시 한 번 소리쳤다.

"가지 마, 김서하!"

웨딩드레스를 치켜든 은초가 빠르게 걸음을 옮겼다. 하지만 높은 굽 때문에 걸음을 옮기기 쉽지가 않았다. 결국 구두를 벗어 던진 그녀가 빠르게 인파들 사이로 섞여들었다.

사람들의 웅성거림이 커졌다. 이 일로 내일 찌라시엔 강우그룹 상속녀 강은초가 결혼식 날 울음을 터뜨렸다는 것이 실릴 것이 분명해 보였지만, 그 자리에 있는 그 누구도 은초를 말리지 못했다.

엉엉, 울음을 터뜨리는 그녀의 모습은 마치 어딘가 넋을 놓아버린 사람처럼 보였다.

빠르게 걸음을 옮기던 은초가 얼마 걸음을 옮기지 못하고 자리에 주저앉았다.

"나쁜 놈, 나쁜 자식……!"

거칠게 욕설을 내뱉던 은초가 허리를 숙여 웨딩드레스 자락에 얼굴을 묻었다.

인파 사이를 헤치고 나온 태훈이 서둘러 자리에 주저앉아 있는 은초의 앞에 무릎을 꿇었다. 따스한 손길에 고개를 든 은초는 태훈과 눈이 마주치자 얼굴을 종잇장처럼 일그러뜨렸다. 그의 존재를 잊고 있었다. 자신으로 인해 상처받은 남자.

웅성거림이 더욱 커졌으나 태훈은 조심스럽게 손을 들어 마스카라가 번져 엉망이 된 은초의 얼굴을 조심스레 쓰다듬었다. 예쁜 얼굴이 엉망이었다.

"결국 이럴 줄 알았다니까."

결국 이렇게 될 일이었다. 그런 관계를 고집스레 끌어온 것은 태훈, 바로 자신이었다. 누구를 탓할 수도 없다. 은초가 자신을 사랑하지 않았던 것뿐이니까. 그리고 그걸 알면서도 무리하게 결혼식을 진행했으니까.

"태훈 씨……."

울음소리가 뒤섞여 나오는 목소리에 태훈은 작게 고개를 저었다.

미안해하지 말아요. 그게 더 비참하니까.

그의 얼굴이 그렇게 말하는 것 같았다.

은초가 입술을 깨문 후 잘근잘근 씹자, 그가 조심스레 입술을 뗐다. 입술 사이로 한숨이 비어져 나온다.

"김서하 부사장, 사직서 낸 건 알고 있어요?"

"모, 몰라요. 나 아무것도 모르겠……."

"떠날 생각인 거예요, 그 사람."

"왜요?"

은초가 순진한 눈망울로 물어댔다. 참, 가슴이 아프게도.

"은초 씨, 잔인하게 그 답까지 하게 하지 말아요."

"모르겠어요, 난……. 날 싫어했단 말이야."

그렇게 말한 은초가 눈을 질끈 감았다. 속눈썹이 일그러진다. 자신의 심장처럼.

"왜 그렇게 홀가분하게 웃는 거야, 왜!"

왜 마지막에 그렇게 예쁘게 웃어주는 거냔 말이다. 도대체 왜!

은초의 모습을 가만히 보던 그는 고개를 들어 주위를 보았다. 눈치 빠른 사람들이 서둘러 결혼식을 정리하는 것이 보였다. 하지만 간간이 그들을 호기심 어린 눈으로 보는 것까진 막지 못하는 것인지 몇 번 누군가와 눈이 마주쳤다. 그도 얼굴을 잘 모르는 사람들이었다.

그래, 그렇게 잘 모르는 사람들까지 초대한 성대한 결혼식이었다. 누군가에게 보여주기 위해서. 그래, 망할 김서하에게 보여주기 위해 최대한 화려하게 준비한 결혼식.

하지만 모든 것은 허사로 돌아갔다.

"무신경한 사람이, 목표가 뚜렷한 사람이 다른 곳으로 눈을 돌릴 땐 단 한 가지의 경우뿐이에요. 은초 씨는 바보가 아니니까 이 정도로도 충분한 답이 되죠?"

"아니에요, 그럴 리가 없어요."

태훈의 표정이 굳어졌다. 계속 아니라고만 말하는 은초의 모습에.

하지만 곧이어 흘러나온 말에 그는 결국 오랫동안 침묵하고 있었던 이야기를 꺼냈다.

"그럴 리가……."

"강우자동차 전신이 미래자동차 부품이었습니다. 김서하 씨 부친 되시는 분이 운영하시는 곳이었죠."

"……."

"돌아가셨습니다. 회사를 인수한 지 얼마 되지 않아서."

그의 말에 은초의 얼굴이 일그러졌다.

이제야 왜 강 회장에게 두 사람의 관계를 묻지 못한 것인지 스스로도 이해가 되었다. 이런 말을 들을까 싶어서였다. 그래, 알고 싶지 않은 사실을 알게 될까 봐.

하지만 태훈은 거기서 말을 멈추지 않았다. 부러 그녀를 상처주는 것처럼 더 잔인한 말들만을 늘어놓았다.

"이 사실을 김서하 씨는 은초 씨가 알길 원치 않았습니다. 그런데 제가 지금 이판사판 공사판 아닙니까? 내가 그 남자 부탁 따위 들어줄 필요 없지요."

그렇게 말한 그가 웃는다.

"부친이 돌아가셨을 때 김서하 씨 나이는 고작 일곱 살이었습니다."

"일곱 살……."

은초가 멍하니 되뇌었다. 나의 일곱 살은 어땠지? 기억조차 나지 않는다. 아마 무척 행복했을 것이다. 강 회장의 보살핌 아래서.

부족함 없이 늘 웃으며 지냈을 것이다. 그래, 난 그러했겠지. 그는 그렇지 않았는데.

"은초 씨…… 전 김서하 씨가 이해가 됩니다."

"……."

"당신에게 다가가지 못한 이유."

은초가 멍하니 눈을 깜빡였다. 그런 그녀의 모습에 그가 자리에서 일어나 은초에게 손을 내민다.

"일어나요. 어서 가봐야죠."

"어딜……?"

"음침하고 못된 남자니까 아마 밖에서 기다리고 있지 않겠어요?"

그의 말에 은초의 눈동자가 커졌다. 상황과 어울리지 않게 그 모습이 귀여워 보여 태훈이 피식, 웃음을 내뱉었다.

"왜 여기까지 왔겠어요. 마지막으로 은초 씨에게 이별을 고하기 위해? 전 아니라고 생각해요. 만약 나라면…… 마지막으로 당신을 붙잡으러 왔을 거예요."

그 말이 신호탄이 되어 은초가 자리에서 벌떡 일어났다. 긴 웨딩드레스 치맛자락을 붙잡은 그녀가 힘껏 뛰어가는 뒷모습을 보던 태훈은 스스로를 향해 조소를 보냈다.

"그런데 내가 왜 이 말을 당신에게 해주었는지는 이해가 되지 않습니다. 머저리도 아니고."

비틀린 웃음을 지은 그가 몸을 일으켰다. 그리고 얼추 정리되어 가는 주위를 보았다.

저 멀리서 안절부절못하는 차 비서의 모습이 보인다. 그 모습도 이 상황과 어울리지 않게 참 귀여워 보였다.

"자, 정리해 볼까."

차에 비스듬히 몸을 기댄 채 허공을 바라보던 그가 숨을 크게 들이마셨다가 내뱉었다.

이젠 어디로 가야 하나.

그가 멍하니 눈을 깜빡이며 생각했다.

어디로 가야 할지 몰라 길을 잃은 사람처럼 한참 그 자리에 서 있던 그가 몸을 돌려 운전석 문을 열었다.

"어디든 가야겠지."

목표가 사라진 사람에게 갈 곳이 있을 리 만무했건만 우선은 이 곳부터 벗어나는 것이 좋겠다, 생각했다.

지금쯤 두 사람의 결혼식이 시작되었겠지.

은초가 많이 울긴 하였으나 솜씨 좋은 메이크업아티스트가 화장으로 또다시 예쁘게 만들어주었을 것이다.

이제 다른 남자의 여자가 된 은초. 그녀가 진심으로 행복하길 바랐다. 그래, 자신 때문에 받았던 고통도 괜찮은 그 남자 곁에서 모두 잊길 바라며 그가 운전석에 오르던 찰나였다.

"거기 서!"

뒤에서 비명처럼 높은 음이 들려온 것은.

깜짝 놀란 서하가 서서히 뒤를 돌아서자 맨발로 흙바닥을 달려온 은초가 보였다. 언뜻 웨딩드레스 자락에 튀어 있는 붉은 피를 보던 그가 미간을 구겼다.

예전부터 참 대책 없이 굴던 때가 있던 아이였다. 바로 지금처럼.

성큼성큼 걸음을 옮긴 서하가 그녀의 앞에 무릎을 꿇은 후 발을 살펴보았다.

"이 정도면 너도 멍청한 거야."

"알아."

짧은 답에 그가 고개를 들어 은초를 올려다보았다. 눈물자국은 모두 지워진 채다. 눈가가 조금 부풀어 있긴 하였지만.

은초는 자신과 눈을 마주하는 그를 보며 느릿하게 대화를 시작했다.

"아버지 일어나셨어. 여전히 몸은 불편하시지만 의사소통은 하실 수 있으셔."

그녀의 이야기를 듣던 그가 다시 고개를 숙였다. 그리고 안주머니에 있던 손수건을 꺼내 상처가 난 오른쪽 발을 감아주었다.

"어떤 말로도 용서를 구할 수는 없을 거라고 하셨어."

그의 세심한 행동을 바라보던 은초가 말을 마쳤다. 네 마음이 그에게 통하였을까? 아버지의 마음도, 그의 마음에 닿았을까? 그녀가 조심스러운 눈길로 그를 살폈지만 무감한 표정에선 아무것도 찾아낼 수가 없었다.

손으로 흙이 묻은 발을 탁탁 털어준 그가 몸을 일으켰다.

"가."

짧은 말에 은초가 거칠게 고개를 내저었다. 그 모습을 바라보는 그는 예전으로 돌아간 채였다. 차갑고 감정 없는 모습. 그 모습에 은초가 진심을 다해 말했다.

"갈 곳이 없어, 여기밖엔."

투명한 눈동자에 비친 것은 진심이었다. 그녀는 모든 것을 내던져서라도 그에게 오길 바랐다.

사랑해서? 아니, 미쳤다고 해도 좋았다. 아니, 미쳤다, 그에게. 그를 처음 마음에 담고, 그가 자신의 것이라 생각한 그 순간부터 강은초는 미쳤다. 김서하에게.

"강은초."

"아무리 생각해 봐도 내가 갈 곳이 없어."

내 마음을 향할 곳이 이곳뿐이야.

그녀의 말에 그가 눈을 질끈 감았다. 괴로움에 찌푸려진 미간을 보던 그녀가 해사하게 웃는다.

"이기적이지?"

"……."

"제멋대로지?"

그렇게 묻는 그녀는 굳이 답을 구한 것은 아니었던지 다음 말을 이었다.

"내 얼굴 보는 것도 끔찍할 거란 거 아는데……."

그래, 어쩌면 서로 괴로운 관계일지도 모른다. 서로의 존재가 끔찍할지도 모른다. 하지만 그럼에도…….

"아는데…… 난……."

당신을 포기할 수가 없어.

그렇게 생겨먹었는 걸 어떻게 해?

은초는 뒷말을 잇지 못하고 입을 꾹 다물었다. 다시 목이 메었다. 가슴이 두근거려 곧 터질 것처럼 빠르게 뛰었다. 이 순간, 그를 놓치면 모든 것이 끝이란 생각에 그녀의 간절함이 더욱 커져 간다.

"나 백수야."

그 말에 흔들렸던 은초의 눈동자가 제자리를 찾는다.

"난 학생이란 이름으로 평생 백수였는데?"

"네가 원하는 건 무엇이든 들어줄 수 없어."

"사랑이면 돼."

그래, 무엇보다 원하는 것.

그건, 그의 사랑.

그녀는 그것만을 준곧 원했다. 아주 긴 시간 동안.

"묻는 걸 깜빡했네."

짧게 말을 끊은 은초가 고개를 힘껏 들어 그를 바라보았다. 작은 움직임, 표정 변화까지 놓치지 않으려 그녀의 시선이 분주하게 그의 얼굴 위를 돌아다녔다.

"오빠…… 나 사랑해?"

와르르.

무언가가 무너지는 소리가 들린다. 그건 그의 마음에 쳐져 있던 단단한 벽인지, 아니면 순식간에 허물어진 표정에서 나온 소리인지 모른다. 하지만 은초는 순간 그런 소리를 들었다는 착각에 빠졌다.

현실을 인정하고 싶지 않다는 듯이 그의 눈이 천천히 감겼다.

"멍청하게도."

어둠 속에서 그는 그렇게 말했다.

"모든 것을 놔버릴 만큼."

그만큼 그녀를 사랑한다고.

손을 뻗어 그의 어깨를 누른 은초가 뒤꿈치를 들어 감겨 있는 그의 눈가에 입을 맞췄다.

속눈썹이 파르르 떨려 입술을 간질였지만 아주 길게 입을 맞춘 그녀가 팔을 벌려 그의 몸을 끌어안았다.

커다란 손이 제 허리를 감싸는 것을 느끼며 은초가 그의 품에서 안도의 한숨을 내뱉었다.

드디어, 잡았다.

❖

웨딩드레스를 입은 채 차에 오른 은초는 머리에 쓰고 있던 면사포를 벗어 던져 버렸다. 화려한 레이스가 촘촘하게 박혀 있는 하얀 면사포가 바닥에 떨어져 엉망으로 구겨졌으나 은초는 개의치 않았다. 아니, 오히려 웃으며 보조석에 올랐다.

빠르게 내달린 차는 국도와 고속도로를 오고 가며 멈춤 없이 달렸다. 차가 멈춰 설 때 두 사람은 입을 맞췄고, 차가 달릴 땐 손을 꼭 잡고 있었다. 간간이 눈을 맞출 때마다 두 사람은 웃었다. 홀가분하게 웃기도 했고, 기쁨에 차 웃기도 했다.

막힘없이 달리던 차는 한 시골 마을에 들어서야 멈췄다. 편의점에 들어간 그는 물티슈를 사와 은초의 얼굴을 닦아주었다. 물티슈에 묻어나는 검은 물을 보며 은초가 경악해 소리치자 그는 가볍게 웃음을 흘렸다.

"뭘 그렇게 놀라?"

그 말에 은초는 왜 진즉에 말해주지 않았냐며 그에게 소리쳤다. 이에 그는 또다시 웃음만 내뱉었다.

서하가 직접 그녀의 얼굴을 닦아준 후 낡고 허름한 가게 안으로 팔을 잡고 이끌었다. 웨딩드레스를 입고 나타난 은초의 모습에 노인은 결혼식장에서 도망쳤냐 물었지만 은초는 미소만 지을 뿐 답하진 않았다.

촌스러운 옷을 사 갈아입고 밖으로 나온 은초는 제 모습을 보며 울상을 지었다. 이게 뭐냐고 소리를 지르기도 했다. 그 모습에 서하는 커다란 손으로 그녀의 머리를 쓰다듬어 주었다.

"예뻐."

짧은 그 말에 입술을 뾰족하게 내민 은초가 칫, 하며 잇새 소리를 냈지만 입꼬리가 올라가는 것은 막을 수가 없었다.

다시 차에 오른 두 사람은 또다시 국도를 타고 아래로 내려갔다. 마치 사랑의 도피 여행을 떠나는 사람들처럼 휴대전화를 꺼놓은 채로.

그리고 두 사람이 도착한 곳은 거제였다.

커다란 섬은 대륙처럼 느껴졌다. 다리를 건너 거제에서도 가장 깊숙한 곳으로 들어간 두 사람은 절벽 위에 있는 작은 집에 도착했다.

문을 열고 안으로 들어가자마자 두 사람은 서로를 뜨겁게 끌어안았다. 서로를 상처내고 아프게 한 만큼 마음을 다독여 주고 만져 주어야 했다.

두 사람 사이에 생겨 버린 깊은 상처를 메우기 위해 더욱 뜨겁게 안고, 사랑의 밀어를 속삭여야 한다.

현관문에서 입을 맞춘 채 은초의 어깨를 붙잡은 서하가 고개를 비스듬히 기울여 좀 더 깊게 입을 맞췄다. 혀로 은초의 입을 크게 벌린 그가 안으로 공기를 불어넣었다. 후, 하고 불어넣은 숨에 은초의 눈이 질끈 감긴다.

은초가 넘어지지 않도록 허리와 어깨를 붙잡고 있는 손길에 힘이 들어간다. 욕망은 순식간에 이성을 날려 버리고 오롯이 눈앞에 있는 은초만을 보게 만들었다.

급하게 구입한 촌스러운 옷을 본 그가 살짝 웃음을 내뱉었다. 그러자 은초는 입술을 뾰족하게 내밀며 항의한다.

"뭐야, 예쁘다면서."

은초의 말에 그는 다시 한 번 낮은 웃음을 내뱉었다.

하하하.

마치 바람처럼 살랑거리는 웃음에 은초는 한참이고 넋을 빼고 그의 모습만 올려다본다.

"왜?"

그의 물음에 은초가 고개를 저었다. 그러면서 입을 통해서 흘러나온 말은,

"좋아서요."

그 한마디.

가슴을 가득 채우는 뜨거운 감정에 그가 입가에 있던 웃음을 지우며 고개를 숙였다.

비스듬히 또 한 번 내려진 입술.

늘 욕망만을 좇던 과거의 관계와는 달리, 그는 지금 은초에게 제 마음을 전하려 애를 썼다.

입술을 통해져 오는 감정을 느끼며 은초는 제 옷을 벗기는 손을 돕는다. 엉덩이를 들어 호응해 주었고, 새하얀 브래지어를 벗길 땐 작게 몸을 떨었다.

늘 스산한 바람이 불었던 가슴은 그의 입김이 닿자 사르륵 녹아 내린다. 그의 손길에 새하얀 침대에 눕는 순간에는 어깨를 바르작 바르작 떨며 곧 그가 줄 감각을 다시 한 번 떠올렸다.

실오라기 하나 걸치지 않은 새하얀 피부. 팬티만으로 검은 숲만 가려놓은 그녀는 아름다웠다. 기다란 머리도 부채처럼 펼쳐 놓은 그녀의 모습을 가만히 내려다보던 그는 하나의 의식을 치르는 사람처럼 조심스럽게 그녀의 몸 곳곳에 공기를 불어 넣었다.

목에 입을 맞추던 그가 순간 욕망을 참지 못해 이를 세운다. 날카로운 이에 그녀의 살결이 깨물려 잇자국이 남았지만, 은초는 그가 내보이는 집착을 기꺼이 받아들인다.

달콤한 숨결이 배 위에 닿자 은초의 허벅지가 파르르 떨렸다. 그리고 속옷 위로 닿는 손가락을 느끼며 눈을 질끈 감았다.

사락사락, 천과 살이 부딪히는 소리가 반복적으로 들릴수록, 은초가 가슴을 들썩이며 거친 숨을 내뱉었다.

"하아, 하아……!"

팬티가 축축하게 젖고, 여성이 뿜어내는 액 특유의 비릿한 향에 은초의 얼굴이 붉어졌다. 자신은 이미 준비를 모두 마쳤는데도 서하는 감질나게 여성 안으로 파고들지 않는다.

시선을 들어 그의 얼굴을 살피던 은초가 팔을 뻗어 단단한 뺨을 쓰다듬었다. 그 역시 욕망을 참아내듯 미간을 찌푸리고 있었다.

"오빠, 왜 참아요?"

"너 괴롭히려고."

의외의 말에 은초의 눈이 동그랗게 변했다.

"인내심이 길수록 그 후에 오는 것이 더욱 달콤하다는 것을 절실히 알고 있으니까."

우리의 관계처럼 말이야.

낮게 속삭이는 음성에 은초가 입술을 동그랗게 말았다. 그리고 팔로 너른 그의 등을 감싸 안으며 자신 쪽으로 잡아당긴다.

"그런 게 어디 있어."

이렇게 약 올리는 게 어디 있어.

은초가 연이어 항의했다. 그리고 빨리 자신의 안으로 들어와 달라며 애달픈 말을 내뱉으려 할 때였다.

손가락으로 팬티를 가른 그가 여성 안으로 손가락을 밀어 넣었다. 쫀득하게 손가락을 감싸는 여성에 그의 인내심은 점차 바닥을 드러내고 있었으나, 그는 손에 힘을 주며 그녀의 안으로 들어왔다가 나오길 반복한다.

"으응!"

강렬한 쾌감에 은초가 허리를 비틀며 신음을 토해냈다. 여성 안으로 밀고 들어오는 손가락에 은초가 허벅지를 오므리자, 커다란 손이 이를 막았다.

"왜, 왜?"

눈물이 글썽한 얼굴로 서하를 올려다보던 은초가 물음만 내뱉었다. 그녀의 거친 숨결에도 서하는 웃음만 내뱉을 뿐이었다. 그는 고통에 가까운 이 쾌감을 해소해 줄 마음이 없는 듯 보였다.

눈을 질끈 감은 은초가 입술을 짓이긴다. 자신의 은밀한 곳을 눈에 담은 채 제 손가락을 악무는 모습을 관찰하는 집요한 시선에 그녀는 눈을 질끈 감으며 그가 주는 감각만 느낄 뿐, 할 수 있는 일은 아무것도 없었다.

그의 손가락과 살이 부딪혀 외설스러운 소리를 냈다.

철썩철썩!

그 소리가 마치 창밖에서 들려오는 파도 소리와 닮았다. 거침없이 밀고 들어왔다가 나가길 반복하는 그 동작 또한 자연이 만들어 낸 파도와 다르지 않다.

천천히 손놀림으로 그녀의 몸을 달뜨게 만든 그가 액이 잔뜩 묻은 손가락을 혀로 핥았다. 여성은 이미 완벽하게 준비를 마친 뒤였고, 불끈 솟아 오른 남성 또한 서둘러 은초의 따스한 몸 안으로 들어가길 고대하고 있었다.

붉어진 얼굴로 천천히 옷을 벗어 던지는 그의 모습을 바라보던 그녀는 서하 또한 태초의 모습으로 돌아가 자신에게 다가오는 것을 보며 말없이 눈을 감았다. 이제 곧 자신의 안으로 그가 들어오겠지. 그렇게 생각하던 그녀는 남성으로 지분거려야 할 여성에 닿는 혀끝에 놀라 상체를 벌떡 일으켰다.

새하얀 허벅지를 힘껏 잡은 그가 손가락으로 검은 숲을 걷어낸 후 입술을 묻고 있었다. 뜨거운 입맞춤과 혀에 여성이 움찔거렸다. 손가락이 주던 것과는 달리 갑작스레 몰아닥치는 흥분에 은초가 소리를 지르며 허리를 비틀었으나, 무자비한 손길은 이런 반항을 순식간에 잠재워 버렸다.

"아아, 아아……! 오, 오빠!"

은초가 소리를 내지르며 고개를 내저었다.

하지만 그는 마치 맛있는 사탕을 핥듯 두 갈래로 갈라져 있는 골 사이에 고여 있는 액을 핥아 마시고, 여성 주위를 핥는다.

파르르.

새하얀 허벅지가 쾌감을 이기지 못해 떨렸고, 눈가에 눈물이 고였다. 고개가 뒤로 힘껏 들려 숨이 꼴딱꼴딱 넘어갔다. 그럴수록 그의 혀 놀림은 더욱 집요해지기만 했다.

"흐응!"

콧소리에 그의 몸이 움찔 떨리다 그녀의 몸이 한계에 부딪친 것처럼 그 또한 그러했다. 빳빳하게 일어선 남성 끝에 뿌연 물이 고여 있고, 툭 건드리기만 해도 터져 버릴 것처럼 잔뜩 화가 난 상태였다.

여성의 정점을 혀로 핥던 그가 손가락으로 여성 안을 휘저었다. 좁은 공간을 넓히며 무지막지한 남성을 받아들일 수 있도록 충분히 몸을 노곤노곤하게 만든 그가 고개를 들었다.

"너무해."

은초가 칭얼거렸다. 과거의 그보다 더욱 무자비해졌다며 그녀가 밉지 않게 눈을 흘긴다.

흥분에 젖은 얼굴로 자신을 올려다보는 모습에 팔을 뻗은 그는 다시 한 번 입을 맞추며 남성을 쥐고 여성의 벽에 살살 비볐다.

파르르!

기대감에 찬 여성이 힘껏 입을 벌렸다 다물길 반복하는 것을 느끼며 그가 천천히 남성을 밀어 넣었다.

뿌리 끝까지 남성을 밀어 넣은 그가 순간 몸에 힘을 주며 좁은 어깨에 이마를 기댔다.

으으.

낮은 신음은 짐승의 포효처럼 낮고 음습했다.

"은초야."

"으응……."

몸을 바르작바르작 떨며, 남성이 주는 만족감에 취해 있는 그녀는 아름다웠다. 손으론 연신 그를 갈구하며, 감정과 욕구를 내뱉는 그녀의 모습만으로도 사정할 것처럼 그는 잔뜩 흥분한 상태였다.

하지만 그는 초인적인 힘으로 참아내며 은초를 눈에 담고 또 담았다. 새하얀 건반처럼 아름다운 몸을 톡톡 두드리면 입술이 작게 벌어지며 달큰한 숨을 내뱉는다. 그 작은 몸짓이 그를 유혹하는 것만 같다.

진득한 시선으로 은초를 보던 그는 닫혀 있던 눈꺼풀이 천천히 열리며 자신을 바라보는 까만 눈동자에 웃었다.

"예뻐."

"……."

"정말 너 예쁘다."

그의 말에 여성이 힘껏 힘을 준다. 남성을 꽉 무는 내벽은 그의 정신을 앗아갔다.

철썩, 철썩! 찰박, 팍!

빠르게 움직이는 허릿짓에 새하얀 가슴이 눈앞에서 흔들린다. 그 모습이 마치 치마를 쥐고 사락사락 흔드는 여성의 유혹 같아 팔을 뻗어 가슴을 힘껏 움켜쥔다. 커다란 손에 가슴이 짓이겨지고, 엉망이 되었다. 손가락 사이에 정점을 끼운 그가 힘껏 비틀었다.

"으응!"

쾌감을 동반한 고통에 허리가 위로 튀어 올랐다가 아래로 내려온다. 빠른 허릿짓에 의해 사타구니가 연신 닿아 따가웠지만 그도, 그녀도 이를 제지하지 않았다.

그가 몸을 내려 은초의 몸을 끌어안았다. 서로의 땀이 뒤섞여 찐득했지만, 이는 개의치 않은 채 은초의 입술을 깊게 맞춘 그가 게슴츠레 떠진 은초의 눈을 내려다보며 웃었다.

"하아, 하악!"

그가 주는 끔찍한 쾌락에 젖어 정신을 놓은 듯 희미하게 떠진 눈을 보던 그가 고개를 내려 목덜미에 입술을 묻었다.

그의 목을 단단히 끌어안은 은초는 몸을 가득 채운 이물감에 뜨거운 신음을 토해냈다.

"오빠!"

서로의 체온은 뜨겁기만 하다. 누가 더 뜨겁게 타오르냐의 문제는 중요치 않다.

두 사람은 처음으로 사랑으로 충만한 관계를 나누며 서로의 체온을 느꼈다.

땀으로 엉망이 된 은초의 머리를 쓰다듬던 그가 힘껏 남성을 여성 안으로 밀어 넣었다.

탁! 탁!

스타카토처럼 소리가 통통 튄다.

그의 넓은 가슴에 은초의 가슴이 짓눌렸다. 심장이 마주한다.

처음으로, 뜨겁게.

두근두근, 심장박동을 느끼던 그가 천천히 눈을 감았다.

"사랑해."

"하아……."

그 말에 은초가 놀란 눈으로 서하를 보았다. 마치 자신이 잘못 들은 것은 아닌지 확인하듯 집요한 시선에 그가 다시 한 번 달콤하게 속삭였다.

"사랑해, 강은초."

"오, 오빠."

그녀가 눈물을 왈칵 쏟아냈다. 하지만 그는 이제껏 못해준 말들을 한꺼번에 해주려는 듯 다시 한 번 말했다.

"사랑한다."

새근새근.

조용한 숨소리만이 정적을 깬다.

잠이 든 은초의 모습에서 시선을 떼지 못하고 있던 서하가 조심스레 그녀의 모습을 살핀다.

자신의 허리를 꼭 끌어안고 있는 팔에서 불안감이 보인다. 마치 자신이 잠든 사이, 서하가 도망가면 어쩌나 걱정하는 모습. 그 모습을 바라보던 그가 팔을 뻗어 은초의 머리카락을 정리해 주었다. 그리고 눈빛으로 말한다,

사랑하는 은초야.

나의 사랑하는 연인아.

그리고 머리카락을 쓰다듬고 있는 팔을 내려 은초의 몸을 자신의 쪽으로 바짝 끌어당겼다. 따스한 체온에 그의 입가가 느른하게 벌어졌다. 행복함에 자꾸 웃게 된다.

그는 서서히 떠오르는 해를 보았다. 무감한 눈동자가 빛을 받아 반짝인다.

또다시 하루가 시작되었다. 예전엔 끔찍하기만 하던 그 순간이었지만 은초를 품에 안고 있는 그의 얼굴은 더 이상 괴로움에 일그러져 있지 않다. 평화로움이 가득한 눈동자는 오히려 행복함이 충만해 있었다.

동그란 어깨를 붙잡고 있던 손에 힘이 들어가자 은초의 몸이 바르작바르작 떨렸다.

"으음."

아픈 것인지 인상을 찌푸리며 칭얼거리는 모습에 그가 다른 팔로 그녀를 끌어안았다. 더욱 깊숙이 너른 품에 안긴 은초가 다시 깊숙한 잠에 빠져든 것인지 고른 숨을 내뱉었다.

다정한 눈길로 은초를 더듬던 그가 부드럽게 웃었다.

"사랑해."

낮은 어조는 진심으로 가득하다. 그 뒤로 한참이고 그녀를 바라보던 서하가 손을 뻗어 은초의 머리카락을 조심스레 쓸어 넘겨주었다.

조심스러운 손길, 그리고 천천히 달싹이는 입술. 그 입술을 통해 몇 번이고 사랑한다고 속삭이던 그가 조심스레 눈을 감는다.

이 모든 순간이 꿈만 같다. 이런 날이 올지 몰랐으니까.

꿈에만 가능하던 일들이 현실로 다가왔다. 이에 그는 아직도 자신이 꿈결에 있는 것은 아닐까 생각했다.

하지만 음성은 자신의 것이고, 이 모든 일들은 그가 그렇게도 바라왔던 미래.

은초를 바라보는 그의 눈동자가 행복으로 가득 차올랐다.

"사랑한다, 강은초."

이 말을 얼마나 하고 싶었는지 넌 모르겠지.

몇 번이나, 몇 번이나 하고 싶었는지 모르겠지.

태산처럼 쌓여 버린 마음은 너무나 높고 커서, 도저히 말로 하지 못할 만큼 가득 차 있었다.

괴로움만이 가득했던 그 관계가 끝나고, 드디어 결실을 맺은 그 순간. 그는 몇 번이고 잠든 그녀에게 사랑한다고 속삭였다.

천천히 입술을 내린 그가 그녀의 관자놀이에 입을 맞췄다.

입술에 닿는 따스함에 그는 지금 이 모든 상황을 받아들인다.

그녀가 내 곁에 있다.

웃는 모습으로 잠든 채.

그리고 이 해가 떠오른 후에도 그녀는 내 곁에 있겠지.

"행복하다."

비명이라도 지르고 싶었다.

행복하다고. 정말 행복하다고.

이제 그는 그녀만 있으면 되었다, 그는 그러한 생각을 하고 또 했다.

1o. 이것도 사랑입니다

    왁자지껄한 시장 안은 5일장을 맞이해 많은 사람들로 북적였다. 전을 부치는 사람들부터 시작해 가볍게 국수를 파는 사람들까지. 노점상이 빼곡하게 들어선 것을 호기심 어린 눈으로 보던 은초가 천천히 걸음을 옮겼다.

    그녀에게 이곳은 별천지였다. 비릿한 생선 냄새와 각종 전을 부치느라 좁은 시장골목 안을 가득 메운 기름 냄새는 평소 그녀가 맡아오던 것과는 달라 인상을 찌푸릴 법도 했다. 하지만 이러한 관경을 본 지 얼마 되지 않은 은초는 오늘도 어린아이처럼 해맑게 웃으며 이곳저곳을 기웃거렸다.

    싱싱해 보이는 채소 앞에서 고민을 하던 그녀가 이것저것 손가락질을 해 구입하고, 또 조금 걸음을 옮겨 맛있어 보이는 메밀전을 구입했다. 어디 그뿐이던가, 꿈틀꿈틀 움직이는 낙지를 쿡쿡 찌르던 그녀가 싸게 쳐준다는 말에 혹해 구입을 한 것도 빼놓을 수가 없었다.

양손이 묵직해질 정도로 장을 본 그녀는 두 사람이 오늘 이걸 모두 먹어치워야 한다는 생각은 하지도 못한 채 걸음을 옮기던 은초는 제 귀를 사로잡는 소리에 우뚝 걸음을 멈췄다.

"새댁, 오늘 물 좋은데. 저녁 찬거리로 딱이지."

걸음을 옮기던 은초가 자신도 모르게 상인 앞에서 걸음을 멈췄다. 붉은색 앞치마를 입고 있던 상인은 그녀가 호기심을 보이자 더욱 의지를 불태우며 팔딱팔딱 꼬리를 치는 물고기를 번쩍 들어 올리며 웃었다.

"우와, 그게 뭐예요?"

"우럭이유, 새댁. 지금이 딱 제철이야."

상인의 말에 은초가 고개를 끄덕였다. 우럭이라면 그녀 또한 며칠 전에 맛을 본 적이 있었다.

자신은 아무것도 못하는 무지렁이였지만 서하는 달랐다. 오랫동안 자취를 해서 그런지 웬만한 음식은 뚝딱뚝딱 만들어냈고, 거하게 차려진 식탁을 마주한 은초를 가만히 바라보았다.

"어때?"

늘 긴장이 가득한 목소리로 묻는 그의 모습이 떠올랐다.

음식을 하고, 그 후에 맛이 어떠냐 묻는 그의 모습을 보는 일은 생각보다 즐겁다. 그리고 맛있다는 말에 되돌려 주는 웃음 또한.

은초가 싱글벙글 웃으며 생선을 쿡 찔러 보았다. 생선에겐 지나치게 높은 체온 때문일까, 또다시 힘찬 꼬릿짓을 하는 것을 보던 은초는 상인의 물음에 고개를 끄덕였다.

"근데 결혼은 했지?"

"네, 했어요."

망설임 없는 대답에 상인의 시선이 그녀에 네 번째 손가락으로 향한다. 결혼을 한 부부라면 으레 나눠 껴야 할 반지는 보이지 않았다. 잠시 빼두고 왔다고 할지라도 반지 자국까지 없다는 것은 상식적으로 말도 안 됐다.

상인은 이상하다는 생각을 하면서도 굳이 이 점을 묻지 않았다. 그저 뭔가 사정이 있는 새댁이라 생각하며 수완 좋은 웃음을 지어 보일 뿐이었다.

"신랑도 좋아할 거야."

"뭘 할 수 있는데요, 그거로?"

"회도 좋고, 매운탕도 좋고. 또 탕수도 좋고."

탕수? 우럭 탕수?

은초가 눈을 동그랗게 떴다. 그리고 작게 콧소리를 내며 고민한

끝에 고개를 끄덕인다.

"음…… 손질해서 주세요."

달콤한 우럭 탕수도 좋을 것이고, 이미 한 번 맛본 매운탕도 좋으리라.

집에 가기 전까지 이에 대해선 통렬한 고민을 해보아야겠다 생각하던 은초는 상인이 활짝 웃으며 도마가 있는 선반으로 향하는 것을 눈으로 좇았다.

"회로?"

"아니요, 매운탕이 좋을 것 같아요."

고민은 짧았다. 탕수에서 매운탕으로 결정한 은초의 답에 고개를 끄덕인 상인이 빠르게 생선 손질을 시작했다.

"알았어. 잠시만 기다려요."

꼬리 쪽을 칼로 푹 찔러 피를 뺀 상인은 솜씨 좋게 손질을 시작했다. 비늘을 벗기고, 내장은 따로 모아 검은 봉지에 담은 상인은 은초가 건넨 지폐를 받은 후 고개를 끄덕였다.

"맛있게 해먹어요. 다음에 또 오고."

"네, 많이 파세요."

총총 가벼운 걸음을 옮긴 은초는 기나긴 장보기를 끝내고 지나가던 택시를 붙잡아 탔다. 그리고 그가 기다리고 있을 별장의 주소를 불러준 후 고개를 차창 밖으로 돌렸다.

사람들은 오늘도 바쁘게 움직이고 있다. 예전엔 그 모습을 심드

렁하게 바라보기만 하던 은초였지만 지금은 달랐다.

신호등 앞에서 신호가 바뀌길 기다리고 있는 여자는 유모차를 이끌고 외출을 했다. 투명한 막이 쳐져 있는 유모차 안엔 분명 아이가 잠들어 있으리라. 다섯 살 난 아이의 손을 붙잡은 채 바쁘게 걸음을 옮기는 주부의 손엔 아이의 학원 가방으로 보이는 것이 들려 있기도 했고, 이어폰을 꽂은 채 걸음을 옮기고 있는 젊은 남자는 연신 휴대전화 액정에서 시선을 떼지 못한 채 걸음을 옮기고 있었다.

평화로운 일상이 만들어낸 그들의 모습에 은초의 입술이 부드럽게 호를 그렸다. 예전엔 저곳에 섞이고 싶었던 때도 있었다. 하지만 고고한 자존심은 그걸 막았고, 그저 저들보다 높은 곳에 있으니까, 저들은 감히 상상도 못하는 어마한 부를 가지고 살고 있으니까 난 괜찮노라, 스스로 다독였었다.

그런데 지금은 어떠한가. 저들과 함께 살아가고 있다. 사람 사는 냄새가 무엇인지 알 수 있고, 사랑하는 이와 함께 보내는 시간들이 얼마나 충만하고 사람의 인생을 윤택하게 만드는지 알았다.

그건 수많은 부와 권력으로도 이룰 수 없는 것들.

은초는 자신이 가진 것을 모두 놓고 서하의 손을 잡는 순간 그토록 궁금했던 세계에 뒤섞여 살아가고 있었다.

어떤 사람들은 이런 그녀의 선택에 미쳤노라 말하기도 했다. 하지만 그녀는 오히려 그들에게 미쳤노라, 말할 수 있었다. 이 좋은 선택을 비난한다면 말이다.

빠르게 달리던 차가 익숙한 별장 앞에 멈췄다. 택시비를 내고 차에서 내린 은초는 벽돌집을 잠시 올려다본다.

이곳은 서하의 개인 별장이었다. 여름휴가 땐 꼭 이곳으로 내려와 낚시를 하거나 사색을 즐기는 아지트라고 했던 그의 말이 언뜻 떠오른다. 관리를 해주는 사람이 있어서 그런지 겨울임에도 불구하고 마당은 말끔하게 잘 손질이 되어 있었다.

처음 이곳에 도착했을 때 그녀는 왜 하필 '거제'냐고 물었다. 섬이라고 하기엔 대한민국에서 두 번째로 커서 섬보단 육지처럼 느껴졌고, 근처에 조선소가 있어 사람들로 북적이는 곳은 그저 조용한 곳에서 휴가를 즐기기엔 무리가 있었다. 그 말에 그는 웃으며 가벼운 어조로 답했다.

"서울과 가장 먼 곳이니까."

차로 이동할 수 있는 가장 먼 땅.

그의 말에 은초가 이해할 수 없다는 듯 그를 바라보자, 서하는 자신 또한 이해할 수 없다는 듯 웃었다.

"그렇게 말하며 부모님이 구입하신 곳이야."

부모님이 돌아가신 후 모든 부동산은 경매로 넘어가 처분되었다. 그리고 그 많은 것들 중 서하가 유일하게 되찾은 곳은 가족의 추억이 많은 이곳 별장뿐이라 했다.

돌로 길이 나 있는 곳을 밟고 현관으로 향하던 은초는 묵직한 양손을 난감하다는 듯 내려다보았다.

"후우."

한숨이 새어 나온다.

또 자신의 손을 보며 은초의 얼굴을 빤히 볼 그의 모습이 떠올라서.

부쩍 식사량이 늘어 살이 오른 자신의 모습을 빤히 보는 그의 눈길을 받을 때마다 은초는 괜스레 부끄러워져 뺨을 붉히곤 했다.

초인종을 누르고 안으로 들어갈까 고민하던 은초는 결국 손에 들고 있던 짐을 내려놓은 후 조심스레 문을 열었고 안으로 들어갔다. 자신의 인기척을 듣지 못한 것인지 거실에서 통화를 나누고 있는 그의 뒷모습이 눈에 들어왔다.

떡 벌어진 어깨는 안기면 포근한 느낌을 줌과 동시에 안락함을 준다. 그의 품에 있으면 그 어떠한 위험 속에서도 안전할 것만 같은 느낌.

등을 빤히 보던 은초는 그가 익숙한 누군가와 통화하고 있다는 사실을 깨닫곤 표정을 굳혔다.

"김 비서님, 저 복귀학 마을이 없습니다. 강 회장님께 그렇게 건

해주십시오."

은초의 고개가 아래로 뚝 떨어졌다. 방금 전까지만 해도 웃고 있던 입술은 굳어져 버렸다.

그녀는 서하의 통화를 통해 이제야 지금 그녀가 누리고 있는 행복이 모래 위에 지어진 아슬아슬한 성과 같은 것이라는 사실을 깨달았다.

서울엔 아직도 해결하지 못한 일들이 산적해 있었다. 거제에 온 이후론 일부러 텔레비전도 보지 않고, 인터넷도 접속하지 않았다. 지금쯤 결혼식장에서 도망 온 그녀로 인해 강 회장이 얼마나 힘들어할지, 태훈이 얼마나 곤란해하고 있을지 모두 머릿속에 그려진다.

그녀는 도망쳤다. 현실에서. 서하와 함께 있기 위해 모든 것들을 버리고 와버렸다.

가족도 회사도 의무감도.

모든 것들을 놓고 와 그녀는 웃고 있다. 저만 행복하면 되지 않느냐며 자위한다.

은초의 눈빛이 어둠을 머금었다.

"무슨 말씀을 하셔도 제 마음은 바뀌지 않습니다. 강 회장님껜…… 곧 찾아뵙겠다고 전해주십시오."

곧 찾아뵙는다.

이 행복이 얼마 남지 않았다는 뜻이다.

은초가 곧 울음을 터뜨릴 것처럼 입술을 깨물었다.

통화를 끝마친 서하가 깊은 한숨을 내뱉으며 뒤돌아섰다. 그리고 자신의 뒤에 서 있는 은초의 모습에 그가 표정을 굳혔다.

둘 사이로 잠시 침묵이 흘렀다. 무거운 침묵은 어깨를 짓누를 듯 무거웠다.

가만히 은초를 보고 있던 그가 걸음을 옮겼다. 그리고 그녀의 손에 들려 있는 짐을 빼앗아와 옆에 있던 협탁 위에 올려두었다. 그리고 작은 어깨를 끌어안아 자신의 품 안으로 잡아당기며 깊은 숨을 내뱉는다.

강은초가 상처받을 때면 어떤 위로를 건네야 할지 아직은 파악을 하지 못했다. 그녀가 좋아할 만한 것들이 머릿속에 떠오르지 않는다. 무얼 해주어야 그녀가 웃을 수 있을까. 음울한 기운을 털어낼 수 있을까. 그는 속으로 생각을 하고 또 해보아도 마땅한 답이 나오지 않아 정수리에 입을 맞췄다. 순간 그녀의 몸에 들어가 있던 힘이 느슨하게 풀어진다.

그는 그녀의 웃음을 보고 싶을 때면 늘 강압하듯 웃으라 종용했다. 그렇게 해서라도 은초의 웃음이 보고 싶을 때가 있었다. 하지만 지금은 그녀에게 그렇게 말할 수가 없었다.

그는 고개를 옆으로 돌려 정수리에 뺨을 대며 웅얼거리듯 물었다.

"이게 다 뭐야?"

그의 눈길이 검은 봉지로 향해 있다는 것을 어렴풋 느낀 은초가 힘겹게 말을 토해냈다.

"생선 물이 좋아서 사왔어."

장난스러운 어조였지만 목소리가 잔뜩 다운되어 있어서 그런지 그는 웃을 수가 없었다.

그가 한숨처럼 물었다.

"그런 말은 어디서 배운 거야?"

"아주머니가 그러던걸?"

고개를 뗀 그가 은초의 머리카락을 정돈해 주었다. 그리고 무릎을 굽혀 은초와 시선을 마주했다.

은초의 눈동자가 촉촉하게 습기를 머금고 있었다. 유리알처럼 투명한 눈을 보며 그가 힘겹게 입꼬리를 끌어 올리며 웃는다.

"뭐가 먹고 싶은데?"

"맑은 매운탕. 청양고추가 들어가서 조금 알싸한 거. 며칠 전에 해줬던 거."

음울한 표정과 달리 은초가 곧장 답했다.

그녀의 답에 그가 푸시식 웃음을 내뱉는다.

"또 그걸 먹자고?"

"난 오빠가 그렇게 음식을 잘하는지 몰랐어. 나중에 우리 돈 없으면 가게 차려요. 오빠 요리사, 나는 카운터."

무표정한 얼굴로 답하던 은초가 정말 그랬으면 좋겠다는 듯 고개를 들어 그의 모습을 보았다.

우리 서울 안 가면 안 돼?

계속 여기 있으면 안 돼?

알아, 이기적이라는 거. 나만 생각하는 일이라는 것도 알아.

하지만, 하지만…….

수많은 생각이 그녀의 얼굴에 묻어난다.

하지만 이 중 은초는 그 무엇도 꺼내지 않았다. 이 물음에 대한 답이 어떨지 너무나 빤히 상상이 되어서.

그래, 물어보면 끝일 것이다. 풍선처럼 부풀어 오른 가슴을 바늘처럼 날카로운 걸로 쿡 찔러 터질지도 모른다.

"그럼 우리 부자 될 수 있을 것 같아."

어설프게 웃음을 내뱉은 은초가 눈을 감았다. 그러자 그의 입술이 다가와 은초의 입술을 머금는다.

좋다. 그의 입술이. 그의 숨결이.

이 모든 것들을 은초는 놓치고 싶지 않았다.

함께 식사를 끝낸 후, 은초는 자신이 직접 설거지를 하겠다며 떼를 썼다. 컵 두 개, 접시 세 개. 그녀가 일주일 동안 깨먹은 살림살이다. 다행히 아무도 다치지 않았지만 위험천만한 행동에 그가 설거지를 하겠다고 나섰지만 은초는 물러서지 않았다.

"가끔 내가 아무것도 못하는 머저리처럼 느껴져요."

앞으로 이러한 삶에 익숙해져야 한다는 말이었다. 그 말에 서하는 하는 수 없이 한 발짝 뒤로 물러섰으나 연신 부엌으로 향하는 시선만큼은 어쩔 수가 없었다.

설거지가 모두 끝났는지 물소리가 잠시 멈췄다. 냉장고에서 과일을 꺼낸 은초가 종종걸음을 옮겨 싱크대로 향하는 것이 언뜻 보인다.

뽀드득, 뽀드득.

물소리와 함께 소리 내어 과일을 씻는 은초를 보던 그가 그제야 안심한 듯 소파에 등을 편히 기댔다.

그의 앞엔 은초가 가져다준 믹스커피가 놓여 있었다. 어젯밤 그녀가 커피포트를 부수고 난 후 이 집에서 마실 수 있는 커피는 봉지에 들어 있는 싸구려 커피뿐이었다. 내일이라도 외출을 해 커피포트를 사와야겠다는 생각을 하던 그가 한숨을 내뱉었다.

은초가 언제까지 이런 생활을 견딜 수 있을까. 태어나면서부터 직접 음식을 만들어 먹거나 설거지를 하는 생활과는 거리가 멀었다. 흔히들 말하는 금수저를 물고 태어난 그녀는 현재로선 이러한 삶을 호기심 어린 눈으로 바라보며 즐거워하고 있었지만, 이것 또한 잠시일 것일 것이다.

아마도 그러하겠지.

어느 누구든 집안일을 즐거워할 이는 없었다.

부엌에서 부산스럽게 움직이던 은초가 작은 접시를 들고 밖으로 나왔다. 접시를 그의 앞으로 내민 은초가 눈을 반짝이며 칭찬을 기다리는 강아지처럼 그를 바라보았다.

"잘했죠?"

그의 시선이 접시로 향했다. 반 이상을 껍질과 함께 깎아버린 것인지 사과가 반 정도로 작아져 있었다. 작아진 과일을 보던 그가 피식 웃음을 내뱉었다.

"어."

무슨 수를 쓰긴 해야 했다.

언제까지 이렇게 지낼 수는 없으니까.

"칭찬해 줘요."

그녀의 말을 들으며 그가 자동적으로 손을 내밀었다. 머리를 쓰다듬는 그는 웃고 있었으나 정신은 까마득히 먼 곳을 향해 있다.

그녀는 제 곁에 있다. 하지만 완벽하게 자신에게 매어둔 것은 맞을까?

강은초는 충동적인 행동을 한다. 가끔 어디로 튈지 모르는 돌발 행동을 하기도 했다. 그건 그녀를 알아온 수십 년 동안 익히 겪어 알고 있었다.

그래, 그녀를 내 곁에 둬야 해.

하지만 어떻게……?

그의 눈빛이 갈 곳을 잃고 정처 없이 움직였다.

❖

커다란 원목 책상 위에 올려둔 휴대전화가 웅웅 소리를 내며 몸을 떨었다. 무심한 눈길로 그것을 바라보던 그가 손을 뻗어 전화를 받았다.

벌써 일주일째 하루도 빼놓지 않고 걸려오는 전화였다. 이젠 익숙하게 전화를 받아 가볍게 넘길 법도 하지만, 그들이 전하는 이야기는 결코 무시할 것이 아니었기에 오늘도 서하는 긴장해 버린다.

[정말 돌아오지 않을 생각이십니까?]

깊은 밤에 걸려온 전화는 예의 따윈 없다. 인사를 간단하게 생략한 채 이야기를 시작하는 김 비서의 음성에 그의 웃음이 진해졌다.

돌아간다.

그래, 돌아가는 것도 하나의 방법은 될 수 있을 터다. 하지만 그가 쉬이 돌아갈 수 없는 이유는 아직도 믿음이 부족하기 때문이다.

"그 이야기는 끝낸 걸로 알고 있는데요."

고무줄을 팽팽하게 잡아당긴 것처럼 신경이 곤두섰다. 하지만 그는 평온한 표정으로 창가에 서서 어두운 바다를 바라본다.

빛 하나 없는 바다는 칠흑이다. 등대도 없어 찰랑이는 바다는 지옥으로 향하는 길처럼 무섭게 느껴진다. 무엇이든 잡아당기고 빨아들일 것만 같은 색과 울림을 바라보고 있던 그는 김 비서의 말에 인상을 굳혔다.

[회장님께서 직접 보자고 하십니다. 안 그럼 직접 내려가시겠다고.]

지난 일주일 내내 돌아오라며 회유하던 것과는 달리 오늘의 발언은 꽤 셌다. 그가 더욱 진한 웃음을 지으며 차가운 어조로 말했다.

"협박입니까?"

[아니요.]

곧이어 들려온 답에 그는 '협박처럼 들립니다.' 라고 말했다. 이에 김 비서는 오해하지 말라고 짧게 답한 후 한숨처럼 말을 이었다.

[걱정하셔서 그러시는 겁니다.]

걱정이라…….

그래, 가족이라곤 은초밖에 없는 강 회장이 아니던가. 거기에다가 차가운 말로 그의 심장을 멎게 만들었던 서하와 함께 있으니 더욱 걱정이 될 것이다.

서울로 돌아가는 것은 어쩔 수 없는 일이다. 그리고 그 후에 닥칠 일들은 무엇 하나 예상할 수가 없다. 강 회장이 어떻게 나올지도.

음습한 눈동자를 깜빡인 서하가 짧게 답했다.

"생각해 보겠습니다."

전화를 끊은 그가 어둠 속에 서 있다. 여전히 창밖을 바라보던 그가 마음속에 겹겹이 쌓이는 어둠을 몰아내려 애를 써보지만 쉽지 않았다.

가져야 한다.

그녀의 현재도 미래도.

그러기 위해선 아주 많은 것들이 필요하다.

은초에겐 사랑스러운 밀어를 속삭여 줘야 할 터다. 그리고 좀 더 확실한 매개체가 필요하다.

못 박힌 듯 그 자리에 서서 움직이지 않던 서하가 걸음을 옮겼다. 어둠에 익숙해진 눈은 사물을 뚜렷하게 구별할 정도는 되었다. 걸음을 옮긴 그가 향한 곳은 은초가 잠들어 있는 침대였다.

새근새근.

곤한 숨을 내뱉고 있는 은초를 향해 손을 뻗은 그가 입술을 더듬었다. 도톰한 입술을 어루만지던 그가 손가락을 밀어 넣어 입을 벌렸다.

혀에 손가락 끝이 닿자 몸의 체온이 오른다. 엄지손가락으로 혀를 더듬으며 고개를 내린 그가 귀밑에 콩닥콩닥 뛰는 맥박에 입을 맞추던 그가 입을 벌려 힘껏 빨아들였다.

쪽!

"으응……!"

은초가 눈을 번뜩 떴다. 그리고 자신의 몸을 핥고 빨고 맛보는 그의 모습에 깜짝 놀라 손을 뻗었다.

"오……?"

서하를 부르려던 그녀는 자신의 입술을 집어삼키는 거친 입술에 숨을 왈칵 몰아쉬었다. 거칠게 밀려오는 혀는 입안을 휘젓고 정신을 앗아갔다. 순간 충격에 머리가 띵해졌지만, 곧 닥쳐오는 쾌감에 아랫도리가 축축하게 젖어가는 것을 느낀다.

"으음!"

조금의 틈도 없이 부딪혔던 입술이 조금 떨어졌다. 오직 쾌락만을 담고 있는 그의 눈을 마주하자 그녀는 손을 뻗어 그의 등을 끌어안았다. 자연스레 그의 입술은 그녀의 인도에 따라 쇄골로 향한다.

그가 혀를 길게 빼내어 움푹하게 파여 있는 쇄골을 게걸스레 핥았다. 척추에서 시작된 쾌감이 허리를 타고 온몸으로 번져 나간다.

찌르르.

마치 전기가 통하는 것처럼 강력한 느낌에 은초가 허리를 들썩였다

이런 그녀의 상태를 잘 알고 있는 것인지 서하의 입술이 비틀린다. 무언가 일을 꾸미는 것처럼.

커다란 손이 옷을 들어 올리자 순간 차가운 공기가 몸에 닿았다.

"하아."

거친 숨을 토해낸 은초가 허리를 비틀었다. 브래지어가 들쳐지고, 정점이 꼿꼿하게 일어서는 것이 느껴진다. 그리고 그 위에 닿은 그의 시선도.

손가락 사이에 젖꼭지를 끼운 그가 옆으로 비틀었다.

"아아!"

고통은 쾌감을 동반했다. 거친 손길은 그녀의 몸을 더욱 달뜨게 만들고 새하얀 실크 팬티가 축축하게 젖어 여성을 고스란히 드러내게 만들었다.

허벅지를 벌린 그가 치마를 들치고 팬티 위를 더듬고 있었다. 갈라진 여성의 사이에 손가락을 밀어 넣은 그는 여성이 움찔움찔 떨리는 것을 느끼며 더욱 과감히 손을 움직였다.

팬티를 걷은 그가 여성 안으로 부드럽게 손가락을 밀어 넣었다. 그 순간 은초는 머릿속이 새하얗게 변하는 것을 느꼈다.

"아앙, 아아⋯⋯!"

작은 방 안은 그녀가 내지르는 소리로 가득 찬다.

은초는 집요한 그의 손이 빠르게 움직일수록 액이 튀는 소리와 함께 비릿한 정사의 냄새로 머리가 어지러울 지경이었다. 잠에서 깨어나자마자 그의 손길에 거침없이 요리를 당하는 이 순간이 꿈인지 현실인지 제대로 인지가 되지 않았다. 꿈이라기엔 너무나 현실감각이 있었고, 현실이라고 하기엔 그가 주는 쾌감은 너무나 강력해 믿기지가 않았다.

그녀의 속을 휘젓던 그의 손가락이 음을 타고 더욱 빨라졌다. 빨라진 그의 손가락을 타고 액이 아래로 흘러내렸다. 팔을 젖게 만들 만큼 엄청난 양의 액은 그를 즐겁게 만들었다. 그녀가 제 손길에 제대로 반응하고 있다는 것이니까. 액은 곧 엉덩이 골을 타고 아래로 흘러내렸고, 침대 시트를 축축하게 적신다.

"오, 오빠! 오빠!"

은초가 언성을 높였다.

"그, 그만. 그만해…… 아!"

애원과 신음성이 뒤섞여 터져 나왔다.

미칠 것 같았다. 허리를 힘껏 비틀며 제발 자신의 안으로 들어와 달라 애원하며 그를 올려다본 은초가 참지 못하고 손을 뻗어 단단한 팔목을 붙잡았다.

"그, 그만해."

"싫은데?"

"오빠!"

은초를 바라보던 그가 낮게 웃음을 내뱉었다.

"밤은 시작되지도 않았어."

그렇게 말한 그가 여성 안에 묻혀 있던 손가락을 빼낸 후 바지와 속옷을 동시에 벗어 옆으로 던졌다.

그의 말대로 밤은 이제 시작이었다.

이른 아침, 눈을 뜨자마자 은초는 따가운 사타구니와 지끈거리는 허리를 동시에 느끼며 눈을 질끈 감았다. 온몸을 몽둥이로 두들겨 맞은 것만 같았다. 몇 번이고 자신의 안에서 뜨겁게 파정하던 그의 모습을 떠올리던 그녀가 입술을 잘근잘근 씹었다.

"나빠."

은초가 웅얼거렸다. 제발 그만해 달라며 그의 품에서 몇 번을 빌었던가. 하지만 그는 마치 내일이 없는 사람처럼 그녀를 가지고 또 가졌다. 그녀의 안에 쏟아져 들어온 정액이 그대로 흘러 침대 시트를 축축하게 적시고, 두 사람의 사타구니가 붉게 변해도 개의치 않는 모습으로.

그렇게 해가 떠오르고 나서야 겨우 그의 품에서 풀려났던 것이 떠오른 은초가 손을 들어 이마를 짚었다.

"아, 머리야."

정말 무지막지한 사람이야.

처음 그와 관계를 가졌을 때, 그는 쾌락에 약한 사람인 줄만 알았다. 그런데 아니었다. 거제에 내려오고 나서 그는 그녀를 따스하게 안아주며 절대로 무리한 체위는 시도하지 않았다. 오히려 심장을 맞대고 서로의 체온을 나누는 것을 더 좋아했다.

만족스러운 관계.

사랑이 충만한 관계는 입가에 늘 행복한 웃음을 머금게 만들었다.

그런데 어제 그건 뭐란 말인가.

피임조차 하지 않은 채 무지막지하게 자신을 안고 또 안았던 그는 무자비하게 그녀를 취했다. 그녀를 극락까지 끌어 올리다가도 아프게까지 느껴지는 쾌락을 선사하며 괴롭히고 또 괴롭혔다. 그리고 결국 울음을 터뜨리고, 엉덩이를 흔들어야 겨우 그녀가 원하는 것을 쥐어주곤 하였다.

"나쁜 사람."

입술을 뾰족하게 내민 그녀가 작게 투덜거렸다. 그러다 옆에서 들려오는 목소리에 깜짝 놀라 고개를 돌린다.

"그거 나한테 하는 소리야?"

"……헉."

숨을 들이켠 그녀는 자신을 바라보고 있는 서하를 보며 어색한 웃음을 지었다.

하하하, 큰일 났다. 하하하, 이를 어쩌지?

그녀가 당혹스러운 마음에 입술을 달싹일 때였다.

"깨, 깨어 있…… 아야!"

커다란 손이 침대 속으로 파고들더니 곧장 여성을 쓰다듬고 가른다. 그리고 아차 하는 순간 자리에서 일어난 그가 허벅지 사이에 자리를 잡는 것을 보았다.

뭐, 뭐야, 설마 또?

그녀가 깜짝 놀란 얼굴로 서하를 바라볼 때였다. 입술을 휘어 매혹적으로 웃은 그가 허벅지를 힘껏 잡아당긴다. 허리가 반쯤 접혀 엉덩이가 하늘로 치켜올려지자 은초가 꽥 소리를 질렀다.

"엄마!"

비명을 내지른 그녀가 눈알을 대록대록 굴리며 서둘러 팔을 뻗었다. 그리고 그의 집요한 시선이 닿아 있는 여성을 가리려 애를 써본다. 이 모든 게 허튼 일이라는 것을 알면서도.

간단하게 그녀의 손을 치워낸 그는 제 눈앞에서 만개한 여성을 가만히 바라보았다. 긴장한 듯 힘껏 오므려졌다가 벌려지는 것을 가만히 내려다보던 그가 혀를 길게 빼내 갈라진 틈 사이에 맺혀 있는 액을 할짝여 맛보았다.

할짝!

츄르릅─

그가 할짝이고 힘껏 빨아들여도 그와 비슷한 속도로 윤활유가 뿜어져 나왔다. 아플 정도로 빨아들이는 그의 입술에 얼얼함을 느낄 법도 하건만 그것보다 더 큰 쾌감이 몸을 농락해서이리라.

"오빠!"

그녀가 기겁하며 외쳤지만, 서하는 입술로 여성을 지분거리며 맛보기 바빴다.

여성이 붉게 달아올랐다. 연신 신음을 내뱉던 은초 또한 몸에 힘이 빠져서인지 축 늘어져 있다. 입가에 묻은 액을 엄지로 닦아낸 그가 허벅지를 놓아주었다.

아랫배가 묵직해졌다.

남성은 벌써부터 그녀의 안으로 재빨리 들어가라 아우성이다.

은초의 허리를 들어 일으켜 세운 그가 몸을 돌렸다. 순간 침대에 엎드린 자세가 된 그녀를 보던 그가 입가를 비틀어 웃었다. 침대에 가슴이 찌그러지고, 은초의 눈가에 눈물이 찔끔 맺혔다.

터질 듯이 부풀어 오르는 남성을 붙잡은 그가 엉덩이를 잡아 벌렸다. 그리고 여성 안으로 힘껏 두꺼운 남성을 밀어 넣은 그가 만족스러움에 낮게 신음을 뱉었다.

"으……."

그의 혀에 몇 번이고 절정을 오갔다 온 그녀였으나 자신을 가득 채운 이물감에 높은 신음을 내질렀다. 찰박이는 소리와 함께 힘껏 자신의 안으로 밀고 들어왔다가 나가는 남성을 느끼며 눈을 질끈 감는다.

"주, 죽을 것 같아, 오빠."

강력한 쾌감에 은초가 낮게 읊조렸다. 하지만 그는 그녀의 사정 따위 봐주지 않는다

찰싹찰싹!

사타구니와 엉덩이가 부딪혀 날카로운 소리가 났다. 그와 동시에 그녀의 입에서 거친 숨소리가 터져 나왔다.

"헉, 허억……!"

중력을 이기지 못해 아래로 늘어진 가슴이 들썩였다. 거친 호흡을 내뱉는 모습을 내려다보던 그가 새하얀 등에 제 입술을 묻었다. 그리고 그 위로 자잘하게 입맞춤을 하는 그의 입가가 부드러운 호를 그리고 있었다.

멍하니 눈을 뜬 은초는 천장을 바라보며 이게 꿈이 아닐까, 잠시 생각해 보았다.

고개를 돌려 시계를 보자 시계는 어느새 두 시를 가리키고 있다. 아침 일찍 일어나 그의 품에서 또 한 번 절정을 맛본 그녀는 까무룩 기절을 해버렸다. 거친 관계는 온몸의 진을 다 빼놓았으니까.

"일어났어?"

그의 말에 은초가 입술을 뾰족하게 내밀었다.

"더 이상 무리야."

"나도 알아."

"아니, 오빠 모르는 것 같아."

그녀는 항의를 하는 와중에서 천천히 눈을 감았다가 떴다.

"온몸이 다 아파. 피곤하고."

"그래서, 싫었어?"

그의 물음에 은초가 천천히 고개를 돌려 그를 보았다.

이제 막 침대에서 일어난 그녀와 달리 그는 오늘도 완벽한 모습으로 서 있었다. 그 모습을 심통난 얼굴로 바라보던 그녀가 한숨처럼 답한다.

"그걸 지금 말이라고 하는 거야?"

그녀의 말에 그는 답을 하는 대신 고개를 내려 팅팅 부운 그녀의 입술에 쪽 하고 소리 내어 입을 맞췄다.

달콤한 입맞춤에 은초는 마음이 느른하게 풀리는 것을 느꼈다.

잠든 은초를 바라보던 그가 팔을 뻗어 축 늘어진 손을 움켜쥐었다.

그의 행동에도 깊이 잠든 은초는 깨어나지 않고 오히려 곤한 숨만 내뱉는다. 그 모습을 가만히 보고 있던 그가 은초의 네 번째 손가락을 엄지와 검지로 만져 본다.

그는 연신 고개를 갸웃거리며 심각한 표정으로 손가락을 어루만졌다. 그러다가 너무 힘을 주었을까. 힘겹게 눈꺼풀을 들어 올린 그녀가 쩌쩌 갈라지는 목소리로 물었다.

"으음…… 뭐 해?"

잠결이 가득한 모습에 그가 손을 뻗어 머리카락을 쓰다듬어 준다. 차가운 표정과는 달리 손길은 다정하고 따스했다.

"네가 언제 깨어나나 기다리고 있지."

"음…… 일어났어!"

눈을 번쩍 뜬 은초가 상체를 일으켰다. 그리고 그를 바라보며 헤헤 웃음을 내뱉는다.

"오늘은 해변에 나가볼 거라고 했지?"

얼른 씻어, 얼른.

은초가 자문자답하며 자리에서 일어나는 것을 보던 그는 작은 여체가 욕실 안으로 사라지고 나서야 고개를 옆으로 기울였다.

"새끼손가락 정도인가."

충만한 시간이 끝없이 흐르고 있었다.

그와 함께 보내는 시간은 눈물겹도록 행복했다. 함께 같은 침대에서 눈을 뜨고, 함께 식사를 준비하고, 함께 영화를 고르고 시간을 보낸다. 저녁엔 각자 책을 읽으며 조금씩 흘러가는 시간을 느끼는 이 시간들이 은초는 무척이나 마음에 들었다.

커다란 숄을 걸치고서 그와 함께 해변가로 나온 은초는 차가운 바닷바람에 코끝이 찡한 것을 느끼며 고개를 옆으로 기울였다. 따스한 품이 느껴짐과 동시에 자신의 어깨를 단단하게 감싸는 손길에 입가를 부드럽게 휘며 눈을 감았다.

"좋다."

철썩, 철썩!

파도가 치는 소리가 귓가를 가득 울린다. 이 순간이 은초는 너무나 좋았다. 삭막한 겨울 바다는 그대로의 멋이 있었고, 차가운 바람에 두 사람의 몸은 더더욱 밀착되고 있었으니까.

은초의 말에 그가 걸음을 멈췄다. 그리고 집채만 한 파도를 연신 바라보던 그가 고개를 기울여 은초의 정수리에 뺨을 기대며 말했다.

"몰디브의 해변이 더 좋지. 아니면 지중해가 더 좋을지도 모르고."

그의 눈빛은 늘 그랬던 것처럼 무감했다. 목소리 역시 고저가 없다. 하지만 은초는 더 이상 이런 그에게 상처받지 않는다. 이것이 김서하라는 것을 이젠 너무나 잘 알고 있으니까.

그의 성장 배경 때문일까. 그는 감정 표현에 서툴렀다. 그래서 세심한 손길, 사랑한다고 가끔 속삭여 주는 그 목소리에 더욱 감동하고 더욱 행복해한다.

"둘 다 좋지. 하지만 여기가 더 좋아."

바다를 바라보던 은초가 고개를 들어 그와 눈을 맞췄다. 검은 눈동자에 비친 자신의 모습에 그녀가 입을 옆으로 길게 늘어뜨리며 미소 지었다.

"오빠와 함께 있을 수 있잖아."

손을 들어 올린 그녀가 서하의 뺨을 어루만졌다.

이제 그는 내 남자였다. 나에게 사랑한다고 말해주고, 자신이 어디에 있든 간에 무엇을 하든 간에 무감한 시선 끝엔 늘 자신이 닿아 있다. 검은 눈동자에 자신이 비치는 일은 이제 익숙하다.

"앞으로 어떻게 했으면 좋겠어?"

하지만 이러한 물음은 익숙하지가 않다. 순간 은초의 표정이 얼어붙었다.

"계속 이런 생활을 할 수는 없잖아."

그렇게 말하는 그는 어색하게 웃었다.

언제까지 이런 생활을 할 수는 없다.

그 말이 그의 입에서 나오지 않길 바랐다. 불안정한 미래는 이야기하고 싶지 않다. 물론, 지독했던 과거조차도.

이곳에 온 이후로 그들은 부러 과거도 미래도 이야기하지 않았다. 강 회장이 그의 부모님에게 했던 짓도, 이로 인해 그가 강 회장에게 행했던 일들도. 그리고 은초를 차갑게 밀어냈던 일들도.

은초와 서하는 그것을 차치하고서라도 해야 할 일들이 많았다.

서로를 상처냈던 과거. 아주 오랫동안 그녀를 상처 입혔던 그. 따스하게 안아주는 것만으로도 하루 24시간이 부족했다. 함께 체온을 느끼는 것으로 하루 종일 시간을 보내도 늘 부족했다. 두 사람은 부러 살결을 부딪쳤고, 서로를 거칠게 탐닉했다. 그래야 불안한 심장은 제 속도를 되찾고, 편히 눈을 감고 잠들 수 있었다.

그런데 그가 미래를 이야기하고 있는 것이다.

굳은 얼굴로 한참이고 서하를 바라보던 은초가 얼굴을 와르륵 일그러뜨렸다. 하고 싶은 말이 많은 얼굴이었다.

내 손을 놓지 마.

그 말을 가장 먼저 하고 싶었다.

서울에 있는 머리 아픈 일들은 다 잊고, 우리 이렇게 살면 안 돼?

그다음엔 이렇게 떼를 쓰고 싶었다.

하지만 은초는 아무런 말도 내뱉지 않았다. 그저 간절한 눈동자로 그를 바라보며 애타는 심장만을 느낄 뿐.

한참 그를 올려다보던 은초가 천천히 고개를 내렸다. 무언가를 예상한 것처럼 눈망울이 흔들린다.

그것이 이별이었을까.

은초는 슬픔이 가득한 목소리로 힘겹게 말을 토해낸다.

"난 오빠의 결정에 따를 거예요."

뜨거운 입김과 함께 나온 말은 슬픔으로 인해 흔들렸다.

"난 이제 오빠가 없으면 안 되니까."

그녀의 말에 서하가 천천히 손을 뻗어 그녀의 뺨을 쓰다듬었다. 엄지손가락으로 칼바람에 붉어진 뺨을 연신 더듬던 그가 입술을 부드럽게 휘었다. 눈꼬리고깃 반달을 그린 그가 오 올 뗐다.

"은초야."

"……."

"은초야."

그의 부름에도 은초는 답할 수 없었다. 울음이 터져 나올 것 같아 입술을 악물고 있을 뿐이다.

그의 입술이 열린 것은 그 후로 한참 뒤다.

"강은초."

힘주어 그녀의 이름을 부른 그가 말을 이었다.

"서울에 다녀올게."

"서울……."

멍하니 읊조린 그녀가 입술을 잘근잘근 씹었다. 새하얗게 질린 입술을 안타까운 눈으로 더듬던 그가 엄지손가락을 입술 사이로 밀어 넣었다. 그리고 가볍게 고개를 젓는다. 네 몸을 상처내지 마, 하고.

그의 따스한 행동에 긴장이 풀려서일까. 그녀가 고개를 번쩍 들어 항의하듯 높은 음으로 말했다.

"안 돼요."

"뭐?"

불안정하게 외치는 음에 그가 되물었다. 그러자 은초는 주먹을 꼭 말아 쥐며 그의 가슴을 쿵, 하고 내려쳤다.

"아버지 만나서 나 돌려보내겠다는 말, 하면 안 된다고."

불안함이 가득한 눈망울엔 믿음 따윈 없었다. 그가 서울로 가는 것은 당연히 그녀를 되돌려 보내기 위한 일이라 생각했다.

잠시의 일탈.

둘의 관계는 단순히 그러한 것이라 그녀의 마음속 깊은 곳에서는 생각하고 있었을지도 모른다. 그래, 그러했다. 그래서 은초는 행복한 와중에도 계속 겁을 집어먹었다.

이러다가 헤어지면 어떻게 하지?

이렇게 행복한데, 지금은 이렇게 행복한데 그를 잃으면?

그 뒤에 찾아오는 괴로움은 어떻게 감내하지?

그녀는 계속 그렇게 생각하며 집요하게 자신을 괴롭혔다.

그리고 그건 그도 마찬가지다.

"그건 이제 내가 안 돼."

그의 눈동자가 불안함에 떨렸다.

힘겹게 이룬 사랑은 그 뒤에도 힘들기만 하다. 끊임없이 서로를 의심하고, 서로를 갈망하게 된다.

팔을 뻗어 동그란 어깨를 붙잡은 그가 제 품으로 은초를 끌어당겼다. 가슴에서 뜨거운 눈물이 번진다.

"나도 네가 없으면 살 수가 없어."

그의 말에 흐윽, 하며 작은 흐느낌이 들려왔다. 눈을 감은 그가 고개를 내려 그녀의 정수리에 코를 묻었다.

힘껏 숨을 들이켜 그가 그녀의 체향을 힘껏 빨아들였다. 달콤하

향내에 정신은 아득하게 멀어진다.

어떻게 손에 넣은 그녀인데. 어떻게 가지게 된 사람인데.

그 또한 쉽게 은초를 손에서 놓을 수가 없었다.

"정말이지?"

"그래."

망설임 없는 답에 은초가 고개를 끄덕였다.

"알았어. 기다릴게."

그건 마치 그에게 받아내려는 약속과도 같았고, 스스로에 대한 약속이기도 했다.

그가 잠시 자리를 비우는 동안 불안해하지 말자, 그녀는 속으로 그렇게 생각하고 또 생각했다.

이별의 아침이 밝았다.

"빨리 와야 해. 저녁 안 먹고 기다릴 거야."

"알았어."

"오빠가 올 때까지 여기서 기다릴 거야."

고집스레 말하는 은초의 머리를 쓰다듬어 준 그가 차에 오른다.

부르릉.

야속하게 시동은 너무나 쉽게 걸린다.

은초는 빠르게 떠나는 그의 차를 보며 불안함에 눈을 깜빡였다. 그리고 계속 마음속으로 다짐하고 또 다짐해 본다.

그래, 오빠도 이제 내가 없으면 안 돼.

오빠도 내가 없으면 안 돼.

"오빠 안 오면 나 여기서 한 발자국도 안 움직일 거야."

협박을 들은 당사자는 이미 떠난 지 오래였으나 은초는 한참이고 그곳에서 그리 읊조리고 또 읊조렸다.

커다란 원목 책상 앞에 앉아 있는 강 회장은 아직도 건강이 좋지 못해 안색이 파리했다. 하지만 다행히도 수술은 성공적으로 끝났고, 업무에 복귀할 수 있을 만큼의 체력은 되었다.

다행인지 불행인지 그는 회사로 돌아와야 했다. 그의 건강 문제와 겹쳐 강우와 기한의 전략적 결혼까지 깨지자 많은 주주들이 동요를 보였기 때문이다. 주식은 곤두박질쳤고, 회사는 곧 비상태세에 들어가야 했다.

퇴원한 뒤로 매일 사무실로 출퇴근을 해야 했던 강 회장은 이제야 회사가 안정이 되자 안도의 한숨을 내쉴 수 있었다. 잘못하면 공중분해 될 뻔했던 회사는 그의 임기응변에 의해 놀랍도록 빠르게 제자리를 찾고 있었다.

일이 순조로웠으니 그의 안색이 좋아질 법도 했건만, 다른 걱정으로 그는 매일 잠을 이루지 못하고 있었다. 사랑스러운 딸과 아들처럼 키웠던 서하. 두 사람은 여전히 강 회장의 걱정거리였고, 매일 그들의 동태를 살피며 보고되는 내용들을 듣고 있으면서도 마음을 놓을 수가 없었다.

빨리 매듭을 지어야 되겠어.

그렇게 생각을 하면서 강 회장은 인터폰이 울리길 기다리고 있었다.

그리고 얼마의 시간이 지나지 않아 서하가 도착했다는 연락이 오자 그는 더욱 긴장해 자리에서 벌떡 일어났다. 동요로 요동치는 표정을 서둘러 갈무리하려 애를 써보지만 쉽지가 않다.

긴장이 뚝뚝 떨어지는 표정으로 문을 바라보던 그는 똑똑 노크 소리가 들려오자 헛기침을 해 목소리를 가다듬었다.

"들어와라."

그 말이 끝남과 동시에 문이 열렸다. 그리고 늘 자신의 곁을 지키며 깔끔한 슈트를 고수했던 서하와는 180도 다른 사람이 문을 열고 안으로 들어온다.

두꺼운 코트를 입고 있는 서하는 20대 후반 정도로밖에 보이지 않았다. 깔끔한 캐주얼 차림의 그를 놀란 눈으로 바라보던 강 회장이 이내 시선을 돌려 버린다.

후우.

깊은 숨을 몰아쉰 그가 다시 고개를 들려 서하와 마주했다.

저게 저 아이의 진짜 모습일지도 모르겠다.

그래, 어쩌면 자신이 진짜 서하의 모습을 억누르고 감정을 배제한 채 살도록 만들게 한 것인지도 모른다.

걸음을 옮겨 소파로 향한 강 회장이 제 옆자리를 곁눈질하며 말했다.

"앉아라."

위압감 가득한 목소리에도 서하는 표정 변화 하나 없이 그가 가리킨 자리에 앉았다. 강 회장의 시선은 차갑게 얼어붙어 붉어진 손끝으로 향한다.

그래, 날이 많이 춥다. 더욱 거제에서 지내며 날씨 감각이 그쪽에 맞춰진 서하에게 서울의 한파는 더욱 춥게 느껴질지도 모르겠다.

"따뜻한 녹차가 좋겠다."

그의 말에 서하가 작게 고개를 끄덕인다.

여비서가 두 사람의 앞에 따스한 녹차를 가져다줄 때까지 어느 누구 하나 입술을 떼지 않았다. 무거운 침묵은 호흡마저 앗아간 것인지 작은 숨소리마저 들리지 않는다. 서하는 서하대로, 강 회장은 강 회장대로 생각에 잠겨 서로의 안색은 살피지 못한 채 시간을 흘려보낸다.

그렇게 얼마의 시간이 지났을까.

먼저 운을 뗀 것은 강 회장이었다.

"돌아와라."

가타부타 말없이 내뱉은 말에 서하의 시선이 그에게로 향한다. 눈 밑에 진 짙은 다크서클과 얼굴 면면에서 보이는 세월의 흔적에 그가 잠시 말을 잇지 못한 채 멍하니 그를 바라보았다.

그도 참 많이 늙었다. 예전의 그는 세상을 호령할 것처럼 보였는데, 지금의 그는 노인일 뿐이다.

숨을 크게 들이마신 그가 작은 목소리로 거절의 의사를 표현했다.

"……그럴 순."

이 말에 강 회장의 얼굴이 차디차게 굳는다. 그리고 그 어느 때보다 냉철한 목소리로 그에게 으름장을 놓았다.

"언제까지 소꿉놀이를 할 거냐."

그 말에 서하는 아무런 말도 할 수가 없었다.

소꿉놀이.

그래, 지금 김서하와 강은초가 하고 있는 것은 '소꿉놀이'였다.

서로의 환상에 찌들어 살고는 있었으나 미래는 보장할 수 없는 관계.

아슬아슬한 외줄 타기를 하는 것처럼 위태로운 관계는 두 사람 모두를 불안하게 만들었다.

그의 표정이 어두워지는 것을 보던 강 회장이 쐐기를 박듯 말을 이었다.

"난 내 딸 고생시키는 꼴 못 본다."

"회장님……."

서하의 음성에 강 회장의 눈빛이 일렁였다.

그는 은초만큼이나 서하 또한 아꼈다. 명석한 두뇌를 가지고 있었고, 사업을 하기에 훌륭한 마스크를 가지고 있었다. 아니, 오히려 대기업의 오너로 있기엔 아까운 마스크였다. 뭇 직원들이 회사 광고를 그가 찍으면 안 되냐고 우스갯소리를 할 정도였으니까.

많은 것을 가지고 있었다. 그래서 처음 고아원에서 서하를 보았을 때 강 회장은 이 아이가 가진 능력들을 십분 발휘할 수 있도록 많은 것들을 지원했고, 서하는 그에 응하듯 훌륭하게 제 뜻에 따라왔다.

그래서 이 아이가 품고 있는 마음이 언젠간 자신을 향해 날카로운 칼날을 겨눌 것을 알고 있었음에도 내치지 못했다. 가슴 한 켠에 묵직하게 자리한 죄책감은 그러면 안 된다고 그를 강력하게 꾸짖었다.

죄를 지었다. 그건 억만금을 줘도 되돌릴 수 없는 진실이자 그가 지고 가야 할 업보와 같은 것이었다.

강 회장은 서하와 시선을 마주한 뒤 천천히 입을 뗐다.

"너에게 큰 죄를 지었다. 그래, 그때 아무리 욕심이 나도 네 미래자동차 부품에 손을 대선 안 되는 거였어."

회한에 젖은 목소리에 서하의 눈망울이 떨렸다.

"서노 압니나, 그린 기븐   ."

그렇게 말하며 입꼬리를 비틀어 웃는 서하는 허탈한 사람처럼 고개를 떨궜다.

강 회장에게 그러한 것이 '미래자동차 부품'이었다면 김서하에겐 '강은초'였다. 가지면 안 된다고, 욕심부리면 안 된다고 생각을 하면서도 마음은 그곳으로 향했다.

"미안하다."

강 회장의 말에 서하가 고개를 들어 그를 바라보았다. 가늘어진 눈으로 그를 바라보는 강 회장은 마치 울음을 참고 있는 것 같았다.

강 회장은 그에게 할 수 있는 말이 많지 않았다. 아니, 지금은 오직 단 하나의 이야기만 할 수 있었다.

진심 어린 사과.

그것만이 그가 할 수 있는 유일한 말이다.

"미안하구나, 서하야."

"……."

"평생 너에게 속죄하는 기분으로 살겠다."

강 회장은 마치 스스로에게 다짐하는 사람처럼 말했다.

죄를 뉘우치며 살아가겠다.

그 말만을 했다.

천천히 눈을 감은 서하가 아무런 말도 하지 않자 강 회장이 입술을 파르르 떨었다.

"그러니까……."

미처 말을 마치지 못한 강 회장이 입술을 꾹 깨물었다. 눈가에 맺힌 눈물을 바라보던 서하가 입꼬리를 부드럽게 휘어 웃는다.

"죗값은 하늘에 계신 부모님께 치르십시오."

강 회장이 직접적으로 서하의 부모님께 칼날을 겨눈 것이 아니었다. 미래자동차 부품은 강 회장이 인수했을 당시 이미 부도 직전까지 갔었다. 부도를 몇 번씩이나 막아준 것은 강 회장이었다. 그는 어떻게 보면 부모님의 죽음을 미뤄준 것이라고, 서하는 그렇게 생각했다.

아버진 사업에 소질이 없는 사람이었고, 뛰어난 자동차 전문가일 뿐이었다. 그런 사람이 하는 회사가 제대로 굴러갈 리가 없지 않은가.

그러한 사실을 서하는 알고 있었다. 그럼에도 강 회장을 원망하지 않으면 살아갈 수가 없어서 계속 원망을 쌓고 또 쌓았다.

이젠 마음을 편히 해야 한다는 것을 알고 있다. 그러한 마음은 그의 정신을 좀먹을 뿐이니까.

늘 그의 머릿속에 울리는 소리.

사각사각.

무언가가 그를 갉아먹는 소리가 떠나지 않았던 과거.

그 과거에서 그도 이제 그만 벗어나야 했다.

"전 회장님도 무척 원망스러웠지만…… 그렇다고 이런 지만 두고 떠나신 두 분도 용서하지 못했거든요."

강 회장이 회사를 인수하고 부모님은 얼마 지나지 않아 어린 서하를 고아원 앞에 버렸다. 그리고 두 사람은 강원도의 구불구불한 도로를 달리다가 사고를 당했다.

길이 험했고, 평소에도 사고가 많이 일어나는 곳이었다. 경찰에서도 처음 이 사건을 단순한 교통사고로 처리하려 했다. 하지만 후에 그의 집무실에서 발견된 유서를 통해 단순 사고가 아닌 자살로 사건은 종료가 되었다.

부모님은 스스로 그렇게 목숨을 끊었다. 어린 서하만 두고.

서하는 회한에 젖은 눈동자로 강 회장을 보았다.

그도 자신처럼 오랜 시간 죄책감에 살아왔다. 자신이 원망하는 악인이라면 그러한 마음을 품지 않았으리라.

"그리고 절 거둬주신 건 결국 회장님 아니십니까."

"서하야……."

서하는 이제 받아들여야 한다는 것을 알고 있다.

강 회장은 그에게 있어서 원수가 아닌 아버지라는 것을.

고마운 은인이라는 것을.

눈물 나도록 복에 겨운 것들을 준 사람이라고.

그가 홀가분하게 웃으며 물었다.

"돌아와도 되겠습니까?"

"……."

강 회장이 입을 꾹 다물었다. 결국 눈가에 고여 있던 눈물이 무게를 이기지 못하고 아래로 흘러내린다. 그 모습을 보던 서하가 주머니에 있던 손수건을 꺼내 그에게 내밀었다.

깨끗한 손수건을 내려다보던 강 회장이 받아 들었다. 그리고 주름진 피부 사이로 파고드는 눈물을 닦아내며 짧게 답했다.

"그래."

돌아와도 된다는 물음에 대한 답은 받았다. 하지만 아직 받지 못한 답이 있다.

서하는 가슴을 짓누르는 감정의 무게를 느끼며 힘겹게 물었다.

"은초를…… 제 곁에 둬도 됩니까?"

그의 눈망울이 흔들린다. 방금 전까지만 해도 감정 한 터럭 비추지 않았던 눈동자에 비친 감정에 강 회장은 웃음으로 화답해 주었다.

"그럼 내가 안심을 할 수 있겠구나."

서하가 눈을 질끈 감았다.

됐다. 이제 됐다.

속으로 그는 그렇게 읊조리며 눈을 아래로 내리깔았다.

"감사합니다."

그의 말에 강 회장은 손을 뻗어 차가운 서하의 손을 움켜쥐었다. 그리고 자신을 향하는 시선을 마주하며 웃는다.

"그래, 앞으로 서로에게 감사하는 마음으로 살자."

미안해, 미안하다, 그 말 대신. 고마워, 감사해. 그 말만 하며 살자.

그 말에 서하의 눈에서 감정이 눈물이 되어 흘렀다.

❖

손톱을 딱딱 물어뜯는 은초는 어딘가 정신을 놓아버린 사람처럼 정처 없는 걸음을 옮기고 있었다.

세상은 어느새 어둠으로 가득하다. 돌아오겠다고 했던 시간을 한참이나 지났지만 서하는 오지 않고 있다.

한참이고 걸음을 옮기던 은초가 힘없이 소파에 털썩 주저앉았다.

"너무해……."

은초가 작게 속삭였다. 식탁 위엔 그녀가 난생처음으로 차린 음식이 가득했다. 볼품없는 것들이었지만 은초는 돌아올 그를 생각하며 열심히 준비하였다. 하지만 음식이 차갑게 식어가도록 사랑하는 님은 얼굴을 비치지 않고 있었다.

소파에 앉았던 은초가 다시 다리에 힘을 주어 자리에서 일어났다. 휘청거리며 숄을 집어 든 그녀가 빠르게 걸음을 옮겨 집 밖을 나선다.

세상은 칠흑 같은 어둠이 내려앉았다. 귀를 때리는 것은 서늘한 파도 소리뿐. 아무런 소리도 들리지 않았다.

마치 세상에 홀로 남은 느낌에 은초가 불안한 시선으로 연신 도로를 살펴보고 있었다.

돌아올 거죠? 나 혼자 두지 않을 거죠?

가슴속에 가득 차오른 감정은 그녀를 나약하게 만들었다.

마치 길을 잃은 아이처럼 한참 그 자리에 서 있던 은초가 자리에 털썩 주저앉았다. 아래로 고개를 뚝 떨어뜨린 그녀가 항의하듯 말했다.

"빨리 오라고요."

그 말이 신호가 되었을까, 순간 눈앞이 밝아지며 저 멀리서 자동차 엔진음이 들려왔다.

우와왕—

마치 그렇게 들렸다. 빠르게 자신에게 다가오는 자동차가 내는 소리는 울음처럼 들린다.

차가 멈춰 서고 서하가 내렸다. 자리에 주저앉아 멍하니 자신을 올려다보는 은초의 모습에 놀라지도 않은 것인지 성큼성큼 걸음을 옮긴 그가 그 앞에 무릎을 꿇고 앉았다.

은초와 시선을 마주한 그가 입고 있던 외투를 벗어 은초의 몸을 덮어주었다. 작은 여체는 얼음장처럼 차가웠다.

그가 은초의 뺨을 쓰다듬어 주며 웃었다.

"왜 나와 있어?"

"오빠 안 올까 봐."

은초가 여전히 불안한 눈망울을 깜빡이며 말을 이었다.

"나한테 거짓말했을까 봐."

"못 미더운 남자네."

짧게 툭 말을 내뱉은 그가 은초를 품에 안았다. 그의 품 안에서 몸을 동그랗게 만 은초가 안도의 숨을 내뱉었다. 그리고 곧이어 들려오는 말에 눈을 감으며 평온한 숨을 내뱉었다.

"불안해하지 말자."

그의 말에 은초가 고개를 끄덕였다.

불안감을 지우자. 그가 다시 내 곁을 떠날 것 같은 마음 따윈 털어버리자.

"늘 같이 있자."

끄덕끄덕.

늘 함께.

"행복하기만 하자."

행복하게 웃으며.

그렇게 있자고 다짐하는 그의 말에 은초는 연신 고개를 끄덕이며 호응했다.

"우린 그래도 돼."

"오빠……."

천천히 운을 뗀 은초가 그의 품에서 빠져나와 고개를 들었다. 그리고 입가를 휘어 어설프게 웃었다.

"키스해도 돼?"

그녀의 말에 서하가 입술을 내렸다.

뜨겁게 입을 맞춘 두 사람은 서로에게 호흡을 불어 넣었다. 그리고 달큰하고 애절한 감정에 취해 이곳이 밖이라는 생각도, 차가운 한파가 그들의 몸을 때린다는 생각도 잊은 채 서로를 끌어안았다.

집착에 가까운 감정이라 해도 좋다.

김서하와 강은초에겐 그것 또한 사랑이었다.

에 필 로 그

"아, 아앙!"

찰박, 찰박!

연신 그녀의 사타구니를 때리는 그의 골반은 위협적일 만큼 빠르게 닿았다가 멀어지길 반복했다. 힘찬 허릿짓에 은초가 연신 자지러지며 허리를 부드럽게 휘었다.

"으응!"

높은 신음성에 그가 얇은 허리를 붙잡아 자신의 쪽으로 힘껏 잡아당겼다. 순간 여성 안으로 깊숙이 파고드는 남성에 은초가 자지러진다.

침대까지 가지도 못해 성급하게 그녀를 소파에 뉘인 그가 있는 힘껏 제 남성을 그녀의 안에 묻고 있었다. 그리고 그건 그녀 또한 마찬가지인지 게슴츠레 눈을 뜨며 연신 그에게 외쳤다.

"오빠, 좀 더……."

좀 더 깊이 들어와 줘.

질척하게 젖은 여성이 자신의 남성을 힘껏 악무는 것을 느낀다. 흥분은 두 사람의 몸을 순식간에 집어삼키고, 해가 중천에 뜬 와중에도 서로를 갈망하게 만들었다.

사랑이 동반된 관계는 충족감을 준다. 서로를 더 원하게 만들고, 관계를 가지는 와중에도 짙은 갈증을 느끼게 만들었다.

입술이 타들어가는 것인지 은초가 혀를 빼내 핥았다. 시야를 한껏 자극하는 모습에 서하는 순간 머리가 띵해지는 것을 느낀다.

달큰한 향내는 중독 증상을 일으켰다. 그의 이성도, 몸도 모두 지배한 채.

철썩! 철썩!

힘껏 허리를 움직이던 그가 순간 움직임을 멈춘 후 은초의 허리를 붙잡아 뒤집었다. 힘껏 들어 올려진 엉덩이에 또다시 남성을 묻은 그가 그녀의 등을 껴안고 중력을 이기지 못해 아래로 늘어진 가슴을 양손에 움켜쥐었다.

손가락 자국을 고스란히 남긴 가슴을 조물딱거리던 그는 자신의 남성을 힘껏 주이는 여성에 미간을 찌푸렸다.

"윽!"

하마터면 그녀의 안에 고스란히 사정을 할 뻔했다.

"강은초."

그가 크르릉 낮은 소리를 내뱉으며 더욱 그녀를 몰아붙였다.

"헉, 헉."

"하아……."

만족스러운 신음과 거친 신음이 뒤섞여 묘한 소리를 낸다. 그리고 사정 후의 짙은 정액 냄새에도 그는 한참이고 더욱 허리를 움직이며 그녀의 안으로 들어왔다가 나오길 반복했다.

결국 팔에 힘이 빠진 은초가 털썩 눕자 땀이 송골송골 맺힌 등에 자잘하게 입을 맞추던 그가 장난스러운 음색으로 말한다.

"한 번 더 할까?"

움찔!

은초의 몸이 위로 튀어 올랐다가 아래로 꺼진다.

고개를 돌려 서하를 노려본 그녀가 이를 악물며 잇새로 말했다.

"나 죽는 꼴 보고 싶으면 하자."

뾰족하게 뜬 눈 위로 입술을 내린 그가 키득키득 작게 웃음을 뱉었다.

❖

거제 시장으로 향하는 서하의 얼굴이 굳어 있다.

잠든 은초를 홀로 두고 길을 나선 서하는 차에 타는 순간부터 긴장감에 손바닥에 땀이 차오르는 것을 느낀다.

정면을 주시하며 빠르게 차를 몰아 큰 시내까지 나온 그는 익숙한 숍 앞에서 차를 멈춰 섰다. 길가에 차를 잠시 정차한 그는 비상 깜빡이를 켠 후 가게 안으로 들어섰다.

"어머, 오셨어요?"

이미 한 번 찾은 적이 있었던 터라 20대 젊은 여직원이 그를 알아보고 반가운 척 알은체를 했다. 처음 그가 프러포즈용 반지를 사러 왔다는 말에 탄식을 했던 여자였다.

"마침 아침에 반지가 도착했어요."

여직원이 연신 종알종알 말을 늘어놓으며 가장 밑에 서랍에 있던 반지 케이스를 꺼내 그에게 내밀었다.

"한번 확인해 보시겠어요?"

"네."

짧은 답과 함께 케이스를 연 그가 신중한 눈으로 반지를 살폈다. 네 발에 다이아몬드가 감싸인 디자인은 평범한 것이었지만 화려했고 고고한 아름다움을 품고 있었다. 다이아몬드가 워낙 좋은 것이어서 그런지 조명을 받아 찬란하게 빛나는 것을 보던 그가 조심스레 제 새끼손가락에 반지를 밀어 넣었다.

맞겠지? 아, 안 맞으면 어쩌나.

속으로 생각하던 그가 반지를 빼내 다시 케이스에 넣었다. 그리고 카드를 내밀어 남은 가격을 치른 그가 긴장된 숨을 몰아쉬자, 그 모습을 가만히 보고 있던 여직원이 뺨을 붉히며 주먹을 불끈 쥐었다.

"프러포즈 꼭 성공하시길 바랄게요."

"네?"

"멋지시니까 분명 받아주실 거예요!"

오지랖 넓은 여직원의 말에 서하의 뺨이 붉게 달아올랐다. 커다란 손으로 서둘러 얼굴을 가린 그가 고개를 끄덕인 후 서둘러 숍을 벗어난다.

부끄러움에 몸이 홧홧하게 달아오른다. 추운 겨울이라곤 생각할 수 없는 높은 체온 덕에 갑자기 등 뒤에 땀이 맺히는 기분이었다. 분명 식은땀임이 분명했음에도 그가 연신 손으로 부채질을 하며 멍하니 읊조렸다.

"그럴까?"

아직 그녀에게 어떻게 이 반지를 건네야 할진 생각하지 못했다. 다음 주면 서울로 돌아가게 될 것이고, 그전까진 그녀에게 'OK'를 받아낼 생각이었던 그의 마음이 다급해지는 것은 어쩔 수가 없었다.

집으로 돌아올 때까지 그녀에게 어떠한 말을 하며 반지를 건네는 것이 좋을까, 고민하던 그는 집 안에 들어서자마자 부스스한 몰골로 집 안을 돌아다니는 은초를 보며 걸음을 멈췄다.

그의 미간이 움찔거렸다. 자고 있는 줄 알았던 그녀가 깨어 있어 놀란 터였다.

"어디 갔다 왔어? 나 배고파."

납작한 배를 쓰다듬는 그녀를 보며 그가 긴장된 숨을 푸학, 하며 토해냈다. 온몸을 뻣뻣하게 굳혔던 것들이 순간 스르륵 빠지고, 남은 것은 허탈한 웃음뿐이었다.

두 사람은 조리대 앞을 바쁘게 움직이며 늦은 아침을 준비해야 했다. 아니, 준비는 서하가 했고, 은초는 뒤에서 그를 껴안은 채 종종걸음을 함께 옮기며 그가 음식을 준비하는 것을 구경했다.

"우와, 오빠 진짜 음식 잘하는 것 같아."

뚝딱뚝딱 그의 손에서 만들어지는 것들을 보던 은초가 눈을 빛냈다. 그리고 고개를 겨드랑이 사이로 밀어 넣어 그를 올려다본다.

"시집가도 되겠네?"

자신의 얼굴이 우스꽝스럽다는 것도 알지 못한 채 헤헤 웃는 그녀를 보던 그가 피식, 바람 빠진 웃음소리를 냈다.

"넌 장가가고?"

"물론."

짧게 답하는 뻔뻔스러운 은초를 보던 그의 눈동자가 따스한 기운을 가득 머금고 있었다.

한참 짧은 대화를 주고받던 둘은 간단한 식사가 준비되자 차근차근 접시를 식탁 위로 옮겼다.

먼저 자리에 앉은 은초가 먼저 잘 익은 토스트를 집어 들었다. 그리고 치즈를 양껏 발라 입안으로 밀어 넣는다.

바삭바삭.

빵가루가 이리저리 튀었으나 은초는 입을 오물거리며 음식물을 입안으로 밀어 넣기 바빴다.

미리 내려두었던 커피를 머그잔에 따라 가지고 오며 은초를 보았다.

그녀는 그가 다가온 것도 모른 채 아삭아삭한 샐러드를 먹는 데 열중하고 있었다.

그 모습을 보던 그가 컵을 그녀의 앞에 내려놓은 후 맞은편에 앉았다.

"요즘 너무 많이 먹는 거 아니야?"

마치 며칠 굶은 사람처럼 먹는 은초를 보며 서하가 눈을 크게 떴다. 요즘 부쩍 잘 먹는다고 생각했지만 오늘은 그 정도가 심했다.

게슴츠레 눈을 뜬 은초가 뾰족한 어투로 말했다.

"에? 구박하는 거예요, 나?"

"아니. 갑자기 음식 양이 너무 늘어서."

그의 말에 은초가 콧방귀를 흥 뀌더니 고개를 팩 돌렸다.

토라진 모양새에 그가 귀엽다는 듯 작게 웃음을 내뱉으며 접시를 그녀의 앞으로 밀어주었다. 그러자 포크로 방울토마토를 콕 찍어 먹으며 말했다.

"다이어트할 필요 없으니까."

"뭐?"

"오빠, 이제 내 거잖아요. 그럼 다이어트할 필요도 없잖아요. 먹고 싶은 음식 마음껏 먹으려고요. 나 사실 먹는 거 엄청 좋아하거든."

그렇게 말한 후 은초가 새초롬하게 웃었다. 변명처럼 들리긴 하였으나, 그는 턱을 괴며 느른하게 웃으며 서운하다는 듯 음성을 낮췄다.

"잡은 물고기라 이거야?"

"들켰네."

이런. 짧게 혀를 찬 은초는 어제 먹다 남은 회를 젓가락으로 뒤적이며 음흉하게 웃는다.

"이렇게 되기 싫으면 잘하라고요."

"……."

이렇게 되면 그녀를 도저히 이길 수 없다는 생각이 들곤 한다. 그가 은초를 바라보며 입꼬리를 늘여 더욱 진한 웃음을 지었다.

"다시 다이어트해야겠는데?"

"에? 왜요? 설마 뚱뚱한 난 싫은 거예요?!"

은초가 손바닥으로 식탁을 탁탁 내려쳤다. 어쩜 이럴 수가 있냐며 항의 짙은 음성에 그가 팔을 뻗어 은초의 손을 잡았다.

손바닥이 붉어지도록 식탁을 두드리던 은초가 갑자기 진중한 눈으로 자신을 바라보는 그의 모습에 이를 앙다물었다.

뭐야, 화난 거야?

그녀의 얼굴에 순간 긴장감이 흘렀다.

하지만 그는 이런 그녀의 마음을 비웃듯 달콤한 어조로 속삭였다.

"아니, 웨딩드레스 입으려면."

귀를 기울여야 들릴 정도로 작은 목소리였다. 그래서 은초는 직접 듣고도 믿을 수 없어 동그랗게 변한 눈으로 그를 바라보았다.

웨딩드레스? 내가?

은초의 눈망울이 혼란으로 가득할 때였다.

그는 의자에 걸쳐 두었던 외투에서 반지 케이스를 꺼내 그녀의 앞으로 내밀었다. 그것을 보자 확신이 밀려오면서 가슴이 부풀어 오르기 시작했다.

"나와 결혼해 줄래?"

펑!

무언가가 터지는 소리가 들렸다. 그건 아마도 방금 전 빵빵하게 부푼 가슴일 것이다.

두근두근.

빠르게 뛰는 심장에 은초가 손을 들어 가슴께를 손바닥으로 꾹 눌렀다.

평범하고 참 멋없는 프러포즈였으나 반지를 확인하는 순간 은초는 눈물을 와르륵 쏟아냈다.

"오빠가 하자는데 어떻게 거절해."

그렇게 말하는 은초의 눈은 행복감으로 충만했다.

외전1. 결혼 준비 대작전

은초는 당초 예상과는 달리 행복한 결혼식을 올릴 수가 없었다.
꽤 많은 일들을 겪는 동안 비상경계령 수준으로 해결이 안 되는
문제들이 닥쳤기 때문이다.

"이게 뭐야!"

비명을 내지른 은초는 분명 지난주에 피팅을 마쳤던 웨딩드레
스가 맞질 않자 울상을 지었다.

"이, 이거 어쩌죠?"

"지금부터 다이어트하면 입을 수 있을까요?"

그녀의 말에 웨딩플래너는 곤란하다는 듯 고개를 저었다.

태훈과의 결혼식과 달리 은초는 이번엔 아주 작은 것부터 차근

차근 모두 본인이 준비를 했다. 강 회장과 김 비서만 참석하는 작은 결혼식이었지만, 그래도 사랑하는 남자와 하는 결혼식이었다. 작은 교회를 꾸밀 꽃도, 자신이 들 부케 디자인도 손수 준비했던 그녀는 첫 눈에 반한 웨딩드레스가 맞질 않자 울상을 지으며 제 배를 꾹 꼬집었다.

살이 쪘다. 그것도 단단히.

서울로 올라오고 나서도 서하와 함께 지냈던 그녀는 그에게 꾸준히 졸랐다.

"맛있는 거 먹고 싶지 않아요?"

그럴 때마다 서하는 당황하는 눈치였지만 은초는 더욱 뻔뻔하게 오늘은 무엇을 먹고 싶다고 요구했다. 그건 육류부터 시작해서 과일까지 다양했는데, 마치 걸신에 들린 것처럼 음식을 먹어치웠다. 그 모습을 보며 서하가 알 듯 모를 듯 웃음을 지은 걸 은초는 알아차리지 못했지만.

그게 벌써 두 달이었다. 거제에서도 그랬지만 빠르게 살이 불어가는 은초는 이젠 평범한 여성처럼 보기 좋은 모습이 됐다. 거제에 올라와서 10kg이나 불었지만 말이다.

깡말랐던 과거와는 달리 서하는 더욱 만족스러운 얼굴로 그녀를 안았지만, 은초는 급기야 웨딩드레스까지 맞지 않는 사태가 오고 나서야 제 몸을 확인했다.

쾅쾅! 발을 굴린 은초가 왈칵 비명을 내질렀다.

"으앙!"

울먹인 은초가 화장을 했다는 사실도 잊은 채 손바닥으로 얼굴을 가렸다. 이 비상사태를 서하에게 알리고 싶었으나, 오늘은 그에게 있어 그 무엇보다 중요한 날이었다. 이 현실을 그 누구에게도 토로할 수 없음을 깨달은 그녀는 생각 없이 몸이 시키는 대로 먹어치웠던 과거의 자신을 저주했다. 이 모습을 옆에서 바라보던 웨딩플래너가 안절부절못했음은 두말하면 잔소리였다.

"옷 갈아입을게요."

"웨딩드레스는……."

"다른 걸로 고를게요."

은초의 눈이 촉촉하게 젖어들었다.

망했다.

그녀의 머릿속에 떠오르는 말은 그것뿐이었다. 그것이 전초전이라는 사실은 알지 못한 채.

❖

강우자동차 본사에 있는 대강당.

300명은 수용할 수 있는 넓은 공간이었으나 뜻깊은 날을 맞이해 그곳은 발 디딜 틈 없이 많은 사람들로 들어찼다.

수많은 사람들이 모인 것과는 대조되게 강당 안은 소음 하나 없이 조용했다. 오늘 이 자리에서 많은 언론 앞에서 공공연하게 떠돌던 소문을 인정하는 자리였기 때문이다.

—김서하 부사장, 강우자동차 사장으로 취임.

이 사실은 강우자동차에 속한 직원이라면 누구라도 긴장하게 만들기 충분했다. 그건 서하를 제외한 모든 직원에게 해당되는 것이었다.

꼼꼼한 그의 일처리는 믿을 만했다. 간혹 직원들을 콩 볶듯 볶아대는 일이 문제라면 문제였으나, 모두 납득할 수준의 업무와 내용들이었기에 토 하나 달 수 없었다. 다만 그들이 긴장하는 것은 '능력 없는 CEO'가 아닌 '새로운 CEO'였기 때문이다.

김서하와 강우그룹의 상속녀 강은초가 곧 비밀 결혼식을 올린다는 것은 이미 기정사실처럼 떠돌고 있었다. 그만한 권력을 손에 넣음과 동시에 부사장으로 있던 그가 새로운 오너로 취임하면서 회사가 나아갈 방향부터 시작하여 인사 문제까지 180도 바뀔 것이 분명했기 때문이다.

곧 있을 취임식을 기다리는 직원들 사이로 무거운 침묵이 내리깔렸다.

뒤에서 이 모습을 슬쩍 바라보던 서하가 뒤에 서 있는 강 회장을 보았다. 강 회장은 그의 옷차림을 살펴본 후 만족스레 고개를 끄덕인다.

　"이제 진정한 주인이 제자리를 찾는구나."

　"감사합니다."

　하는 말과는 달리 평소처럼 감정이 지극히 배제된 모습에선 절제미가 흘렀다.

　맹목적인 명령까지도 따를 수 있을 만큼 강력한 카리스마가 느껴지는 모습에 강 회장이 희미하게 웃음을 지으며 고개를 끄덕인다.

　그는 서하에게 해주고 싶은 말이 아주 많았다. 하지만 이 말들은 서하 또한 알고 있는 것들이었기에, 지금 이 순간 그는 가장 높은 자리에 앉아 있었던 사람으로서 충고의 말을 했다.

　"무거운 자리다. 힘든 일도 분명 있을 게다."

　"알고 있습니다."

　"네 어깨에 있는 직원들의 삶을 생각하면 녹록하지 않을 게야. 하지만 그때마다 네 주위에 많은 사람들이 널 돕고 있다는 사실을 떠올려라. 그렇다면 그 자리도 그닥 외롭진 않을 게야."

　기나긴 말이 끝남과 동시에 서하의 입술에 미소가 머금어졌다.

　이미 모두 각오한 사실들이었고, 몇 번식이고 깨우쳤던 것들이었지만 그는 그러한 사실을 늘어놓는 대신 진심을 다해 고개를 끄덕였다.

"감사합니다."

어떤 일을 추진하든 간에 신중해야 하는 자리였다. 가진 권력은 책임이 따르는 일이었기에 누구보다 신중하고 결단력이 있어야 한다. 다른 사람들은 몇 번의 실패를 해도 바로 일어날 수 있었으나 그의 실패는 많은 사람들에게 영향을 준다.

이에 대해 두려움을 가져야 한다. 그리고 자신의 생각에 경계를 해야 한다. 그것이 그가 오를 자리에 대한 부담감이었고, 권좌가 가지는 특성이다.

책임에 대한 굉장한 중압감을 견뎌내야 하는 일.

하지만 강 회장의 말대로 그는 자신의 주위에 많은 이들이 있다는 사실을 떠올리고 또 떠올릴 것이다.

그의 눈빛이 반짝이는 것을 보던 강 회장이 팔을 들어 어깨를 툭툭 두드려 주었다. 그 어떠한 말보다 강력한 힘을 주는 몸짓에 서하가 고개를 끄덕였다.

가만히 그의 모습을 보던 강 회장은 문득 떠오른 사실을 물었다.

"은초는 이리로 오는 중이고?"

"네, 도착하면 사무실에서 기다리기로 했습니다."

그의 말에 강 회장이 고개를 끄덕이며 말을 이었다.

"저녁은 뭐가 좋을까."

"은초가……."

"응?"

운을 뗀 그가 미처 말을 내뱉지 못하고 입을 꾹 다물자 강 회장의 얼굴에 의문이 떠올랐다. 무슨 말이든 망설이는 법이 없던 서하가 은초의 이야기를 하며 곤란한 듯 인상을 찌푸리자 강 회장이 다시 한 번 되물었다.

"은초가 뭐?"

"오늘은 자라가 먹고 싶다고."

"뭐? 자라?"

평소의 은초라면 거들떠보지도 않을 메뉴 선택에 강 회장이 눈을 크게 떴다. 은초는 입맛이 까다로운 편에 속했다. 특히 외관의 모습을 많이 따지는 아이여서, 아무리 맛있는 음식이라고 하더라도 생김새가 좋지 못하면 먹기는커녕 쳐다보지도 않는 아이였다. 그건 강 회장이 은초를 보아왔던 서른두 해 동안은 적어도 그랬다.

서하와 만나면서부터 입맛이 변한 건가?

강 회장은 놀라운 마음에 붕어처럼 입만 뻐끔거릴 뿐 말을 하지 못했다.

그 모습을 보던 서하가 운을 뗐다. 지극히 곤란하다는 듯이.

"요즘 부쩍……."

식탐이 생겼습니다.

서하는 차마 그 말은 내뱉지 못한 채 난감한 얼굴로 서하를 보았다.

그가 삼킨 뒷말이 무엇인지 잠시 생각하던 강 회장이 껄껄 웃음을 뱉었다. 최근 보았던 은초의 뺨에 포동포동 살이 올랐던 것을 기억한 그가 여전히 웃음기가 뒤섞인 목소리로 말한다.

"고민이 없어지니 식욕이 도는 걸지도 모르지."

그렇게 말한 강 회장은 은초의 어린 시절을 떠올리며 웃는다.

"그러고 보니 그 아이가 어렸을 때 참 먹성이 좋았어. 그래서 여자아이인데 통통하면 어떻게 하나, 고민하던 때도 있었다니까?"

매일 손에서 먹을 것을 놓지 않았던 때가 있었다. 눈을 뜨면 먹을 것부터 찾았을 땐, 은초의 친엄마가 그녀를 가졌을 때 입덧 하나 없이 보냈던 것이 떠올라 눈물짓기도 했었다.

아련한 추억에 강 회장이 감회에 젖은 얼굴을 하고 있을 때였다. 이 이야기를 해도 되나, 생각하던 서하는 며칠 전부터 확신으로 굳어지는 이야기를 꺼냈다.

"그게 아닐 수도 있습니다."

"어?"

그게 무슨 말이냐는 듯 강 회장이 눈을 동그랗게 뜨자 서하가 입가에 잔잔한 웃음을 머금는다.

"결혼식에서 가장 축복받는 존재가 왔을지도요."

처음으로 본 서하의 따스한 표정에 강 회장이 아무런 말도 하지 못한 채 그만 바라보고 있을 때였다. 뒤에서 어느 타이밍에 끼어들어야 할지 고민하던 김 비서가 다가와 서하에게 말했다.

"사장님, 준비 끝났습니다."

"그럼 가보겠습니다."

허리를 숙인 서하가 뒤를 돌아 당당하게 강단으로 들어선다. 그의 모습에 직원들의 우레 같은 박수가 쏟아지고 나서야 정신을 차린 강 회장이 눈을 깜빡였다.

"에이, 설마."

이미 몇 번이고 와본 그의 집무실이었으나 은초는 불안한 시선으로 사무실 안을 서성인다.

그렇게 한참을 시간을 흘려보낼 때였다. 문이 열림과 동시에 서하의 모습이 보이자 빠르게 걸음을 옮긴 은초가 그의 품에 와락 안기며 소리쳤다.

"웨딩드레스가 안 맞아!"

"어?"

"웨딩드레스가 안 맞는다고! 어떻게 해, 오빠?"

마음에 쏙 든 웨딩드레스를 발견한 후로 늘 들떠 있던 은초였다. 순백의 웨딩드레스를 입고 오빠의 신부가 될 것이라며 기대하라는 으름장도 몇 번이나 놓았다. 덕분에 웨딩드레스 피팅을 할 때도 그를 데려가지 않았고, 확인하기 위해 다시 숍을 찾은 오늘 도 혼자 갔다.

그런데 안 맞는 것이다! 식장에서 입기는커녕 그에게 보여주지 도 못했는데!

은초가 연신 앙앙거리며 서하에게 불만을 토로하자, 뒤에서 이 모습을 보고 있던 강 회장이 기척을 냈다.

"흠흠!"

헛기침을 뱉은 강 회장은 그제야 사랑스러운 딸이랑 눈이 마주 하자 서운하다는 듯 눈을 빛냈다.

"은초야, 애비도 있는데."

그제야 강 회장을 본 은초가 서하의 품에서 빠져나와 이번엔 강 회장의 손을 붙잡고 오늘 있었던 일에 대해 주절주절 떠들기 시작 했다.

"아버지, 큰일 났어요!"

첫 시작은 전쟁이 났다는 것을 알리기라도 하듯 호들갑스러운 목소리였다. 그다음엔 요즘 부쩍 입맛이 돌기 시작했으며 자신이 걸신들린 것처럼 엄청난 양의 음식을 먹어치운다는 것이었다.

그녀의 말을 가만히 듣고 있던 강 회장이 설마설마하는 눈으로 서하를 보았다. 그리고 서하가 의뭉스러운 웃음을 짓고 있는 것을 보며 숨을 탁, 토해냈다.

설마설마했는데…….

아직 확실하진 않았지만 심증이란 것이 있었다. 자신의 아내도 은초를 가진 후 부쩍 식욕이 돋았으니까.

결혼식을 올리기도 전에 사고부터 쳐 버린 딸아이 부부를 기가 막힌 눈으로 보던 강 회장은 굳이 이 사실을 은초에게 알리지 않았다. 그저 딸아이를 다독이며 서하가 미리 예약해 둔 식당으로 향했다.

하루 전에 예약을 해두어서일까, 시간에 맞춰 음식이 나오는 것을 기대감 어린 눈으로 바라보던 은초가 그의 허벅지를 때리며 눈을 빛냈다.

"갑자기 왜 자라가 먹고 싶었는지 모르겠어요."

"…….."

"어젯밤부터 막 생각이 나더라니까요, 아버지?"

그렇게 말하며 해맑게 웃는 은초를 보며 강 회장은 이 사실을 언제 알려야 할까, 고민에 잠겼다.

시선을 돌린 강 회장이 서하와 눈을 마주했다. 그는 여전히 웃는 얼굴로 자라를 건져 먹고 있는 은초를 바라보고 있었다.

"흐음……."

작게 콧소리를 낸 강 회장은 서하가 알아서 하겠지란 생각과 함께 오랜만에 몸보신을 했다.

생각보다 가족이 빠른 시일 내에 생겼다는 사실에 은연중에 콧

노래를 불며 말이다.

"아버지, 진짜 같이 안 가세요?"

"그래. 이 애비도 사생활이 있다."

강 회장이 차에 오르는 것을 걱정스레 보던 은초가 고개를 돌려 서하를 보았다.

"아버지 왜 저러시지?"

"왜?"

"평소라면 같이 더 있자고 해야 하는데, 오늘은 뭔가 자리를 피하는 느낌이잖아."

"그런가?"

서하가 고개를 작게 끄덕이는 것을 보며, 은초가 정말 그렇다며 그에게 몇 번이고 말을 했다. 그리고 부른 배를 손바닥으로 툭툭 두드리며 웃었다.

"아, 배부르다."

그리고 만족스레 말하는 그녀의 모습을 내려다보던 그가 무심한 어조로 물었다.

"근데 웨딩드레스 안 맞는다고 하지 않았나?"

"……."

"새로 고를 거지? 이번에는 같이 갈까?"

그의 말에 은초의 미간이 찌푸려졌다. 그녀는 손을 내려 배를 어루만지며 울상을 짓는다.

"오빠가 방금 한 여자의 투지를 불태웠어. 꼭 다이어트하고 말 겠어."

스스로에게 다짐을 하듯 은초는 자라 두 마리가 들어간 배를 보았다. 한참 그렇게 보고 있으니 유독 더 배가 나온 것처럼 보여 그녀의 낯빛이 점차 어두워지기 시작한다.

이제야 먹는 즐거움을 알기 시작했는데.

길거리 음식도 무척 맛있는데.

며칠 전 맛본 호떡은 입천장을 홀랑 데었지만, 그래도 무척 달콤했는데…….

갈수록 푼수 같은 생각만 하던 은초가 한숨을 푹 내쉬자 그가 웃음을 삼켰다.

지금 은초의 표정은 마치 연극 무대에 선 배우처럼 생동감 있게 변하고 있었다. 좀 더 지켜보고 싶었지만 그녀가 정말 굳게 다이어트 결심을 할까 싶어 운을 뗐다.

"다이어트는 곤란한데."

"왜? 나 진짜 살 안 빼면 뚱뚱한 신부가 되고 말 거야!"

이대로 찌다간 무한 증식할 거야. 지방세포가 분열되어…….

중얼중얼 말을 읊는 그녀를 보던 서하는 살이 오른 은초의 어깨를 끌어안으며 고개를 옆으로 기울였다.

그녀의 귓가에 입술을 가까이 들이민 그가 아무렇지도 않은 척 무심한 표정으로 말한다.

"안을 땐 더 좋은데."

"……."

"말랑말랑하고."

"……죽어."

첫마디의 경우, 그녀 또한 고개를 끄덕이며 수긍하고 넘어갈 수 있었다. 하지만 말랑말랑하다는 그 표현 자체는 도저히 받아들일 수가 없었다.

평생 깡마른 몸매로 살아온 그녀였다. 다이어트란 인생에서 없었던 그녀였던 터라, 처음으로 살찐 자신의 몸을 알게 된 지금 무척 충격을 받았다.

그 모습을 보던 그가 진중한 눈으로 그녀를 내려다보며 말했다. 걸음은 어느새 멀리 떨어지지 않은 차로 향하고 있었다.

"강 회장님, 자리 비켜주신 거 맞아."

"응?"

"지금부터 같이 갈 곳이 있거든."

점점 알아들을 수 없는 그의 말에 은초가 고개를 기울였으나 그는 뒷좌석 문을 열어주며 타라는 듯 눈짓했다.

"시간 됐다. 가자."

그가 이끄는 대로 차에 오른 은초는 몇 번이고 지금 어디 가는 것이냐며 그에게 물었다. 하지만 서하는 의뭉스러운 웃음만 지을 뿐 답을 해주지 않는다.

빠르게 달리던 차가 갓길에 멈춰 설 때쯤 은초가 그의 팔을 힘껏 붙잡으며 잔뜩 화가 났다는 듯 눈을 부릅떴다.

"지금 나랑 퀴즈 하는 건 아니겠지?"

"퀴즈?"

"그래, 맞히면 상품 있는 거야?"

장단을 맞춰줄까?

그러한 생각을 하던 서하가 고개를 끄덕이며 가벼운 어조로 말했다.

"뭐. 상품 있는 거로 할까?"

"진짜?"

"그래."

짧은 답에 호기심이 생긴 은초가 눈을 반짝인다. 기왕 이렇게 된 거 확실하게 답을 말해 그에게 꼭 상품을 받아내겠다고 생각한 그녀가 팔짱을 끼며 도도한 표정을 지었다.

"힌트 줘, 힌트. 너무 뜬구름 잡는 것 같아."

꼭 힌트를 줘야 하는 것처럼.

그 모습에 그가 시선을 옆으로 돌렸다.

흐음, 콧소리를 낸 그가 고개를 끄덕이며 물었다.

"마지막으로 생리 언제 했어?"

"생리? 변태야? 그런 건 갑자기 왜……."

뺨을 붉힌 은초가 동그랗게 주먹을 쥐며 그의 어깨를 툭툭 내려칠 때였다. 순간 번뜩 무언가를 깨달은 것인지 행동을 멈춘 그녀가 창밖으로 주위를 살폈다.

역시 그녀의 예상에서 빗나가지 않은 것이 2층에 위치해 있다.

─행복푸름 산부인과..

그녀의 얼굴에 핏기가 가셨다.

"죽을래?"

과격하게 말한 그녀가 양손으로 그의 가슴을 내려치려 할 때다. 손을 들어 가볍게 그녀의 손길을 막은 그가 입술을 길게 늘어뜨렸다. 그 모습은 마치 오랫동안 사냥감을 기다린 사냥꾼처럼 보이기도 하였으며, 사기꾼처럼 음흉하게 보이기도 했다.

"정답을 아는 눈치네."

무감했던 어조에 즐거움이 서렸다.

도대체 언제야!

그녀는 그렇게 외치고 싶었다. 서울에 오고 나선 계속 피임을 했었기에 임신을 할 확률은 적었다.

그렇다면…….

거제에서 그녀를 거칠게 가졌던 서하의 모습을 떠올린 그녀가 얼굴을 우지끈 구겼다.

"이 주 뒤가 결혼식인데 어떻게 할 거야!"

은초가 비명을 내질렀다.

그녀가 전혀 예상하지 못한 두 번째, 그건 바로 임신이었다.

❖

두 사람의 결혼식은 작은 교회에서 치러졌다. 강 회장은 그 누구의 결혼식보다 성대하게 치르고 싶었으나 은초와 서하의 의견에 따라 강 회장과 김 비서만 참석한 조촐한 결혼식이었다.

하지만 작은 교회를 가득 메운 생화는 향기로운 내음을 잔뜩 풍기며, 화려함을 더하고 있었고, 그 가운데 선 선남선녀는 그 꽃보다 훨씬 아름다웠다.

잔잔한 음악이 흐르고, 주례를 선 목사의 말을 귀담아듣고 있는 두 사람의 뒷모습을 뒤에서 지켜보고 있던 강 회장이 눈가에 맺힌 눈물을 닦아냈다.

이렇게 행복한 날, 눈물을 보일 수는 없었다. 그 어떠한 누구보다 많은 역경이 있었던 두 사람이 앞으로 계속 부부로 살기로 맹세하는 날이 아니던가. 그래, 이런 날은 눈물보단 웃음을 지어야 한다.

하지만 강 회장은 계속해 눈가에 맺히는 눈물을 연신 손수건에 찍어냈다. 멈추지 않는 눈물에 대한 변명은 '슬픔'이 아닌 '기쁨'

으로 하며.

"두 사람은 오늘 부부가 되기로 맹세하였습니다. 앞으로 그 어떠한 역경이 닥쳐와도 함께 헤쳐 나갈 것이며, 서로를 존중하고 아끼며 살아가야 할 것입니다."

근엄한 목소리에 두 사람이 짧게 대답을 하며 고개를 끄덕였다.

새하얀 드레스 대신 무릎 아래로 댕강 내려오는 원피스를 입고 있는 은초와 그녀의 옆에서 검은색 슈트를 입고 있는 두 사람은 결혼식을 올리는 사람보단 언약식을 올리는 사람들 같았다.

하지만 복장은 중요하지 않았다. 오늘은 두 사람이, 아니, 세 사람이 함께 가족이 되는 날이니까.

좀 더 성대하게 했어야 했어.

그래, 기자도 잔뜩 부르고 손님도 잔뜩 불렀어야 했어.

그렇게 해서 저 아이들의 예쁜 모습을 세상에 자랑해야 하는데.

강 회장은 그러한 생각을 하며 손수건을 움켜쥐었다.

은초의 임신 때문에 생각보다 늦춰진 결혼식이었다. 초기는 안정을 취해야 한다는 주치의의 의견에 따라 배가 조금 부르고 난 후에아 신 앞에서 하나가 되기로 맹세하는 두 사람의 얼굴엔 그 어떠한 근심도 없었다.

어디 그뿐이던가.

볼록하게 나온 배는 곧 새 생명의 탄생을 알리고 있었다.

이로 인해 신혼여행은 뒤로 미뤄야 했으나, 아이가 태어나고 조금 크면 함께 가족여행을 떠나자며 합의까지 했다.

　벌써부터 저들이 살아갈 일들이 기대되어 강 회장의 입가에 잔잔한 미소가 내걸렸다.

　그 모습을 곁에서 지켜보고 있던 김 비서가 언성을 낮췄다.

　"그런데 회장님, 하나 여쭤봐도 되겠습니까?"

　평생 질문이라곤 해본 적이 없는 작자였다. 김 비서가 강 회장의 곁을 지킨 지도 어언 20년. 강 회장이 늙고 노쇠해 가는 것처럼 김 비서 또한 체력이 떨어지고 몸 이곳저곳이 세월 풍파를 겪어 덜그럭덜그럭거렸다.

　보통이라면 한자리 꿰차고 앉아도 벌써 앉았을 나이지만 김 비서는 강 회장의 곁을 지키길 원했다. 덕분에 아직도 현역에서 활발히 활동하고 있는 김 비서였지만 아직도 자신의 오너가 불편한 것은 어쩔 수가 없었다.

　"으음, 그래."

　짧은 강 회장의 허락에 김 비서가 시선을 돌려 앞을 보았다. 서로의 손을 꼭 붙잡고 있는 것이 보인다. 벌써부터 닭살을 떨고 있는 모습을 유심히 살피던 김 비서의 시선이 은초의 배로 향했다.

　배 모양을 보면 아무래도 아들 같은데…….

　속으로 생각하던 김 비서가 물었다.

　"딸입니까, 아들입니까?"

　속닥속닥.

아주 중요한 이야기라도 하는 것처럼 은밀하게 묻는 모습에 강 회장이 짧게 답했다.

"딸."

"……."

흐음, 딸이라…….

속으로 생각하던 김 비서는 곧이어 들려오는 강 회장의 목소리에 인상을 굳혔다.

"은초를 닮으면 좋겠는데."

물론 은초를 닮은 딸이라면 무척 예쁠 것이다. 하지만 성격까지 닮는다면…….

생각을 미처 끝내지 않은 김 비서가 작게 고개를 저었다.

"김 사장도 과연 그렇게 생각할까요?"

"으흠!"

모르는 척 헛기침을 내뱉는 강 회장의 모습에 김 비서가 낮게 웃음을 뱉어냈다.

따스한 봄, 새로운 시작을 알리는 그 계절에 있었던 소박한 결혼식.

신랑 신부가 입을 맞추는 모습을 보며 강 회장과 김 비서가 미소 지었다.

외전 2. 한 걸음 뒤에서

푸른 녹음이 병풍처럼 두르고 있는 전원주택.

도시에서 꽤 떨어져 있는 이곳은 최근 강우자동차 김서하 사장이 토지를 구입해 집을 지으면서부터 괜스레 부동산 바람이 불었다. 사람들은 재벌가의 사람이 하는 일이라면 관심을 가지고, 그들이 하는 것들을 따라하고 싶은 습성을 가진다. 더욱 그가 이곳을 구입해 집을 지으면서부터 주위 또한 개발될 거라는 생각 때문인지 여기저기 토지를 사들이며 우후죽순 고급스러운 전원주택과 별장들이 들어서고 있었다.

하지만 집 주위로 꽤 많은 토지를 구입해 뒀던 터라 서하와 은초의 집 주위론 커다란 나무들과 아름다운 꽃들이 사시사철 피어나며 아름다운 자연을 자랑하고 있었다.

이 집을 처음 짓게 된 것은 모두 은초의 의견이었다. 사람들의 주목을 받으며 키우고 싶지 않다는 그녀의 의견에 따라 최대한 사람들의 시선에서 노출이 되지 않는 곳으로 땅을 매입한 그는 벽돌 한 장, 울타리 하나까지 손수 직접 고르며 정성스레 집을 지었다. 그리고 시간에 구애받지 않은 채 2년 동안 꾸준히 공사를 진행한 결과 그리 크진 않지만 예쁜 집을 짓게 되었다.

누가 보아도 단란한 가정이 살 것만 같은 집을 보던 남자가 차에서 내렸다. 검게 선팅이 되어 밖에선 잘 보이지 않았으나 차에 타고 있었던 것은 기한전자 이태훈 사장이었다.

그는 멀리서부터 들려오는 아이의 웃음소리에 희미한 웃음을 지었다.

"다행이네, 행복한 것 같아서."

아이의 웃음소리와 함께 은초의 목소리도 언뜻 들려왔다.

"자리에 앉아! 안 그럼 혼내줄 거야!"

예전의 은초라면 상상도 하지 못할 만큼 엄청난 고성이었다. 그 목소리에 그가 키득키득 웃음을 뱉으며 눈가에 맺힌 눈물을 닦아 냈다.

"아줌마 다 됐네. 강은초."

그리운 이의 이름을 입에 담은 그는 그 뒤로도 한참 집으로 다가서지 못한 채 차에 비스듬히 기댔다. 그리고 다시 태운 지 얼마 되지 않는 새하얀 담배를 꺼내 입에 문 후 불을 붙였다.

치이익, 후우.

입에서 뿌연 연기가 뿜어져 나와 공중에 흩어졌다. 몸에 해로운 것이었지만 그는 사색에 잠긴 사람처럼 멍하니 눈을 깜빡이며 연신 연기를 힘껏 들이마셨다가 내뿜길 반복했다.

그의 앞에 담배꽁초가 수없이 쌓였을 때였다. 차 안에서 물티슈를 꺼내 손을 닦은 그는 마치 무언가 결심이라도 한 사람처럼 결연한 표정을 짓는다.

그녀가 결혼을 했다는 소식도, 건강한 아이를 임신했고 출산했다는 소식도 모두 들었다. 은초와의 결혼이 허사로 돌아간 직후 뉴욕 지사로 발령을 받았던 그가 떠난 후에도 그녀에 관한 소식은 계속 들려왔다.

그리고 마침내 두 달 전 한국으로 돌아왔을 때 그는 그리움마저 흐려졌다는 사실을 깨달았다. 꽤나 길고 아팠던 그것이 끝났음을 깨달았을 때 그는 비로소 은초를 만나러 올 용기가 생겼다.

걸음을 옮긴 그가 낮은 울타리로 걸어갔다. 문 옆에 달린 초인종을 누른 그는 안에서 들려오는 목소리에 피식 웃음을 내뱉는다.

"누구세요?"

마당에 나와 있는 것인지 인터폰이 아닌 그녀의 목소리가 직접 들렸다.

감정은 형체를 갖추고 울대를 때렸다.

울컥.

속에서 무언가가 올라오는 느낌에 목이 메어 그는 그 뒤로 한참 이고 답을 하지 못했다.

입술을 깨문 그가 고개를 숙였다.

다음에 올까…….

그리움이 완전히 사라진 줄 알았는데, 그녀에 대한 감정도 퇴색 되어 이젠 사라진 줄 알았는데 그게 아닌 모양이다.

길게 늘어뜨려진 속눈썹이 파르르 떨렸다.

"누구세요?"

다시 한 번 안에서 은초의 목소리가 들려왔다. 그 뒤로 아이의 음성과 서하의 목소리도 뒤섞여 나왔다.

몸을 돌린 그가 다시 차로 걸음을 옮기려다 말고 걸음을 멈췄 다.

끝맺지 못하면, 여기서 매듭을 짓지 못하면 더 이상 앞으로 나 아가지 못한다. 거기에다가 멍청한 커플에게 괜히 끼어들어 허송 세월했던 자신의 젊음 또한 불쌍하게 느껴졌다.

어둡게 가라앉아 있던 눈을 반짝인 그가 목에 힘을 주어 말했 다.

"나."

"나?"

쾌 사사이에서 은초의 목소리가 들림과 동시에 문이 열렸다.

가만히 보면 강은초도 참 덜렁거린단 말이야.

속으로 웃음을 삼킨 그는 은초의 모습이 보이자마자 팔을 힘껏 벌려 그녀를 끌어안았다. 순간 뒤에서 아이를 안은 채 따라 나온 서하가 그를 발견하곤 살벌한 표정을 지어 보였다.

남자는 옛날, 그 아련한 기억의 그때처럼 질투로 점철된 눈으로 자신을 바라보고 있다. 태훈은 순간 김서하가 자신을 잊지 않고 과거의 기억을 가진 채 살아가고 있는 모습에 안도를 했다.

이 정도는 되어야 자신의 사랑이 불쌍하지 않을 테니까.

이 사람들에게 자신의 기억이 각인되어 있어야 결혼식장에서 그녀를 보내주었던 자신의 결정을 후회하지 않을 테니까. 몇십 번 이고 리바이벌했던 그 순간을.

"누, 누구?"

"나. 이태훈."

"……."

그의 말에 은초가 바르작거리던 반항을 멈췄다. 힘을 쭉 뺀 채 자신의 품에 안겨 있는 작은 여체를 느끼던 그가 입꼬리를 휘어 웃었다. 그리고 한쪽 눈썹을 치켜올리는 서하와 눈을 마주한다.

이 정도는 애교지.

못된 마음이 스멀스멀 올라오는가 싶더니 이내 코끝을 스치는 달큰한 체향에 수그러든다.

정말 그녀다.

은초가 자신의 품에 안겨 있다.

"행복해요?"

"……이, 이것 좀 놓아……."

"행복해요?"

그의 물음에 은초가 팔을 뻗어 그의 가슴을 밀어냈다. 그리고 고개를 들어 마치 무언가를 확인하려는 듯 갈구하는 표정을 보며 입꼬리를 늘어뜨려 웃었다.

"네, 행복해요."

이런 순간, 그녀는 그토록 자신이 보고 싶어했던 웃음을 보여준다. 다른 남자와 행복하다고 말하며.

씁쓸함에 입맛이 썼지만 그는 웃었다. 저 멀리서 성큼성큼 다가오는 남자를 보며.

"그럼 참아줘요."

"네?"

"내 심술. 이 정도 심술은 참아달라고요."

그의 말이 끝남과 동시에 다가온 서하가 그의 팔을 잡아당겨 떼어냈다.

위협적인 표정에 뒤로 물러설 법도 하건만 이태훈이 누구던가. 세상에서 가장 예의 바른 표정으로 자신이 원하는 것은 무엇이든 받아내고 마는 남자가 아니던가.

그가 손에 넣지 못하는 것은 유일하게 강은초뿐이었다. 김서하만 바라보던 강은초. 그래서 너무나 가지고 싶었던 강은초.

지금 생각해 보면 은초가 가지고 싶었다기보단, 은초가 서하를 바라보는 그 눈동자와 흔들림 없는 그 감정을 가지고 싶었는지도 모른다. 처음으로 가진 호기심, 그리고 사랑이란 감정에 대한 믿음. 강은초는 이태훈에게 처음으로 사랑이란 감정이 얼마나 지독하고 끔찍한 것인지 가르쳐 줌과 동시에 갈증을 알려준 여자였다.

뒤에서 이 모습을 난감하다는 눈으로 바라보던 은초가 한숨을 왈칵 내쉬었다. 그러다 태훈과 눈이 마주치자 그만하라는 듯 미간을 찌푸린다. 그 모습에 태훈은 괜스레 삐뚤어져 버렸다.

"이게 무슨 짓입니까, 이태훈 사장님. 제 와이프입니다."

"네, 이제 김서하 사장님의 와이프죠. 과거엔 제 약혼녀였지만."

"뭐?"

그의 반응에 날이 설수록 그의 웃음이 진해졌다. 이를 서하 또한 알고 있었으나 감정을 갈무리하기엔 이태훈이란 존재 자체가 너무나 신경이 쓰여 어쩔 수가 없었다.

그 모습을 가만히 바라보던 태훈은 더 이상 참지 못하겠다는 듯 허리를 숙이며 와르륵 웃음을 터뜨렸다. 갑작스럽게 웃음을 터뜨리는 모습에 서하는 인상을 찌푸렸고, 뒤에서 이 모습을 바라보던 은초는 당혹스러운 마음에 한 걸음 다가온다.

"태, 태훈 씨?"

걱정이 가득한 모습으로 막 태훈의 몸에 그녀의 손이 닿으려던 찰나다. 빠르게 손을 뻗은 서하가 손길을 막아내며 고개를 저었다.

집착으로 범벅이 된 얼굴을 보던 태훈이 다시 한 번 웃음을 터뜨리고 난 후에야 눈가에 맺힌 눈물을 닦아냈다.

김서하가 이렇게 유치한 인간이던가?

속으로 생각하던 태훈은 곧 사랑이란 감정은 김서하 같은 인간도 유치하게 만든다는 사실을 깨달았다. 자신도 그 장단에 놀아나 이불을 수백 번 걷어찰 행동들을 하지 않았던가.

아직 채 5년도 되지 않은 일들이었으나 마치 어제의 일처럼 생생하게 떠오르는 기억들을 털어낸 그가 물었다.

"손님 대접 안 해줍니까?"

"해주길 바랍니까?"

서하가 진정 진심이냐는 듯 그를 보았다. 그러자 태훈은 뭐 문제가 될 것 있냐는 듯 어깨를 으쓱인다.

"네."

짧은 답에 서하의 입에서 한숨이 와락 터져 나왔다.

갑작스레 기별도 없이 찾아온 태훈의 존재가 짜증이 나 미치겠다는 듯이.

이런 그의 마음을 손바닥처럼 들여다본 태훈이 어깨를 으쓱이며 말을 이었다.

"오늘은 손님으로 왔으니 대접해 주세요. 안 그러면 또다시 심술이 뻗칠 것 같으니까."

"협박입니까?"

당장이고 엉덩이를 걷어차 쫓아낼 것처럼 서하가 물었다. 협박이라고 말하면 어쩜 112에 신고를 할지도 모르겠다. 김서하는 충분히 그렇게 하고도 남을 사람이었다.

태훈이 가볍게 고개를 저으며 답했다.

"아니요. 진심이요."

생글생글 웃은 태훈은 아무런 답도 하지 않은 채 입을 꾹 다무는 서하를 보았다. 그리고 뒤에 있는 은초에게 힐끗 시선을 던지며 말을 이었다.

"당신은 저에게 빚이 있지 않습니까?"

"……."

빚. 그건 감히 어떠한 것으로도 갚을 수 없는 것이었다.

이태훈은 마음만 먹었다면 은초와 그대로 식을 올릴 수 있었다. 아니, 그전에 그녀의 시선을 완벽하게 자신에게로 돌려놓을 수 있었을지도 모른다. 그녀의 마음이 어디로 향하든, 은초의 행복 따윈 바라지 않는 사람이었다면 충분히 그렇게 했을 것이다. 밀랍 인형처럼 감정을 죽이며 살아가는 그녀를 견딜 수 있는 사람이었다면.

하지만 불행인지 다행인지 이태훈은 강은초를 마음에 품었다.

진심으로 그녀가 행복하길 바랐고, 결혼식장에서 그녀를 김서하에게 보내주었다.

그 덕에 두 사람은 거제로 향할 수 있었고 현재 함께할 수 있었다. 서하에게 있어 태훈은 짜증나는 존재임과 동시에 고마운 사람이기도 하였기에 쉽게 그를 내칠 수가 없었다.

서하가 혼란스러운 눈으로 태훈을 보고 있을 때였다. 그의 품에 안겨 있던 딸아이가 호기심 어린 눈으로 태훈을 바라보다 말고 손을 앞으로 뻗었다.

아이의 작은 손을 붙잡은 태훈은 허리를 숙여 작고 앙증맞은 아이와 눈을 마주치며 웃었다.

"이름이 뭐니?"

따스한 웃음 때문일까.

평소 낯을 가려 다른 사람들 앞에선 울음을 터뜨리기 일쑤인 꼬마 숙녀도 그를 향해 웃음을 보여준다.

"은정. 김은정."

거기에다가 이름까지 순순히 말해주는 모습에 서하가 인상을 찌푸렸다.

강은초나, 김은정이나!

이 집 여자들은 어쩌면 이태훈에게만은 약할지도 모르겠다. 서하에게도 간혹 보여주는 웃음을 짓고 있는 은정을 보던 태훈은 더욱 진한 웃음을 지으며 말했다.

"너 참 예쁘게 생겼구나."

그렇게 말한 태훈은 여전히 은정의 손을 잡은 채 뒤에서 이 모습을 놀란 눈으로 보고 있던 은초를 향해 말했다.

"은초 씨를 많이 닮았어요."

새하얀 피부도, 커다란 눈도, 조금 작게 느껴지는 코도, 붉은 입술도.

아이는 아빠의 DNA는 하나도 받지 않고 오롯이 은초 홀로 만든 것처럼 그녀를 쏙 빼닮아 있었다.

그의 말이 무엇을 건드렸을까.

서하가 서둘러 아이를 뒤로 확 잡아당기며 품에 안는다. 제 아비의 품이 익숙한 것인지 짧은 팔로 목을 껴안는 것을 보던 태훈은 갑작스러운 상황을 이해하지 못하겠다는 듯 한참이고 그 모습을 보았다. 그러다 이내 무언가를 깨달았는지 웃음을 터뜨린다.

"차 대접해 주실 거죠?"

여전히 웃음이 가득한 목소리에 서하가 몸을 옆으로 비켜 길을 내주었다.

"이 집에 있는 여자들에겐 털끝 하나 손대지 마십시오."

끝내 경고는 잊지 않고서 말이다.

THE END ♥

안녕하세요, 정이연입니다.

벌써 일곱 번째 글로 독자님들을 찾아뵙습니다.

참 시간도 빠르네요. 벌써 럭키 세븐이라니요(웃음).

가끔 시간이 참 덧없다고 느껴질 때가 있습니다.

하루하루 많은 일들이 있다면 그런 느낌도 없을 텐데, 아무 일도 없이 24시간을 흘려보내다 보면 어제가 오늘 같고, 오늘 같은 내일이 펼쳐지겠다, 라는 생각이 들 때요.

네, 위 생각을 가지고 살아온 사람이 이 글의 여자주인공 은초입니다.

강우초

잡초를 떠올리는 이름을 처음에 짓고 글이랑 참 잘 어울리는 이름이란 생각이 들었습니다. 뭔가 이기적일 것 같기도 하고, 집념 하나는 끝내줄 것 같아서요.

그런데 이 이름을 가지고 글을 쓰다 보니 단순히 잡초만 떠오르는 것이 아니라 은방울꽃도 같이 떠올랐습니다. 그랬더니 은초가 행복해져야겠다, 라는 생각이 들었습니다. 은방울꽃의 꽃말 중 하나인 '순결, 다시 찾은 행복' 처럼요.

처음 이 글을 떠올렸을 때 가장 먼저 생각한 키워드는 '집착남녀' 였습니다. 그건 주인공인 은초와 서하뿐만 아니라 태훈 또한 마찬가지였습니다. 정상적인 사랑을 하는 사람이 없는 거죠. 좋은 사람인 덕분에 남들은 이해하지 못할 선택을 하게 되는 그 또한, 제 기준에선 이해할 수 없는 사랑을 하는 캐릭터였습니다(전 오히려 은초의 마음이 이해가 됩니다. 가지고 싶은 건 가져야 정신 건강에 좋다는 생각을 하고 있어요. 그것이 과하지만 않는다면요. 아, 김서하는 좀…… 과한 상대인가요?).

그래서 제목 또한 〈이것도 사랑인가요?〉입니다!

애매모호한 제목을 몇 번이나 바꿀까, 생각해 보았지만 이 글을 가장 잘 설명할 수 있는 제목이라서 바꾸길 포기했습니다(하하).

가장 먼저 구상한 캐릭터는 강은초였는데, 완성해 놓고 보니 은초가 비중이 가장 적은 것 같습니다. 짠내 나는 김서하와 더더욱 짠내 나는 이태훈 씨 덕분에요. 기획을 할 땐 복수를 꿈꾸던 서하가 남조, 다정한 태훈이 남주로 하여 짧은 중편으로 쓰면 좋겠다고 생각했는데, 복수에 눈이 먼 남자가 자꾸 신경이 쓰여 주인공 자리가 바뀌어 버렸습니다.

덕분에 긴 이야기가 되었고, 예원북스를 통해 세상 밖으로 나오게 되었습니다. 많은 도움 주신 예원북스 관계자님, 감사합니다. 세 작품이나 같이하였다니, 이 역시 놀라움의 연속입니다.

전작인 〈언더커버 보스〉보다 먼저 시작하였던 이야기를 무사히 마쳐서 참 다행이란 생각과 함께 얹힌 듯 꾹 막혀 있던 무언가가 탁, 하고 내려가는 기분이 듭니다. 다음에는 이번 글보단 훨씬 밝고 유쾌한 글로 찾아뵙도록 하겠습니다.

늘 응원해 주셔서 감사합니다.

2015년 3월 봄이 찾아오는 날에
정이연 올립니다.

예원북스에서는
로맨스 작가님의 소중한 원고를 기다립니다.

투고해 주실 메일 주소는
yewonbooks@naver.com 입니다.
많은 관심 부탁드립니다.